LA PROMESA DEL HIGHLANDER

LA PROMESA DEL HIGHLANDER

Arlette Geneve

valery

Título original: Waterfallcastle – La Promesa del Highlander

Primera edición: Noviembre 2008

ISBN: 978-84-92431-60-1

Depósito Legal: M-46797-2008

Impreso en España / Printed in Spain

Impresión: Brosmac S.L.

© Valery
www.valery.es
editorial@valery.es

Editorial ViaMagna
Avenida Diagonal 640, 6ª Planta
Barcelona 08017
www.editorialviamagna.com
email: editorial@editorialviamagna.com

Para contactar con Arlette Geneve, su email es arlettegeneve@hotmail.com

Con todo mi cariño a Nuria, Ana María y Loli por esa maravillosa familia que han logrado reunir y, a todas mis chicas del foro Románticas al Horizonte.
Os quiero, guapísimas.

PRÓLOGO

El fuego ardía con fuerza y crepitaba, los dos hombres de aspecto sombrío se habían alejado de él renuentes, el aire se volvía cada vez más frío y seco, parecía como si arañase con uñas afiladas. La tierra húmeda desprendía olores de muerte mientras que las sombras y el silencio en el bosque resultaban siniestros. Una helada rigidez lo envolvió tan espesamente que sus pulmones apenas podían respirar, estaban tan aprisionados que le producían un ahogo físico difícil de ignorar.

Observó a los dos hombres encargados de las sepulturas en el clan, su forma apática de cavar un agujero profundo y grande, dando paladas secas y certeras. El sonido de la tierra al quebrarse le produjo un espasmo en las tripas. Kerien seguía apoyado tras el tronco del inmenso castaño viejo y desnudo, asiendo con sus dedos helados la áspera corteza gris sin perderse detalle de lo que ocurría, y sin percatarse de que sus yemas heridas se deslizaban entre las grietas astillosas sin percibir dolor alguno, solo el de su alma herida por la pérdida.

Era incapaz de sentir nada salvo la angustia palpitante en el interior de sus entrañas. La culpa que sentía lo cegaba con latidos de muerte y con unos remordimientos violentos, pero siguió observándolos sin perderse detalle de cada acto que ejecutaban con sus movimientos, ansiando con un pesar indescriptible que ese momento terrible no se le olvidase jamás. Los hombres habían terminado de marcar un amplio rectángulo sobre la tierra dura, a escasos metros de un viejo ciprés que se mecía entre las sombras como un espectro ambulante. Sintió un escalofrío de dolor al contemplar el cuerpo de su hermano envuelto en el lienzo sucio y rasgado. Cada gota de sangre en la sucia tela era una quiragra de aliento que dejaba morir entre suspiros.

Su mano había sesgado la vida de Tadeg, y Kerien no podía sobrellevar tanto dolor. Estaba maldito, manchado con un estigma difícil de ignorar y que no podría borrar en toda su vida.

Los dos hombres habían terminado de cavar al fin, uno de ellos se secó la frente perlada de sudor con la sucia tela de su camisa al tiempo que lanzaba un suspiro irregular de cansancio. Ambos aunaron esfuerzos para asir los restos sin vida del cuerpo y lo arrojaron al profundo foso. Kerien lanzó un gemido estrangulado cuando lanzaron la primera palada de tierra a la tumba; trataba de sostenerse sobre sus piernas temblorosas pero la herida en su costado había sido muy grave, le había perforado un pulmón, y aunque la recuperación resultaba lenta y dolorosa, prefería ser él, y no Tadeg, el que estuviese dentro del foso. Los hombres fueron apilando la tierra, formaron un montículo con ella y acabaron de cubrir el hoyo de forma rápida y eficiente. Él siguió allí contemplando todo tan cerca que no entendía cómo los ancianos sepultureros no escuchaban los latidos de su corazón, que presionaba su sien hasta producirle un dolor insoportable.

Los hombres se persignaron cuando hubieron terminado su trabajo.

Durante varios minutos no pudo moverse aunque lo intentó. La bilis se le había adherido en la garganta, espesa y sucia. Kerien se sentía incapaz de sofocar la angustia que lo mantenía paralizado, estaba a punto de caer y vomitar en el áspero suelo. Arrastró sus pesados pies hacia la sepultura, y cuando llegó hasta allí, cayó de rodillas en un rugido furioso de desolación absoluta.

Su tragedia no conocía límites.

CAPÍTULO 1

Reino de Castilla, 1175

Blanca escudriñaba el bullicio que se escuchaba a esa hora de la tarde. Había finalizado una de las justas y ella, desde la estrecha abertura de la entrada de la tienda, miraba de forma suspicaz al robusto caballero que hundía la cabeza una y otra vez en la jofaina llena de agua: sus fuertes músculos quedaban manifiestos en cada movimiento de sus brazos mientras se ocupaba de refrescarse, y cuando alzó la cabeza y la zarandeó con energía, comenzó a salpicar gotas por todas partes mojando con su juego al conde de Anjou, Ricardo Plantagenet, y a su cuñado Alfonso, al que apodaban "el Noble". Ambos reían mientras amenazaban con fuertes represalias si continuaba en su empeño de dejarlos empapados hasta los huesos. Desde los esponsales de Alfonso de Castilla con Leonor Plantagenet cinco años atrás, la amistad de Ricardo y Alfonso había madurado y crecido.

Ambos hombres estaban destinados a hacer grandes y poderosas obras.

Blanca, desde su escondite, podía escuchar las bromas que compartían a pesar de las diferencias que los separaban, alguna mención sobre la brillante actuación de los caballeros ingleses en la justa. Blanca sabía que la mayoría de los participantes del torneo se encontraban tan ebrios que, en el siguiente juego de la sortija, muchos perderían más por la resaca que por la falta de habilidad.

El sol se estaba ocultando sobre el horizonte brumoso mientras una suave brisa se iba colando por la rendija abierta y bailaba juguetona entre su fina falda de lino de color azul. El mes de septiembre seguía siendo soleado en Burgos, los ojos castaños de Blanca se pasearon más allá de las tiendas montadas en el campo. A un lado del inmenso y fresco prado se habían levantados los estrados, profusamente decorados con banderolas, emblemas y tapices. Miró los diferentes blasones que se mostraban, ingleses y normandos. Los torneos del rey de Castilla eran sumamente conocidos y codiciados en los vastos imperios cristianos. Las lizas y las tribunas para los espectadores se habían levantado al otro lado de los muros del ala sur. El color verde intenso de la hierba resaltaba un mosaico de pabellones de sedas multicolores que embellecía el paisaje castellano todavía más.

El campo se encontraba lleno de escuderos y pajes que portaban el peso de las armaduras llevándolas de un lugar a otro según las necesidades de sus amos sin una protesta, demasiado contentos con la comida y el espectáculo.

Burgos presumía de un ambiente festivo y risueño.

Los niños más pequeños enarbolaban con alegría inusitada estandartes sencillos hechos en casa e imitaban con sus juegos y saltos a los grandes condes y señores que habían llegado para los juegos. Sus gritos impacientes arrancaban sonrisas a sus progenitores, que los contemplaban llenos de orgullo.

Blanca, volvió su vista del caballero que se había convertido en el centro de su atención, lo valoró y decidió a continuación cómo basaría su estrategia de ataque.

Debía mostrarse muy astuta para poder engañar a su padre.

—Mi niña, ¡no debéis permitir que os vean!

Blanca volvió su cabeza hacia su niñera y le sonrió.

—Solo curioseaba un poco.

—Vuestro padre se enojará enormemente conmigo si sospecha, por un breve instante, que habéis abandonado las dependencias del castillo.

Blanca negó con la cabeza y suspiró. Su padre, el conde de Verdial, había resultado un contrincante duro de convencer y ella se encontraba urdiendo un plan en el que rodarían muchas cabezas... la primera sería la suya si lo ejecutaba.

—No podrá objetar nada porque estoy en la tienda de mi primo Ginés, y a sus ojos, simplemente he venido a ofrecerle mis felicitaciones. Su actuación en la liza ha sido la mejor de todas —esperaba callar a su aya con esas palabras, pero no lo consiguió.

—No tenéis por qué hacerlo, es vuestro deber como cristiana negaros, lo sabéis.

Blanca reprimió un quejido profundo y desalentador. Sentía estremecimientos ante lo que tenía que hacer y lo caro que se lo haría pagar su padre cuando lo descubriese.

—No deseo casarme con don Louis Martel y mi padre no atiende a razones. Tiene cincuenta años, tata. Además de un hijo mayor que yo y que me detesta —Blanca cabeceó pesarosa.

—Solamente vos tenéis la culpa por no controlar vuestra réplica delante de él.

—Dorian Martel es exasperante —Blanca recordaba de forma clara los ojos castaños del normando afincado en tierras de León por su vasallaje. Las miradas que habían cruzado en sus raros encuentros mostraban a las claras lo que pensaba de ella.

Teresa siguió en su letanía recordatoria.

—Es el único caballero que os ve como sois y actúa en consecuencia.

Blanca se molestó.

—Me duelen tus palabras. Sé que me las dices porque me quieres pero no son ciertas.

Teresa contempló los ojos brillantes de indignación de su pupila y se arrepintió de sus apresuradas palabras.

—Lo sé, paloma mía, pero los caballeros no saben que actuáis de esa manera para no alentar sus intenciones románticas. ¿Cómo pueden ser tan lerdos y creerse tan listos? —Teresa entrecerró sus ojos pensativa, como meditando sus propias palabras.

—Me gustaría ser una campesina cualquiera y no una heredera.

Teresa bufó al escucharla.

—Palabras fáciles cuando se tiene la tripa llena y cientos de bardos alabando vuestra hermosura cada día de vuestra vida.

—Si don Louis no tuviese un hijo tan dominante podría llegar hasta los esponsales de buena fe.

Teresa la miró severa.

—Dorian conoce el poder que ejercéis sobre los hombres. Es el único que está inmune a él, y ese detalle es lo que realmente os molesta.

—¿Y tengo que vivir bajo su amparo el resto de mi vida? Mi padre debe de estar loco.

—Vuestro padre hizo una promesa a un amigo y es hombre de llevarla a cabo.

Blanca miró a Teresa con enfado en sus expresivos ojos verdes.

—Mi padre no se ha recuperado de la muerte de Jaime. No cejará en su empeño de controlar mi vida, mi futuro, y yo no puedo permitírselo.

Teresa la miró con sorpresa.

—Habéis sido una niña difícil y voluntariosa desde que nacisteis; vuestro padre desea veros establecida y con menos humos en la cabeza.

Blanca carcajeó con esa risa hilarante que conseguía sacar de quicio a su aya.

—¿Crees que un marido que está con un pie en la tumba conseguirá disipar mis humos?

Teresa le replicó:

—El marido es posible que no, pero nunca dudéis que el hijastro sí —Blanca dejó escapar un gemido, Teresa siguió imparable—. Conocéis los motivos de vuestro padre para casaros con don Louis Martel —Blanca asintió—. Cuando seáis su viuda, las pretensiones de don Francisco se habrán esfumado en el aire.

Blanca suspiró, y bajando lentamente la mano, se alejó de la entrada de la tienda. Su primo don Francisco de Solís había resultado un hueso duro de roer, no había cejado en su empeño de comprometerla de todas las formas posibles hasta que su padre, el conde de Verdial, le mostró los acuerdos del compromiso con don Louis Martel. Francisco no había aceptado su derrota, pero se había apartado en silencio.

Blanca tenía planes muy diferentes. Deseaba controlar su vida y sus vastas propiedades sin la necesidad de un marido y pensaba hacer lo imposible para conseguirlo.

—¿Estás segura de la ubicación de la tienda de sir Guillermo?

Teresa la miró extrañada, y con una pregunta mordiéndole los labios, no pudo evitar que saliera por su boca:

—¿Por qué lo habéis elegido a él? Hay montones de caballeros en el reino que estarían dispuesto a vuestro noble sacrificio con tan solo una mención por vuestra parte.

Blanca negó con la cabeza mirando a Teresa. Lanzó un suspiró que más parecía una queja.

—Ese caballero volverá a su país tras los juegos, tata. No sabe quién soy y no me ha visto en su vida. Poco podrá recordar de esta noche —inspiró—. Ha sido muy difícil tomar esta decisión y no pienso volverme atrás, ¡no me hostigues más con tus reservas!

—Estáis cometiendo el mayor error de vuestra vida y vais a hacer sufrir mucho a vuestro padre.

Blanca la miró fijamente sin parpadear.

—Mi padre comprenderá que he intentado hacer lo mejor para Verdial.

Teresa se sentó con el cansancio reflejado en su rostro moreno.

Blanca se sentía realmente disgustada por la situación en la que se encontraba pero pensaba continuar con su plan hasta el final, por más que las dudas la mordiesen.

—No es decente usar a un caballero sin su consentimiento. Si alguna vez se descubren vuestras artimañas...

Blanca se volvió rauda ante las palabras secas de Teresa. Ella misma estaba consumida por las dudas pero... ¡tenía que hacerlo!

—Los hombres, sean o no caballeros, se hunden con demasiada frecuencia entre los muslos femeninos sin importarles si han sido invitados o no. Me resulta inconcebible tu actitud y defensa —Teresa la miró con dureza en sus ojos negros.

—Estamos hablando de un caballero inglés, por si olvidáis ese pequeño detalle.

Blanca hizo un gesto burlón con sus labios.

—Tata... ¡no es inglés, sino escocés! Y ese pequeño detalle conviene a mis planes mucho más de lo que puedas imaginarte.

Teresa la miró con duda.

—Su amigo es alguien poderoso y cuñado de nuestro rey Alfonso.

—Esa nimiedad no me preocupa, así que deja de protestar y dame más moristel caliente.

Teresa se levantó a regañadientes, pero le llenó la copa hasta rebosar.

—Habéis bebido más de lo que tolera vuestro cuerpo, vais a caer inconsciente de un momento a otro y vuestros planes se irán al traste.

Blanca volvió a beberse el vino de un trago.

—Necesito estar ebria. De lo contrario, no podré hacer lo que pretendo y la cobardía me acompañará el resto de mi vida.

Blanca estaba interiormente aterrada. Nunca antes una decisión le había causado tal malestar infinito, pero había hecho una promesa y tenía que cumplirla. Extrañaba tanto a Jaime... Su muerte de forma tan absurda le producía una impotencia que le carcomía el alma. Había decidido que la herencia de su hermano muerto no iba a ser desmembrada por sus esponsales. Blanca era consciente de que tras la muerte de su hermano mayor, ella pasaba a ser la única heredera de su padre y por nada del mundo podía permitir que su futuro marido se apoderase de las tierras y del título que le pertenecía a su hermano por derecho, aunque estuviese muerto.

Había tomado su decisión y nada iba a lograr que cambiase de idea.

—Puede que a pesar del sacrificio, don Louis aún esté decidido al matrimonio.

Blanca contuvo un escalofrío al oír las palabras de Teresa. Ella ya había sopesado esa posibilidad y buscado otra alternativa sin encontrarla.

—Nada ofende más a un prometido que una novia mancillada. Conozco a don Louis, sé que no perdonará que se le ultraje y menos si esa injuria proviene de una castellana —Blanca calló un momento para tomar resuello—. Cuando todo se descubra, prometeré a mi padre que tomaré los hábitos. Cuando Dios lo reclame en su gloria, me ocuparé de Verdial y de todos vosotros. Es mi promesa más solemne.

Teresa miró por un momento a su señora, su niña. La había criado ella, pues su madre había muerto a las pocas horas de nacer en un parto que se había prolongado durante varios días. El conde nunca volvió a ser el mismo, y tras perder a su primogénito en una justa, la gallardía y la altivez se habían esfumado de su robusto cuerpo llenándole de amargura el rostro. Don Francisco de Solís, sobrino político de don Juan, pretendía la mano de Blanca a toda costa pues quería ser el próximo señor de Verdial. Ante el acoso al que tenía sometida a Blanca, don Juan había optado por acudir a su viejo amigo don Louis para salvar a su hija de un destino peor que la muerte.

—Yo podría ocuparme de mi primo Francisco.

Teresa la miró como si acabara de abandonarla la sensatez con un golpe de aire.

—Francisco ansía demasiado las tierras y fortuna del conde para actuar como un caballero. Nada lo detendrá, la codicia lo ciega y lo acuna como si fuese una madre pérfida y borracha.

—¡Francisco no tendrá la herencia de Jaime! —exclamó con el dolor saliendo por sus poros en lenta agonía.

—Por esa razón vuestro padre os quiere casada con don Louis, es algo que deberíais aceptar.

—Entre dos males, elijo el menos grave.

CAPÍTULO 2

Dorian Martel miraba a su padre aún con el nudo en el estómago retorciéndose en una protesta silenciosa. Ninguno de sus argumentos había servido para hacerle cambiar de opinión o conmoverlo lo más mínimo. Pensaba seguir con la boda un mes después de que terminasen los torneos. Estaba profundamente colérico, totalmente iracundo. Su padre pretendía traer a su casa nada más y nada menos que a la heredera Blanca Gracia de Verdial. ¡Se había vuelto completamente loco!

Dorian suspiró violentamente.

—¡Imposible! No podéis pedirme algo así.

Las secas palabras hicieron volver los ojos a su padre.

—Como mi esposa la respetarás, y una vez que yo falte, le procurarás todas sus necesidades.

Dorian apretó los dientes al escucharlo.

—¿Todas? —el tono amargo no le pasó desapercibido a Louis que lo miró con firmeza sin abandonar la postura decidida.

—Una vez haya finalizado el luto por mi muerte, deberás casarla con tu primo Rowan.

Dorian hizo una muesca de asco ante las pretensiones de su padre, y a la vez, lo miró profundamente desabrido.

—Padre, conocéis la reputación de la señora: una vez que sea vuestra viuda, nadie conseguirá doblegarla, y menos mi primo Rowan.

—Le he prometido a su padre que la cuidaré y protegeré con mi vida si fuese necesario. Esa promesa se extiende a mi único descendiente... tú. Deberás por todos los medios evitar que tras mi muerte don Francisco consiga desposarla. Es la promesa hecha a un amigo y debo hacer honor a ella.

Dorian le dio la espalda a su padre y cerró los ojos a su mala suerte. Sus palabras caían en tierra estéril. No podía pensar en nada más que su infortunio, pues él mismo estaba enamorado de la que sería su futura madrastra. ¡Cruel destino vengativo! Tenerla tan cerca e inalcanzable.

Dorian se tragó una maldición.

En las raras ocasiones en las que había estado en su presencia casi le había cercenado la yugular con su lengua mordaz, pero se había rendido ante su belleza y candor como un guerrero vencido con justicia por un rival más poderoso.

Se sentía horrorizado, atrapado en una telaraña de incertidumbre. Por vergüenza, no podía confesar los violentos sentimientos que sentía, amaba demasiado a su anciano progenitor para asestarle semejante golpe a su orgullo. ¡Su padre casado con Blanca! Imposible. ¿Cómo podía suceder eso? Peor aún, ¿cómo podía impedirlo?

—Os ruego, padre, que lo consideréis con más detenimiento. La muchacha es demasiado joven y fogosa —Louis miró a su hijo con dureza mientras le hablaba, pero Dorian no se amedrentó: siguió con sus palabras intentando convencerlo con su lógica—. Entendería la falta de un heredero, pero me tenéis a mí. La soledad, pero tampoco, porque nuestra casa tiene más parientes de lo que pueden soportar sus viejos pasillos. Os mostráis irascible a mis argumentos, sordo a mi súplica, me pregunto aún por qué.

Dorian calló de repente. Su padre hizo una inspiración honda antes de responderle.

—Don Juan necesita mi ayuda. Ese díscolo sobrino se empeña en erigirse señor de Verdial, y él no puede ni debe consentirlo pues la codicia lo ciega. Blanca será libre una vez que yo haya muerto.

Dorian interrumpió a su padre.

—¿Dónde entra Rowan en esos planes?

—Francisco tratará de apropiarse de la herencia y fortuna de ella si no hay heredero.

Dorian chasqueó la lengua completamente molesto.

—¡Casadla entonces con Rowan!

El anciano miró a su hijo con pesar.

—Algún día harás una promesa que será difícil de cumplir, y entonces, comprenderás mis acciones, hijo mío.

Dorian negó con la cabeza y salió de la tienda dejando a su padre aún con la boca abierta, sin esperar una respuesta, lleno de la más amarga frustración.

Se sentía consumido por la ira, los celos y la impotencia. La ira, porque la dama había depositado sus expectativas en su anciano padre; los celos, porque sería su padre quien gozaría del afecto de la dama, y la impotencia, porque se encontraba atado de pies y manos sin poder hacer nada por variar el rumbo de la mujer que amaba con locura, con desesperación, pero siempre en silencio.

Dorian miró el horizonte oscuro y raso. Su estómago se había tensado tanto ante la noticia que no podía digerir. En el último momento había decidido asistir a los torneos en Castilla. Su padre debía resolver asuntos de negocios con su viejo amigo el conde de Verdial y él, que pensaba aprovechar el buen tiempo para participar en las justas que le gustaban sobremanera, tras la sorprendente noticia había decidido abandonar Burgos a la mañana siguiente.

Volvió a tragar saliva con la ira bullendo en su interior. La última revelación de su padre lo había dejado estupefacto, tocado hasta la fibra más interna de su corazón. No se creía con la capacidad de vivir bajo el mismo techo que Blanca sabiendo el parentesco maldito que los uniría. Cansado, mesó el pelo y suspiró fijando los ojos en el oscuro crepúsculo intentando controlar sus sentimientos desbocados.

La presintió aun antes verla. La silueta tambaleante se paró a escasos metros de él pero Blanca no se percató de que la estaban observando. Vio que la duda hacía presa de ella al mirar las dos únicas tiendas azules que se habían levantado cercanas al río Arlanzón. En sus prisas tropezó con un yelmo dejado a un lado del camino: algún escudero demasiados atareado se habría olvidado de él al engrasarlo tras la justa. La oyó maldecir y reír al mismo tiempo. Esquivó con gran soltura un charco de agua y grasa, tras la limpieza de armaduras el camino se volvía intransitable de lo sucio. La vio pararse al lado de una de las tiendas y aguzar el oído con suma indiscreción. Contempló consternado cómo se hacía a un lado y se medio ocultaba para que nadie la reconociese. Con total perplejidad, miró cómo Blanca cubría su hermosa melena de color bronce con la capucha añil de su capa. La tela hizo un ligero vaivén y él pudo atisbar la camisola celeste que había asomado por entre la abertura de su capa apenas tapada con el hermoso prendedor de plata regalo de su padre por su compromiso. Blanca vaciló un instante que aprovechó para inspirar profundamente y con, lo que a él le pareció, resignación. Alzó los ojos un momento al cielo que ya iba salpicando de estrellas brillantes el terciopelo azul de la noche. La vio meterse en la tienda. Dorian se encontró en la tesitura de no saber qué intenciones tenía ella, pero no podía moverse de donde estaba, se encontraba clavado en el suelo. El estómago le había bajado a los pies y una espiral de desconcierto fue enroscándose en su interior produciéndole un escalofrío de aprensión.

¡Malditos celos destructivos! Y ahora, ¿qué diantre hacía…?

* * *

La cordura fue regresando a ella de forma lenta e inexorable. Sentía la lengua como un trapo. Las náuseas le subieron a la garganta y no pudo evitar lanzar un quejido lastimoso apenas perceptible. Algo se movió a su izquierda y supo, de repente, dónde se encontraba y qué había hecho durante las horas pasadas.

Un sentimiento abrumador de vergüenza la ciñó con fuerza causándole un ahogo momentáneo, se negó a analizar los resultados de su locura. Ladeó la cabeza despacio, vio que su camisón y su capa estaban dejados en el suelo de forma descuidada, esperó durante un momento que le pareció eterno para cerciorarse de que su acompañante seguía profundamente dormido. Le parecieron los instantes más largos de su vida, y los más inútiles.

La respiración acompasada de él le mostró que dormiría aún varias horas más.

Se alzó de su posición horizontal con todo el cuidado que pudo a pesar de la indisposición de su estómago, sentía la cabeza como si fuese a estallarle de un momento a otro. Se puso el camisón y la capa y el mareo que sintió hizo que se le doblasen las rodillas; se juró por enésima vez que jamás volvería a beber vino especiado. Inspiró varias veces intentando que las arcadas remitiesen y avanzó dos pasos para alcanzar la abertura de la tienda; antes de poner un pie fuera de ella, Blanca volvió la cabeza para lanzar una última mirada al hombre que yacía desnudo en el lecho cubierto de pieles. Como si notase que estaba siendo observado, el hombre se removió para darse la vuelta quedando boca arriba. Cuando Blanca alcanzó a atisbar su cabello largo y rubio, intentó ahogar con su mano el alarido que pugnaba por salir de su garganta. Se aferró el cuello con fuerza para detenerlo, su mano temblorosa rozó el anillo con el diseño intrincado que él le había prendido en la cadena en algún momento durante las horas pasadas como pago a sus servicios. Hizo un amago de arrancárselo pues le quemaba en la piel como fiel recordatorio de su estupidez, pero acabó por dejarlo reposando entre sus pechos agitados por la confusión. Con su contacto recordaría a cada momento la noche que se hizo pasar por furcia, de su tremenda estupidez y de la locura que se había apoderado de ella.

A pesar de que intentaba con una letanía de arrepentimiento justificar su actitud, había actuado mal como cristiana, como mujer y como hija. Cerró los ojos un instante para serenar sus inquietudes, pero ¡Dios todopoderoso! El olvido no se había apiadado de ella, seguía sumida en una vorágine de pesar que la consumía. Trató de abandonar la tienda sin ser vista, pero con dos guardias apostados en la puerta, iba a resultar del todo imposible salir sin que la descubrieran. Trató de pensar de qué forma podría escabullirse. Las dos cortinas que precedían al interior la ocultaban por completo. Oyó pasos y una voz pastosa que hablaba con los guardias. Pegó su espalda todo lo que pudo a la gruesa tela de la tienda rezando en silencio y buscando una vía de escape. El tiempo parecía detenido, oía su respiración trabajosa y cobarde, el pulso en su sien seguía martilleándola sin compasión. Tras unos minutos de terror angustioso, oyó que cesaba la voz y sintió los pasos que alejaban a los guardias. Un suspiro de alivio escapó de su garganta ante la oportunidad que se le brindaba de salir y escapar al fin.

Cuando abrió la tela su rostro perdió el poco color que le quedaba.

—¡De Martel!

Dorian apenas sostenía su furia plantado delante de ella con las piernas separadas. La miró durante un instante tan largo y tan profundamente, que Blanca sufrió un espasmo al ser consciente de que la había descubierto. Cerró los ojos y trató de andar sin que la bilis saliera por su garganta. Dorian extendió su mano con un brillo de rencor en su profundidad, pero no le importó: había cruzado la línea de la decencia, del amor a Dios, y nada importaba lo que el mundo pensase de ella.

Asió la mano que se le ofrecía con el corazón en un puño y con los sentimientos cubiertos de luto vergonzoso.

—Señora… —siseó con profunda ira al mismo tiempo que la sujetaba por el codo y la atraía hacia él en un abrazo íntimo que no fue capaz de despreciar— tenemos que pactar un acuerdo.

CAPÍTULO 3

Reino de León 1185, diez años después

El silencio de la noche volvía a traerle las pesadillas de siempre. Dorian se despertó sudoroso y frío, el corazón estaba a punto de salírsele del pecho a causa de la agitación. El vacío se había vuelto más oscuro e implacable. Inspiró varias veces en un intento de calmar los temblores furiosos que lo sacudían, sin parar de temblar sacó sus piernas del lecho para incorporarse y tratar de recuperar la compostura.

Siempre le asaltaba el mismo sueño desde hacía diez largos años. La muerte de Blanca Gracia lo había sumido en un pozo del que no podía encontrar consuelo. El brutal asesinato por dos ladrones lo enfurecía hasta un punto mortalmente doloroso, las entrañas se le hacían nudos cuando imaginaba lo que debía haber sufrido, y él no podía hacer nada salvo rezar y alimentar su recuerdo con la frustración más execrable.

La amaba tanto, se sentía tan perdido sin ella…

Miró a través de la ventana la negra noche, apoyó la frente en la dura piedra del alféizar intentando despejar los demonios que lo hostigaban. Cuando al fin la respiración se normalizó en su pecho, Dorian recogió la bata que había dejado de forma descuidada en el sillón que descansaba frente al hogar encendido, la dejó caer sobre sus hombros sin anudarla, y abrió la pesada puerta de su recámara para dirigirse al ala oeste del Château Rouge, su hogar desde la muerte de su padre.

Intentó que los goznes no chirriaran al abrirla, lo último que pretendía era despertar a la persona que dormía plácidamente en el lecho ajena a sus demonios interiores. Miró el fuego que comenzaba a extinguirse a esa hora de la madrugada, vio las pequeñas flores rojas de luz que desprendía la chimenea y que quedaban atrapadas entre la colcha azul que adornaba la hermosa cama de mampostería labrada, como si bailasen. Dorian miró el bulto bajo las mantas y un suspiro de alivio brotó de su garganta cerrada. Con paso sigiloso se acercó al lecho, se paró a un escaso centímetro, se sentó de forma suave y contempló con un profundo amor a la persona que dormía en ella como un ángel. Miró sus largos cabellos castaños y ondulados: a pesar de la oscuridad de la habitación, pudo apreciar el inmenso brillo que reflejaban. Acarició con sus nudillos la suave piel de la mejilla y cerró los ojos ante la tranquilidad que dejaba trasmitir su rostro dormido.

Suspiró trabajosamente e intentó que su pecho dejase de correr a esa velocidad sin freno pues se sentía incapaz de controlar la angustia que lo había zarandeado con la pesadilla. Se sentía tan afortunado de tenerla... La amaba con todo su corazón y con cada suspiro que lanzaba al viento, era su pequeña y tenía que protegerla de don Juan Gracia, el conde de Verdial, costase lo que costase; había sido su promesa más solemne.

La niña abrió los párpados, aún soñolienta y desorientada; tras un segundo lo miró, y una suave sonrisa apareció en sus mejillas nacaradas.

—¿Habéis tenido otra pesadilla, papá? —la niña de nueve años se reincorporó en el lecho y abrazó a su padre de forma afectuosa y tierna. Él le acarició los brillantes mechones castaños de su cabeza a la vez que le besaba la coronilla con un amor paternal indiscutible—. ¿Deseáis contarme un cuento?

Dorian negó con los ojos serios, pero con una sonrisa en la boca que siempre dejaba florecer para ella.

—Lamento haberte despertado, pajarito, pero sentía la urgente necesidad de comprobar si te encontrabas bien.

—Sabéis que suelo dormir como un gatito satisfecho de crema.

Dorian la miró con sus profundos ojos castaños llenos de ternura.

—¿Quieres un poquito de leche caliente, gatita?

La niña asintió de inmediato, y alcanzando su bata, siguió a su padre hacia las dependencias inferiores de la torre. La fría piedra de la escalera de caracol le hizo cosquillas en la planta de los pies y rogó para que su padre no viese que iba descalza, o lo siguiente que sentiría en sus pies sería la paja sucia de los establos, algo que ella detestaba profundamente y que resultaba un castigo apropiado cuando se mostraba obcecada y desobediente.

Don Juan Gracia, conde de Verdial, miró por encima de su montura los verdes campos que se extendían a lo largo del camino pedregoso. A su vista llegaba el pueblo de Luna, situado en el norte del reino de León, en su zona central, en el valle del río Luna y que, tras bordear el arroyo, se quedaba a la derecha de su camino. La comitiva continuaba con su trote hacia su destino, el Château Rouge, llamado así por el color de la piedra rojiza que se había empleado para su construcción. La visita al hijo de su muy querido amigo don Louis le estaba resultando más desagradable de lo que había creído en un principio. Tenía tantos asuntos que tratar con él que no llegaba a comprender por qué los había demorado tanto.

Sí que lo comprendía…

Hasta sus ojos llegó un brillo de dolor que no supo contener. La terrible muerte de su hija Blanca lo había llenado de una profunda ira, de una pena desgarradora de la que no podía liberarse. El salvaje asesinato seguía mordiéndole el corazón con saña vengativa. Don Juan seguía enfadado con ella,

¿se podía estar terriblemente enfadado, y al mismo tiempo agonizar por su recuerdo? Blanca había huido de Verdial para casarse con el hijo de su amigo en vez de con el padre en un acto clarísimo de rebeldía. Había aprovechado la marcha de él a Sevilla por negocios, como un castigo por imponerle un novio que podía, por la edad, ser su padre. No se había podido despedir de ella, y esa sensación de pérdida iba a acompañarlo el resto de su vida.

Volvió a suspirar tremendamente cansado. Los recuerdos seguirían atormentándolo hasta el fin de su existencia.

Atrás quedaba la pequeña ciudad y ya divisaba la fortificación. El castillo torrejón se alzaba sobre una colina desnuda, y desde la torre del homenaje de grandes dimensiones, se podía ver a los viajeros con facilidad. El pequeño castillo había sido un regalo del rey Fernando por los servicios prestados a la corona por don Louis, y éste, leal servidor de la corona de León, había fijado su residencia allí de forma definitiva. Apenas quedaban unas tres millas para llegar y el cansancio le cerraba los ojos de tanto en tanto. Sus hombres lo seguían de cerca aunque ninguno se atrevía a adelantar a su señor salvo su ahijado Ginés, que hacía de rastreador cuando viajaban juntos, cosa que solía suceder bastante a menudo. De esa forma se cercioraba de la seguridad del camino para que la comitiva no sufriese ningún percance, como un asalto inesperado o una emboscada. Pensar en su ahijado le arrancó un suspiro de satisfacción: el muchacho había resultado ser de un valor incalculable. Tras perder a sus dos hijos de forma violenta y cruel, era la única familia que le quedaba, ya no tan muchacho con veinticinco años, pero tan querido por él que había pensado seriamente convertirlo en su heredero, opinión que no compartía su sobrino político Francisco.

La vida deparaba tantas sorpresas, y tan dolorosas, que aún sentía una opresión aplastante en el pecho por la pérdida de sus dos hijos, de su futuro, de sus raíces.

Tenía que seguir entrenando al muchacho para que fuese un perfecto conde de Verdial y detener los embates de su sobrino Francisco, firme candidato a obtener sus tierras y título. Sus argumentaciones ante la corona le producían malestar, sabía que le esperaba una ardua batalla con él y sus esbirros.

De pronto, sintió la necesidad de hacer un alto en el camino. El río Luna invitaba al solaz. Su constante recorrido regando los hermosos prados le hizo fruncir el ceño por los recuerdos, antaño había pescado con Louis hermosas truchas, y sin meditarlo un segundo, decidió darle de beber agua fresca a su caballo. Hacía más de dos horas que su ahijado se había adelantado e imaginó que debía encontrarse ya en las dependencias de Château Rouge.

El resto de sus hombres lo seguían de cerca pero sin alcanzarlo.

Don Juan detuvo su montura cerca del agua a escasos metros de las murallas. Había sentido la extraña necesidad de hacer un alto antes de llegar y no entendía por qué su pecho se agitaba con emociones encontradas. Bajó sus huesos gastados de la grupa del animal y lo acercó al río en un paso silencioso para que bebiese. Él mismo se inclinó para refrescarse en el agua cristalina que se ofrecía deliciosa tras la dura y seca cabalgata. No se había inclinado del todo cuando una voz conocida logró hacerle fruncir el ceño con curiosidad, y aunque entendía las palabras, no podía creer que alguien estuviese amenazando a su ahijado Ginés y menos si el individuo era una mujer, a juzgar por el sonido de su voz. Voz que se escuchaba a través del espino de fuego que los ocultaba a la perfección.

Ginés miró a la muchacha con ojos llenos de lascivia. La tonalidad clara de sus ojos almendrados lo había atrapado por completo.

—Os arrancaré la piel a tiras si no me devolvéis mi caballo.

La muchacha reía con regocijo anticipado. Que lo hubiese pillado in fraganti bañándose prácticamente desnudo debía estar torturándolo, y que se hubiese quedado con su ropa podía sobrepasar cualquier límite de paz. Ella sentía la desconcertante necesidad de molestarlo. Celeste miró al hombre semidesnudo con una mueca de burla en sus labios y una mirada de reproche en sus ojos.

—Palabras fútiles y vanas, como todas las que pronuncian los castellanos.

La sonrisa socarrona de la mujer lo envaró con humor aunque deseó hacerle tragar su pedantería normanda. Ginés la observó detenidamente: la muchacha era hermosa, pero podría apreciarla más si no estuviese acompañada de esa mocosa tunante y con ganas de pelea. Se moría de ganas de tumbarla de espaldas y mostrarle lo equivocado de su juicio.

—¡Juro que no podréis sentaros en una semana si osáis tocar mi caballo!

La muchacha dio un paso más, en actitud desafiante, y clavó la punta de la espada en la garganta de Ginés sin titubear un instante. No podía permitir que amenazara a su pupila así sin más. La niña miró al hombre con osadía, no solo iba a apoderarse de su caballo sino de su magnífica espada toledana. Miró los rubíes incrustados y sonrió ante su suerte. El hombre no se había percatado de que ellas estaban muy cerca de él cuando nadaba.

—Estáis dando un espectáculo lamentable a mi pupila.

La niña lo miraba con ojos curiosos. Ver un hombre prácticamente desnudo debía ser algo insólito.

—Estáis en territorio de mi padre —le soltó de golpe— y ya deberíais saber lo que hacemos nosotros los leoneses a los espías y ladrones —la amenaza de la niña logró sorprenderlo. Se mostraba de una belicosidad alarmante para ser tan pequeña, y por su apariencia, iba a ser una mujer devastadora en belleza. Torcía la boca en una mueca adorable.

—Muchachita, vuestras palabras no conseguirán matarme de miedo así que, si deseáis que vuestra criada corte mi cuello terminemos con esto de una vez, pero no os quedaréis con mi caballo.

Violette estaba atónita viendo al individuo sonreírle con presunción a su institutriz y en ese mismo instante se dio cuenta de que no les tenía miedo. Cerró los ojos un momento y los volvió hacia la hermosa montura de él. Contempló con verdadera envidia el fino semental árabe y supo, instintivamente, la forma de hacerle tragar sus palabras anteriores. Se retiró lentamente hacia atrás y en un gesto rápido, dirigió el filo de una daga hacia el cuello del hermoso caballo, no pudo ocultar una sonrisa de complacencia al ver el rostro estupefacto de él.

—Es demasiado hermoso para que lo monte alguien tan feo, su sangre se derramará entre estos matojos inservibles, pero si no ha de ser para mí no será para nadie.

Ginés contempló con verdadero horror que la niña rozaba con el filo de su propia daga el cuello de su caballo y dilató sus pupilas con duda ante su osadía. Él estaba amenazado por la institutriz de la mocosa, que lo intimidaba con su propia espada, y la niña, a su vez, amenazaba el cuello de su caballo. La broma, si se podía considerar una broma, le pareció de muy mal gusto.

—Hacedle un solo rasguño y el cielo será lo último que contempléis, mocosa atrevida

Violette estaba encantada. Al fin había conseguido borrar la estúpida sonrisa de la cara del castellano, aunque tendría que recriminar severamente a Celeste: parecía que se lo estaba comiendo con los ojos.

—Vuestro caballo para mis cuadras o la vida del semental para regar la tierra, ¡dejad de mirarlo embobada, Celeste!

La recriminación a la doncella le arrancó una sonrisa aunque consiguió ocultarla a tiempo, pero si la niña quería jugar, jugarían.

—Mi caballo para vuestro séquito, amén —inclinó una rodilla en tierra y le ofreció un gesto en señal de paz.

Don Juan miraba atónito el desenlace de la disputa que tenía delante de sus narices, la incredulidad lo tenía pasmado. Contempló a su ahijado que estaba prácticamente desnudo delante de una muchacha que no debía tener más de veinte años y de una niña que no podía tener más de diez. La cría, con su vestido azul, estaba demasiado ocupada amenazando a uno de sus mejores sementales criado con orgullo y paciencia.

—Y ahora montaré en *mi caballo*, nos marcharemos con vuestra ropa para asegurarnos, y como muestra de buena voluntad...

—Yo diría que no, niñita.

La profunda voz les hizo a ambas volver rápidas la cabeza, y con un solo vistazo a la presencia imponente del hombre, supieron que habían perdido el hermoso caballo. Don Juan vio a la institutriz trastabillar con su falda cuando se volvió. Ella se quedó parada durante un instante, confusa; la niña volvió sus ojos hacia él con sorpresa. Don Juan, cuando contempló a la chiquilla, abrió los ojos espantado. Por un momento se había quedado sin respiración, una mano le había apretado el corazón hasta dejarlo seco. La observó atónito, el color bronce de su pelo era inconfundible y al posar su mirada en los ojos almendrados de la niña, se tambaleó momentáneamente. Se llevó una mano al pecho y abrió la boca para decir algo, aunque ningún sonido salió de ella.

Ginés miró a su padrino entre la confusión y el aturdimiento. Don Juan tenía los ojos desorbitados y llenos de la más absoluta sorpresa, algo insólito y preocupante. Tan solo le oyó susurrar un nombre antes de caer desplomado en el suelo: *¡Blanca!* Corrió veloz hacia la muchacha para aprovechar la ventaja que en ese preciso momento tenía sobre ella. La desarmó, y en un segundo, se dirigió hacia su padrino caído en el áspero suelo. La niña se había quedado muda.

* * *

Dorian tragaba saliva violentamente. Los acontecimientos se habían precipitado. Acababa de entrar en una espiral vertiginosa de la que no iba a salir indemne, sabía que don Juan iba a ser implacable en cuanto volviera de su inconsciencia, inconsciencia que él contemplaba de forma impotente a los pies del lecho. Nada lo había preparado para ver llegar a una comitiva castellana acompañada de su hija y de su prima. Ante su estupor no le quedó más remedio que abrirles las puertas del Château Rouge y permitirles la entrada. Reconoció al instante al palafrenero de Juan, y cuando observó que lo sacaban del carro inconsciente, casi había deseado que estuviese muerto. Miró al anciano recostado en el lecho, y por primera vez en su vida, sintió la incertidumbre golpearlo con alevosía.

Violette miraba cómo Celeste devoraba al castellano con una promesa en sus ojos azules. Aún le costaba digerir la pasmosa facilidad con que la había reducido, pero la culpa de su distraimiento la había tenido el anciano con su desmayo. Aún no entendía por qué su padre había palidecido al verlo. Dedujo que el hecho de haberla visto con gente desconocida debía de haberle causado una honda impresión; eso, y los más de veinticinco caballeros que integraban el séquito del castellano. Todos estaban en la gran sala con las manos en las empuñaduras dispuestos y listos para cualquier eventualidad.

Los rostros estaban serios, alguno incluso preocupado. Aunque Violette no entendía nada, la aprensión se apoderó de ella al comprender que iban a surgir complicaciones.

Ginés les daba la espalda a la niña y a la muchacha inquietante. Cuando pensó en refrescarse en el río, nunca habría imaginado el desenlace que tendría la aparición de su padrino y su desvanecimiento, pero la doncella de la niña era una mujer demasiado hermosa para no tenerla en cuenta.

Fijó sus claros ojos en la ventana, y con paso discreto pero seguro, avanzó hasta alcanzarla. Miró a través de ella el patio, bullicioso a esa hora de la mañana. En la esquina derecha se estaban dando unas clases de monta a unos chiquillos que gritaban con gran placer, y en la esquina sur, los soldados hacían prácticas de armas. Alzó la mirada hacia las almenas y contó las torres que llegaba a divisar, un total de cuatro: la de la capilla, la del homenaje, la del norte y la que estaba junto al río. Dedujo que el castillo debía tener unas tres alturas; ellos se encontraban en la primera, cerca de la sala de las damas. Lo supo por la gran cantidad de mujeres que paseaban de un corredor a otro intentando averiguar algo sobre la visita inesperada y los guapos caballeros que integraban el séquito del conde de Verdial. El castillo no era excesivamente grande, si lo comparaba con el de su padrino, pero estaba bien fortificado y preparado para cualquier intento de conquistarlo. Ginés seguía preocupado, elevando los ojos al techo, intentado comprender el gran desasosiego que habían mostrado los ojos de su padrino al ver a la niña. Sentía una curiosidad inusitada. ¿La conocía? ¿Por qué la había llamado Blanca? Las preguntas pululaban por su mente inquieta sin llegar a ningún razonamiento coherente.

Violette atizó el fuego del enorme hogar encendido, sentía frío en las manos a pesar de la temperatura cálida de la sala. Supo que su nerviosismo tenía que ver con los interrogantes que se hacía. Su padre conocía a esa gente pero ella no los había visto nunca. Su visita significaba problemas, pues su padre se había mostrado excesivamente preocupado y alerta.

La entrada de los sirvientes con bandejas de vino especiado le hizo olvidarse por un momento de su ansiedad.

CAPÍTULO 4

Don Juan seguía mirando a través de la ventana sin atreverse a darse la vuelta por temor a no controlar su cólera aliñada con el resentimiento más puro. Sentía el encono anidar en su pecho de forma implacable y subir como la espuma hasta su boca.

Supo, sin lugar a dudas, que Dorian tenía los días contados.

—¡Debiste decírmelo!

Dorian miró la espalda del anciano de forma impotente.

—Hice lo mejor para todos. Lo que creí que sería lo mejor en su momento.

Don Juan se volvió rápido y en dos pasos alcanzó la distancia que lo separaba de Dorian.

—Ella... ¿lo sabe?

Dorian tragó forzosamente y negó con la cabeza. Don Juan lo miró intensamente sin ocultar el dolor que reflejaban sus cansados ojos.

—¡No! —la tajante respuesta lo desconcertó.

—No pensabas decírmelo, ¿verdad?

Dorian carraspeó nervioso.

—Su padre soy yo y tengo...

Don Juan no le permitió continuar.

—¡Mi hija era una mujer de honor!

—¡Blanca estaba enamorada de mí!

—La convenciste para que te aceptara a ti en vez de a tu padre, eso te lo concedo —Dorian sintió una pequeña esperanza arraigar dentro del pecho y Juan sintió un hachazo por lo que implicaban las palabras de él.

—Había un acuerdo y mi padre cumplió con él, pero fui yo el que desposó a la dama con su beneplácito.

Don Juan miraba estupefacto a Dorian y no supo cuánta verdad escondían sus palabras.

—¿Por qué no me lo dijo? ¿Por qué ocultarme a mi nieta?

—Blanca murió demasiado pronto.

Don Juan se llevó una mano a la frente y cerró los ojos angustiado, Dorian controló un temblor por el recuerdo.

—¿Conoces a su verdugo? —Don Juan esperaba la respuesta con ansiedad.

—Unos maleantes que ya están muertos bajo mi mano sin que ello haya calmado la necesidad de venganza en mi sangre —la confesión resultó inesperada pero no alivió el dolor que aún le quemaba en el pecho.

—¿Por qué, Dorian? Soy un hombre viejo y cansado, ¡no tenías derecho a ocultármela! —la exclamación dolida le arrancó un suspiro involuntario.

—La primera vez que miré a Blanca supe que era la mujer de mi vida, y sorprendentemente, ella me correspondió. En los torneos de Burgos decidimos que no podríamos dejar a mi padre que siguiera pensando en desposarla. Mi padre, cuando vio nuestro amor, lo aceptó, y yo la desposé.

Don Juan estaba mudo oyendo la explicación que le ofrecía Dorian y no supo si creerle o apretarle el cuello hasta dejarlo sin aliento.

—Pretendíais alejarla de Francisco, todos salimos ganando con el cambio.

—Pero, ¿por qué ocultármela? Me resisto a creer en el engaño.

Dorian tragó saliva forzosamente.

—Blanca creyó erróneamente que no le permitiríais escogerme. Estabais decidido a casarla con mi padre a pesar de sus protestas —Don Juan comenzó a respirar agitadamente—. No me siento del todo orgulloso por ocultárselo, conde, pero así se ha realizado —continuó algo más calmado al comprobar que la expresión del conde ya no era de asesinato—. Blanca creyó conveniente guardar silencio. Cuando quedó encinta, decidió esperar un poco más antes de revelarle la decisión que había tomado; después, fue demasiado tarde —Don Juan se llevó una mano a la garganta ante el dolor que sentía por los recuerdos—. Iba de visita a Verdial para explicar todo cuando se produjo el asalto que culminó en su asesinato. Su visita a Toledo significó su muerte.

Un profundo silencio se apoderó de la habitación, donde los dos hombres, que se miraban con más valor que respeto, intentaban contener las ganas que sentían de librarse el uno del otro.

—¡Ella se viene conmigo!

Dorian miró por un breve instante al anciano con todo el encono que pudo.

—Ella tiene nombre, Violette, y no se mueve de Luna.

Don Juan comenzó a apretar los puños a sus caderas y contener la ira que comenzaba a dominarlo.

—¿Por qué se la ha llamado Violette y no Blanca?

Dorian cuadró los hombros con firmeza.

—Violette era el nombre de mi madre, y como padre suyo que soy, me asistió el derecho a llamarla como me placía —Don Juan observó al hombre que había gozado del afecto de su hija y el dolor que le cruzó el pecho le arrancó un gemido seco—. En mi defensa os diré que su nombre completo es Violette Marie Gracia de Martel, Blanca quería que llevase vuestro nombre…

Don Juan no lo dejó terminar.

—Futura condesa de Verdial.

Dorian negó con la cabeza.

—Heredera de Château Rouge, y ese detalle es inalterable, conde.

Don Juan lo miró con un brillo amenazador en sus dorados ojos.

—Puedes tener otros hijos que serán los señores de tu castillo, pero yo solo tengo una nieta y será la legítima condesa de Verdial.

Dorian chirrió los dientes con ferocidad.

—¡Como su padre tengo la última palabra sobre ello!

Don Juan sonrió sin una pizca de humor ante la ferocidad de Dorian.

—¿Mi nieta es nacida en Castilla? —Dorian se mantuvo tercamente callado—. Tu silencio es la mejor respuesta a mi pregunta y resuelve, de modo incuestionable, esta disputa sin razón.

—Esa cuestión es mi hija y no permitiré bajo ningún concepto que la alejéis de mí.

Don Juan terminó por lanzar una carcajada que dejó a Dorian estupefacto.

—Sabes que no pretendo robarte a tu hija de la misma forma que tú me robaste a mi nieta —Dorian se sintió avergonzado en lo más profundo— y sabes, aún mejor, que no renunciaré a ella ahora que la he descubierto.

—Don Juan, sed razonable…

No lo dejó terminar.

—Me insultas con esa palabra. ¿Razonable? —don Juan calló un momento para tomar resuello—. Si no hubiese sido por mi inesperada visita, jamás habría descubierto que tengo una nieta, y tu silencio sigue siendo una ofensa para mí.

—Mi silencio ha sido el resultado de saber que, como vuestra nieta, estaría lejos de su padre, hechos que no estoy dispuesto a tolerar.

Don Juan ni pestañeó al escucharlo.

—Hay que decírselo a María.

Dorian estaba cada vez más enfadado.

—Violette lo sabrá cuando sea necesario, no antes.

—Te muestras osado cuando mi espada está buscando tu cuello.

—Estáis en mi casa, conde. Medid las palabras antes de decirlas.

Don Juan miró un largo instante a su yerno, y no le quedó más remedio que admitir que el pulso que estaban echando casi lo tenía vencido.

—No me marcharé de tu casa hasta que María me reconozca como su abuelo —Dorian sentía los nervios crispados ante la impotencia de hacerle razonar al castellano—. Sitiaré tu castillo y lo derribaré piedra a piedra ante el menor movimiento amenazador por tu parte, y no soy hombre de pronunciar amenazas en vano.

Dorian hizo un asentimiento con la cabeza.

—Mi hija conocerá a su abuelo, tenéis mi promesa...

Don Juan lo interrumpió.

—Quiero algo más que tu promesa, quiero los años que me has robado.

—Violette no abandonará Luna.

—María será condesa en Toledo; tiene tierras, gentes que dependerán de ella cuando yo falte.

—Cruzaremos ese puente cuando lleguemos a él.

Don Juan lo miró con una calma que a Dorian le resultó inquietante.

—Estás justo en el borde del puente y a punto de caerte. Si no te he empujado todavía es porque respetaba y quería demasiado a tu padre para tener mis manos manchadas con tu sangre.

Dorian terminó por tragar la nuez que le había subido a la garganta.

—Y ¿cómo le explicaríais vuestra hosca actitud?

Don Juan cabeceó cansado.

—Como castellana no necesita explicación alguna.

Dorian estaba sudando frío ante la perspectiva de decirle a su hija el parentesco que la unía a uno de los hombres más poderosos de Castilla. Era un aliado valioso, pero como enemigo, resultaba mortal y él sabía que había perdido la partida aun antes de haberla comenzado.

La niña miraba a su padre aturdida por su explicación, paseó sus ojos brevemente por el anciano que la miraba ávido y expectante. Por primera vez fue consciente de los rasgos que antes le habían pasado inadvertidos. El color bronce de su pelo era el mismo que el del anciano aunque, para ser justo, no se le veía muy anciano. La pose altanera de él mostraba claramente que pasaría por el cadáver de todos ellos sin inmutarse, pero sorprendentemente, el anciano no le daba miedo.

Al fin conocía a los parientes de su madre, a la cual no llegó a conocer pues la habían asesinado de forma brutal unos ladrones cuando se encontraba de visita en uno de sus castillos. Afortunadamente Violette no comprendía del todo la importancia de su sangre castellana. Acababa de convertirse en una valiosa heredera en un juego estratégico de poder, pero ella no sabía lo que era el poder y lo que iba a significar en su vida. Miraba a su padre con confusión escuchando sus explicaciones que, en algunos momentos, le parecían irreales. Volvió los ojos hacia el castellano Ginés, que se mantenía en un silencio sobrecogedor mirándola con ojos risueños y burlones; se preguntó qué estaría pensando y terminó por perder el hilo de la conversación.

—Tu abuelo desea que lo acompañes a Verdial, su hogar en Toledo…

Violette negó con su cabeza antes de que su padre terminase de decir las palabras.

—Mi lugar está en Luna, papá.

Don Juan sintió una punzada dolorosa ante la negativa tajante de ella.

—Muchas personas desearán conocerte, María.

La voz de Juan sonó trémula y la niña volvió sus ojos hacia él. Sentía su presencia como un peligro para todo lo que conocía. Su corazoncito infantil no era capaz de razonar nada más que el presente.

—Mi nombre es Violette, señor.

Sus palabras fueron para Juan como una puñalada en el corazón y miró de forma violenta a Dorian.

—Nunca hubiese sospechado que estaría envenenada contra los de su misma sangre —el reproche era del todo justificado, volvió sus ojos hacia ella—. Tu madre era castellana, pequeña, aunque no te llames como ella.

—Pero mi padre es normando y mi nombre también.

Ginés miró a la niña con absoluta perplejidad. La animosidad en sus palabras era pasmosa.

—Pero tú eres castellana, *ma petite fille,* una gran heredera y lo que más quiero en el mundo —Dorian la miró tierno y paciente.

En la sala reinó un silencio incómodo ante las palabras de Dorian, y aunque provocativas, ninguno quiso restarle la importancia que merecían. Violette no entendía su propia hostilidad hacia el anciano, pero temía que su placentera vida iba a cambiar sin que ella pudiese hacer nada por evitarlo, y esa sensación inquietante terminó por decidirla en su lealtad.

—Yo no quiero ser heredera, no voy a serlo, ¿verdad, papá? —el gemido involuntario de Juan le hizo volver la cabeza. Era simplemente una niña que no entendía la importancia de los títulos, la herencia y el linaje. Era una niñita que creía que iban a separarla de su padre.

—Pequeña, uno no puede desprenderse de su herencia como de una muñeca o de un vestido —las palabras de Ginés les hicieron volver la cabeza a los tres—. Debéis renunciar delante de la corona, y para eso, debéis venir a Burgos.

Violette miró a su padre con un interrogante de miedo en sus ojos y éste le sonrió sin mucha determinación.

—No es necesario partir de inmediato. Nuestros invitados se quedarán con nosotros unos días. Después tomaremos una decisión, ¿estás de acuerdo, *mon oisillon bleu**?

Violette seguía arrancando las hierbas del huerto con verdadero enfado. Las últimas noticias habían vuelto su mundo del revés. ¿Por qué querían alejarla de Luna? ¿Por qué tenía que separarse de su padre? Miró con ojos cuajados de lágrimas al joven sirviente que se ocupaba de ayudarla en la pequeña huerta acondicionada en uno de los patios del castillo. El pañuelo de su pelo se había desprendido hacía rato con sus movimientos enérgicos y ella seguía golpeando con la pequeña herramienta los matojos inservibles, como si golpease con ella no los matojos, sino el miedo que sentía. No era consciente de que la observaban desde una de las ventanas ojivales de la segunda planta aunque, de haberlo sabido, no le hubiese importado en absoluto.

Ginés escudriñaba desde lo alto la pequeña figura de ella al mismo tiempo que negaba con su cabeza a las palabras de su padrino. Recordó el incidente del río y tuvo que admitir que se había divertido de lo lindo con las amenazas que le había prodigado. En un principio creyó que la niña era la hija de algún molinero y lamentó, profundamente, que la muchacha fuese la nieta de su padrino pues ello representaba un gran problema para él. La vio levantarse con porte altanero y le recordó la misma postura que adoptaba don Juan cuando estaba furioso. El parecido con el abuelo era sobrecogedor: nadie que los mirase juntos en la misma habitación dudaría de su parentesco, pero era tan pequeña…

Ginés volvió la mirada hacia su padrino y volvió a negar con la cabeza.

—No podéis pedirme algo así, es del todo imposible.

—Muchacho, no te muestras razonable y lo sabes —la mirada de Juan comenzaba a tornarse dura.

—No puedo desposar a la niña —el nudo en la garganta de Ginés seguía sin bajar.

* En francés, «mi pajarito azul».

—¡Estamos hablando de mi nieta!

—Es imposible, padrino. Su padre no lo permitirá.

—Es un favor que te solicito.

—Mi respuesta sigue siendo no.

Don Juan taladró con su mirada la figura de su ahijado.

—¿Comprendes que ya no puedes ser conde de Verdial?

La pregunta inquisidora no lo molestó.

—Lo comprendo y acepto, pero no puedo desposar a la niña aunque ello signifique perder lo que tanto he llegado a estimar.

Don Juan terminó por soltar un suspiro entrecortado.

—Sería la solución perfecta. Estás cualificado para desempeñar el papel de conde tras mi muerte y María viviría en Verdial con los suyos si está casada contigo.

Ginés suspiró cansado. Llevaba dos largas horas intentado hacerle comprender a su padrino su postura, la cual él se negaba a considerar. Sabía que Juan trataba de convencerlo para asegurarse de que su nieta no volviese a Luna, pero era imposible.

—Mi nieta será una mujer hermosa —el elogio era del todo justificado.

—Mi respuesta sigue siendo la misma.

Don Juan suspiró agitado.

—¿Lo pensarás al menos?

Ginés negó nuevamente con su cabeza.

—¡Es una niña, padrino! Y tiene un padre dispuesto a todo con tal de protegerla.

Don Juan atajó cortante.

—Tiene la edad idónea para comenzar a moldearla.

—Ni se imagina lo feliz que me siento de que haya encontrado a su nieta.

—Tan terco como tu padre, pero no he dicho mi última palabra —Don Juan se marchó furioso ante la terquedad de su ahijado.

* * *

Dorian se paseaba nervioso por la enorme sala, la presencia de los castellanos en su casa le resultaba sobrecogedora mas no podía hacer nada. Celeste lo miraba desde su postura sentada mientras seguía bordando con paciencia el difícil dibujo entramado en su bastidor. Alzó un instante sus ojos para mirar a Dorian.

—Podías haberme dicho quién era su abuelo. Cuando lo vi en el río ignoraba de quién se trataba, no pude mostrarle la hospitalidad necesaria como pariente de Violette. Me siento profundamente avergonzada.

Dorian llevó sus ojos hasta su prima y meneó la cabeza pesaroso. Tras la muerte de Blanca, su prima Celeste se había ocupado de la educación de Violette y él sentía una cierta incomodidad por haberle ocultado parte de la verdad.

—¿Dónde está mi hija?

Celeste lo miró con sorpresa.

—Atacando el huerto, ya sabes que siempre que está nerviosa o enfadada suele arrancar hierbas para desquitarse —Celeste contempló el rostro preocupado de Dorian—. ¿Temes que traten de secuestrarla?

La pregunta lo pilló por sorpresa.

—¡Por supuesto que no! —negó rotundamente—. El conde es un hombre de honor. Si dice que se mantendrá en Luna hasta que mi hija lo conozca, mantendrá su palabra.

—¿Qué te preocupa entonces?

Dorian se sentó cerca de ella y la miró con ojos fríos.

—¡La arrancará de mi lado! —se lamentó.

—Es tu hija.

—Es su heredera, Violette será condesa por derecho propio —la queja había sonado lastimosa.

—¿Qué harás? —la pregunta no fue contenciosa.

—Matar al conde o irme con ellos.

Celeste sondeó los ojos de su primo y vio consternada la profunda aflicción que sentía.

—No pueden separar a una hija de su padre.

Dorian la miró como si sus palabras fuesen el colmo de la estupidez.

—Don Juan es un hombre muy poderoso. Es amigo y consejero del rey Alfonso. Mi situación será precaria si establezco una reyerta entre el rey de Castilla y el de León por la pugna de una heredera.

Celeste lo miró asombrada.

—¡Pero estamos hablando de tu hija!

Dorian suspiró largamente.

—Eso carecerá de importancia. Ahora Violette es un peón valioso. Ambos reyes tratarán de apropiarse de su legitimidad para establecer alianzas provechosas.

Celeste ahogó un gemido.

—Don Juan no lo permitirá.

Dorian se levantó presuroso.

—Blanca no quería que su padre se enterase precisamente para evitar esta situación.

—Quizás... nos estamos precipitando.

Dorian la miró estupefacto.

—Apostaría mi vida a que el conde intentará prometerla con su ahijado o alguien afín a Verdial para alejarla de Luna y atarla a Toledo.

—¡Eso sería una insensatez! Es una niña, ¡es tu niña!

Dorian se estremeció por sus palabras.

—Ni te imaginas lo que harían con ella si supiesen... —dejó las palabras en el aire y volvió a sentarse demasiado acongojado.

—¿La extrañas?

La pregunta le hirió en lo más hondo pues no podía apartar de su mente el profundo amor que aún albergaba por Blanca. Su hija era todo lo que le quedaba de ella y no estaba dispuesto a permitir que nadie le robase su afecto.

—No he dejado de amarla ni un día, ni un instante. Aún siento temblores por su ausencia. Violette es lo único que tengo en el mundo, el único lazo que me une a Blanca, y no puedo perderlo.

—Y ¿entonces?...

Dorian sabía lo que pretendía su prima con esa pregunta.

—Mataré a cualquiera que intente hacerle daño, lo juré sobre la tumba de su madre.

CAPÍTULO 5

Toledo, castillo de Verdial

El sonido de las armas atrajo a varios hombres hacia la defensa de los altos muros. Ambos contrincantes medían sus fuerzas en un encarnizado combate fuera del castillo. Quintín no llevaba la armadura y su imponente físico hacía una mella honda en su oponente, bastante más bajo que él. Los gritos de don Juan hicieron que ambos contrincantes se esforzasen más en sus golpes. Los caballos se mantenían quietos aunque movían sus cuartos traseros con cada golpe de espada que se lanzaban.

El combatiente más joven y delgado cayó de su montura al duro suelo, así que la lucha continuó sobre un tapiz de hierba verde. Los repetidos ataques a los que Quintín lo sometía resultaron reveladores. El contrincante más joven no quería ceder todavía y no estaba dispuesto a rendirse sin antes oponer resistencia, pero todo resultó inútil. Nuevamente volvió a caer al suelo. Quintín era demasiado fuerte y hábil, los poderosos músculos de sus brazos batían el arma de forma brutal. Tras mantenerse a la defensiva durante varios minutos, la espada de Quintín cortó uno de los tirantes de su cota y le rasgó la camisola con la punta de la espada. El filo llegó hasta la tierna carne. El dolor resultó inesperado, pues nunca Quintín la había herido adrede. El chillido que lanzó hizo a Quintín retroceder solo un paso, ella se acercó demasiado al cuerpo de él, con el hombro la empujó y la hizo tambalearse precariamente.

—Cubrid vuestro espacio y no me deis la oportunidad de desequilibraros con ninguna parte de mi cuerpo.

Demasiado tarde para la advertencia, las rodillas de ella temblaron violentamente produciendo un chasquido seco en la armadura cuando la embistió.

Había perdido la cuenta de las veces que su trasero había besado el suelo esa tarde. Consiguió volver a levantarse no sin esfuerzo.

—¡No teníais que haberme herido a propósito!

—Admitid que os duele más vuestro orgullo que ese simple rasguño.

Ella lo miró con ojos entrecerrados.

—¡Juro que os haré morder el polvo! —levantó su pesada espada por encima de su cabeza, y aun antes de poder asestar el golpe, la rodilla derecha de Quintín se clavó en sus costillas.

Quería resistirse, pero las piernas le traicionaron, se dejó caer sobre las rodillas. Trató de sujetar su espada pero perdió también el control con las manos, y en un instante, la espada de su adversario se encontró con su cuello.

—Resultáis demasiado fácil. Lo sabéis, ¿verdad? —le dijo Quintín con frialdad, presionando apenas el arma de modo que le quedase una fina marca en el cuello, como recordatorio. La espada cayó súbitamente a un lado—. Jamás demostréis desprecio por la lucha tirando vuestra arma al suelo.

La patada que le propinó Quintín en el culo fue la gota que colmó el vaso. Se levantó tan rápido como le permitía su pesada armadura y se lanzó a un ataque sin armas justo cuando Quintín se daba la vuelta. La redujo en un instante y ella, aunque pataleó con furia, no consiguió darle ni rozando.

—Solo tenéis que mirarme para saber que la desproporción es mucha. Jugáis con demasiada ventaja.

La queja le hizo alzar una ceja al capitán de su guardia con insolencia.

—Tenéis la agilidad que yo no poseo, y tendríais que aprovechar esa circunstancia en vuestro favor.

Ella lo miró rabiosa, se quitó el yelmo de la cabeza y lo tiró al suelo sintiéndose más ofendida que vencida.

María paseó sus ojos hacia las altas murallas y vio que varios pares de ojos estaban admirando el lamentable espectáculo que habían ofrecido. Tanto su abuelo como el resto de los soldados del capitán de su guardia sonreían con inusitada burla, ella suspiró largamente ante las bromas que tendría que soportar durante la cena. Las monturas hacía rato que habían vuelto al interior del castillo como tantas otras veces en las que Quintín la entrenaba en las artes de la lucha. Recogió el yelmo y la espada del suelo completamente afrentada, y comenzó a dirigir sus pasos, temblorosos debido al enorme esfuerzo que había realizado, hacia sus dependencias.

Don Juan logró alcanzarla antes de que ella metiese un pie de forma regia en el gran salón.

—¡Luchas con la derrota en las manos!

Ella se paró a solo un paso de su abuelo.

—La lucha se ha hecho para los hombres, las mujeres solo debemos recoger los restos que quedan esparcidos en el campo de batalla.

La brutalidad de sus palabras le arrancó un suspiro a Juan.

—Como condesa tendrás que estar preparada ante un posible ataque a tu gente.

María se pasó la mano por el pelo enmarañado.

—Tengo hombres que son capaces de defender Verdial sin mi intervención.

—Esos hombres pueden estar lejos cuando los necesites.

—¡Abuelo! —exclamó dolida—. No puedo igualar mi fuerza a la de Quintín, es dos veces más grande que yo.

—No se trata de dejar a tu adversario muerto en el suelo simplemente con una mirada seductora. Tienes que aprender a soportar sus golpes el suficiente tiempo como para que puedan acudir en tu ayuda.

Ella entrecerró los ojos de forma suspicaz.

—Estamos en paz con Francia e Inglaterra, no tenéis de qué preocuparos.

Don Juan la miró enfadado.

—Me preocupa el sur y no el norte. Castilla pronto se enfrentará a los almohades.

Ella no le respondió, se dio la vuelta y entró a la sala sin esperarlo.

Se sentía tan cansada... le dolía la espalda y los brazos le daban rampas constantes. Su abuelo era un hombre implacable. Desde su llegada a Verdial hacía ya nueve años había tenido que aprender a luchar con todo tipo de armas: aunque el arco se le daba bastante bien, la espada era su punto débil. Su abuelo le había mandado fabricar una lo suficientemente ligera como para poder manejarla con soltura, pero ese día había usado la de su abuelo y la desventaja había quedado manifiesta. Le resultaba difícil imaginar cómo se las apañaban los soldados para manejar la espada de corte y la de golpe a la vez. Aunque ésta última se solía llevar en el caballo, la mayoría de los caballeros hacían uso de ambas en las batallas. Cuando ya alcanzaba la escalera hacia sus dependencias, Joseph Esra, el escribano de su abuelo, la interceptó rápido aunque silencioso.

—Las cuentas están listas para ser revisadas, señora.

María suspiró de nuevo. Daría parte de su riqueza por poder tumbarse un rato sin pensar en nada más que en dormir. Su abuelo la alcanzó antes de poder responderle a Joseph.

—¡El mundo seguirá su curso aunque yo descanse un momento! Podéis creerme —a pesar de sus protestas, siguió al escribano y a su abuelo hacia la biblioteca en el otro extremo de la torre. Arrastraba los pies como si fuesen de plomo.

Se le cerraban los ojos debido al cansancio, apenas dormía por el durísimo entrenamiento al que la sometía su abuelo. Atendía las cuentas de las propiedades, los asuntos de los aldeanos y todos los requerimientos que conllevaba una propiedad tan grande como Verdial. La responsabilidad era demasiado pesada.

—¡María! —la exclamación de su abuelo le hizo abrir los ojos de golpe—. Hoy parece que nada atrapa tu atención el tiempo suficiente como para que yo lo comprenda.

—Estoy levantada desde antes del alba, he supervisado la cosecha, atendido todas las demandas, he practicado con el arco, la alabarda —inspiró para tomar resuello—, la espada y el alfanje. He montado a caballo, cazado —suspiró violentamente—. ¡No puedo más!

Don Juan la miró aturdido ante esa explosión de mal genio.

—Quizás me he excedido en tus tareas.

Ella resopló malhumorada.

—Ese "quizás" se ha quedado muy corto, abuelo.

Don Juan se removió inquieto.

—Eres la heredera de Verdial, se espera mucho de ti.

—En ocasiones me gustaría ser una campesina sin obligaciones.

Don Juan miró a Joseph y le invitó a que los dejara a solas. El paciente hombre de barba canosa hizo una ligerísima inclinación con la cabeza y abandonó la estancia. Una vez que se quedaron a solas, don Juan volvió hacia ella la mirada.

—María...

No lo dejó terminar.

—¿Por qué debo atender a dos nombres? —Don Juan la miró perplejo por su estallido repentino—. Mi padre y los hombres de mi padre me llaman Violette, mi abuelo y los hombres de mi abuelo se empeñan en llamarme María. ¡Voy a terminar por volverme loca!

Don Juan se acomodó en su sillón y la miró.

—Violette no es un nombre castellano.

Ella lo miró con un brillo de decepción en sus ojos de zafiro.

—Es el nombre de mi abuela, el único nombre que he tenido hasta los diez años. Me gustaría que respetaseis la decisión de mi padre sobre ello.

—¿Añoras a tu padre?

El brillo contenido en los ojos de ella bastó.

—Mi gratitud la tendréis siempre.

Don Juan chasqueó la lengua con pesar.

—No me refería a la enorme deuda que he contraído con tu padre por ir a las cruzadas con el rey en mi nombre.

María se levantó y abrazó a su abuelo tiernamente.

—Disculpad mi grosería al sugerir algo así pero... en ocasiones lo echo tanto de menos que me atormenta el vacío que ha dejado tras su ausencia —la entrada de una de las sirvientas con un refrigerio les hizo levantar la cabeza a ambos. Esperaron a que se marchara para reiniciar la charla.

—Andrés Pérez de Núñez ha vuelto a pedir tu mano.

María alzó sus cejas con un rictus de burla.

—Debo ser la heredera más codiciada de la Cristiandad y la más insoportable con mis negativas.

Don Juan no rió la ocurrencia.

—Tu padrino debe dar su visto bueno y don Pérez le hizo enojar el otro día.

A María no la sorprendía nada: el talento belicoso del rey Alfonso era conocido por todos.

—También tenemos las pretensiones de don Gonzalo Vílchez de García.

María hizo un gesto con la mano en repulsa.

—Y si añadimos las intenciones de nuestra reina Leonor de ofrecerte a un duque normando, lo tienes bastante difícil esta vez, pequeña.

María negó varias veces con la cabeza aunque se sentía sumamente agradecida. Su abuelo había desbaratado las intenciones de matrimonio de varios nobles, incluso en una ocasión había despertado la ira del rey. Alfonso se había enojado mucho con él, pero el conde se había mantenido firme en su postura y el monarca había cedido en sus pretensiones.

—No podrás elegir arbitrariamente, pequeña, lo sabes. Tu matrimonio deberá ser aprobado por tu padrino. Tendrá la última palabra.

María hizo un asentimiento con la cabeza.

—Pero me prometió en mi decimosexto cumpleaños que podría elegir entre unos cuantos trofeos.

Don Juan rió por la forma irreverente de calificar a los posibles futuros esposos. El rey Alfonso había apadrinado a su nieta siendo ya mayor, algo bastante inusual, pero don Juan se sentía complacido por el hecho de que su nieta tuviese un padrino que era amigo suyo.

—No pienso preocuparme hasta el regreso de mi padre.

Don Juan hizo un asentimiento de cabeza y le ofreció una sonrisa de afecto sincero. A pesar de llevar la cota de malla y de tener el pelo aplastado por el yelmo, su nieta era una mujer muy hermosa, belleza que aumentaba día a día.

—Siempre creí que mi ahijado Ginés acabaría por desposarte.

María achicó los ojos por la risa que el comentario de su abuelo le produjo.

—Mi prima Celeste no me lo hubiese perdonado. Desde el incidente del río Luna ambos se sintieron profundamente atraídos. Están tan enamorados que da envidia contemplar su felicidad.

—Siento una enorme gratitud, está realizando un trabajo admirable en ausencia de tu padre, me siento satisfecho.

—Mi madre también hizo muy feliz a mi padre.

Don Juan la miró con pesar.

—Tu madre hacía todo a voluntad —María no entendió las palabras de su abuelo—. Era tan voluntariosa, terca, obcecada, impulsiva... —María iba a protestar, pero Juan le hizo un ademán con la mano—. Todos en Verdial la querían. ¡Y yo la adoraba!...

María lanzó un suspiro al aire. Se levantó pesadamente debido a la armadura y se dirigió a las altas ventanas del salón. Se apoyó discretamente en el capialzado de la ventana y miró el vasto terreno que se extendía ante sus ojos. Adoraba su herencia. Verdial era una tierra generosa, producía unas cosechas copiosas de grano y frutas. María recorrió con ojos amorosos los amplios valles verdes. En derredor se veían campos fértiles y anchas llanuras. Las propiedades de su abuelo contenían grandes rebaños que daban abundante leche y lana, espesos montes llenos de castañares en los que abundaba la caza, y caballos. Su abuelo criaba soberbios caballos que eran la envidia de otros reinos. Verdial no tenía parangón, era una joya exquisita que los infieles querían poseer y que ella debía preservar.

—Mi madre amaba esta tierra y yo he aprendido a respetarla como se merece —Don Juan hinchó el pecho con orgullo por las palabras de su nieta—. Deseo ser una buena condesa, abuelo, y puedo hacerlo sola.

—Cuando tu padre regrese volveremos a hablar sobre tus esponsales.

María se sentía en parte afortunada. Al haberse mantenido su nacimiento en secreto, no se la había prometido a ningún noble en matrimonio desde la niñez. Ahora contaba con la ventaja de la madurez y el apoyo de su abuelo para escoger al hombre adecuado para hacer prosperar la gran riqueza de Verdial.

—Dorian Martel sigue pensando en Sancho de Navarra.

Ella se apartó de la ventana y encauzó sus pasos hasta volver a sentarse. Oscureció su mirada ante el escrutinio de su abuelo.

—Mi padre desea lo mejor para mí y cree, erróneamente, que toda hija se merece un rey.

Don Juan la miró durante un instante.

—Es un rey joven y enamorado.

María elevó sus ojos a los bellos entramados del techo.

—Está prometido a Constance, hija de Raimundo de Toulouse; será un matrimonio ventajoso para Navarra —había aceptación en su voz.

—Te ama a ti.

—Abuelo, ¡basta!...

Don Juan observó el gesto suspicaz de su nieta y sintió un ramalazo de culpa por acicatearla.

—No puede ser, tendría que irme a Navarra y mi lugar está en Verdial. No podría desatender… esto —con una mano hizo un amplio abanico y después la dejó caer vencida junto a su regazo.

—No debiste rechazar su proposición. Me hiciste lamentar la libertad que te otorgué en su día, confiaba en tu capacidad para saber lo que más te convenía.

María lo miró dolida. El afecto que le profesaba a Sancho estaba fuera de toda discusión.

—Necesito un hombre sin tierras que pueda ocuparse de Verdial como se merece. Nada de medias tintas, abuelo. Dedicación exclusiva. ¿No es eso lo que me habéis inculcado siempre?

—No se puede rechazar a un rey.

María terminó por levantarse violentamente.

—Rechacé al hombre antes de convertirse en rey. Obvié mis sentimientos por mi herencia. ¿Por qué me juzgáis tan libremente?

—Sancho no será feliz con Constance, puede que un día te reclame el rechazo del que ha sido objeto, máxime cuando sus sentimientos hacia ti son correspondidos.

—¿Habéis terminado, abuelo? Estoy terriblemente cansada. Iré a recostarme un rato antes de la cena —María se encaminó hacia la salida con más energía de la esperada.

—¡María! —ella detuvo sus pasos y lo miró—. Perdona a este viejo por concebir la ilusión de querer ver a su nieta como reina de Navarra —María tragó con dificultad—. Sé con total seguridad que antepones tu herencia a tu corazón. Elegirás al hombre más apropiado para Verdial y ello me llena de un inmenso orgullo.

María no le respondió, salió de la sala con aire contrito.

Don Juan cabeceó pesaroso aunque confiado. Su nieta había demostrado poseer un sentido común fuera de lo normal en una muchacha tan joven. Juzgaba los asuntos con una madurez extraordinaria. Imaginó que esa tendencia a meditar los asuntos debía ser herencia paterna pues su hija Blanca había sido lo opuesto a María. Su vida había estado dominada por los impulsos y las decisiones desacertadas. Así que don Juan no temía que María cometiese un descalabro en su decisión de escoger el mejor partido para Verdial, pero… ¡cuánto le hubiese gustado verla con una corona!

CAPÍTULO 6

Las desgracias siempre vienen acompañadas de la oscuridad y el silencio de la noche. Don Juan y su nieta no tuvieron tiempo para prepararse, el ataque por sorpresa fue inesperado, los lobos de la penumbra acechaban ocultos, quietos, y de madrugada, los canallas invadieron Verdial.

Don Juan la despertó al entrar precipitadamente en su alcoba adyacente a la suya. Sus leales soldados, Quintín, Tomás y Andrés, iban tras él. Las caras de todos mostraban la preocupación que los invadía. María se incorporó en el lecho mientras se frotaba los ojos completamente desconcertada; su abuelo sostenía la vela que terminó colocando sobre el arcón situado a un lado de la cama. Don Juan parecía terriblemente preocupado. María oyó el débil sonido de los gritos que provenían de la planta baja y entonces se dio cuenta de que su abuelo llevaba puesta la cota de malla. Se vistió a toda velocidad porque sabía que no podía perder tiempo, se colocó la armadura que su abuelo había mandado fabricar para ella, al igual que su espada, ambas mucho más ligeras debido a su complexión y naturaleza femenina.

—¿Qué sucede, abuelo?

La pregunta hecha con un hilo de voz hizo que Juan la mirase un momento, pues le daba la espalda otorgándole una cierta intimidad para que se vistiese.

—Están atacando Verdial.

María suspiró con fuerza.

—¡Imposible!... ¿Quiénes?

—Son ingleses, al menos conozco a uno de ellos.

—¡Pero estamos en paz con Inglaterra! —la exclamación sonó incrédula.

—Se han introducido en mitad de la noche en Verdial, imagino que se han aprovechado de la feria, nuestras puertas estaban abiertas y sin vigilancia. He conseguido mandar a Julián a Peñas Negras; espero que lleguen en nuestro auxilio a tiempo.

—¿Cómo sabéis que son ingleses?

La pregunta contrita hizo a Juan volverse un momento.

—Los lidera sir Roger de Blackswan —María alzó los ojos confusa, Juan continuó—. Es un hombre del príncipe Juan Plantagenet, hermano del rey Ricardo.

—¡Mi padre está con el rey inglés en las cruzadas!

—Lo último que sé de Ricardo es que está prisionero del rey Enrique de Alemania y su hermano Juan, demasiado ocupado intentando arrebatarle el trono. Por ese motivo no entiendo qué puede querer Juan de Verdial. ¡Apresúrate!

—Si Ricardo está preso, ¿dónde está mi padre? ¿Por qué no ha regresado?

—Tu padre está en Inglaterra por orden de la reina Leonor.

—¿La esposa de nuestro rey? ¿Qué puede querer Leonor de mi padre?

—Leonor tenía tratos con un inglés por tus posibles esponsales; mi negativa no le ha gustado mucho, quizás ese es el motivo por el cual están atacando Verdial.

María parecía que estaba en una nube de sopor, apretó la espada contra su cuerpo y bajó corriendo la escalera junto a su abuelo. Al asir el tirador de la puerta, sintió que el pánico se adueñaba de ella. Se disponía a abrirla cuando un repentino estruendo le hizo pegar un salto hacia atrás. Se volvió en el preciso instante en que se abrían de golpe las pesadas puertas de roble que daban al gran salón. Por ellas irrumpían soldados que llevaban en alto sus ensangrentadas hachas de guerra y las espadas desenfundadas.

—Señor, el patio ha sido tomado.

Don Juan miró a su nieta intentando ocultar su preocupación.

—¿Aguantarán las puertas? —el soldado negó con la cabeza—. ¡Virgen santa! —Don Juan pensaba a toda velocidad—. ¡Rápido! ¡Clavad puertas y ventanas!

—Mi señor, de hacerlo, nos sitiarán.

Don Juan se mesó el pelo, preocupado.

—Entonces que Dios nos asista, porque me temo que no podremos aguantar mucho sus embates.

La puerta que daba al patio se abrió con un fuerte estrépito, y al momento, varios hombres ingleses liderados por Roger entraron al gran salón sedientos de sangre. María echó la cabeza hacia atrás y la visera del yelmo cayó cubriendo su rostro, sacó la daga de su cinto y asió su espada con la derecha.

Si iban a morir, morirían luchando.

Los extranjeros, ebrios de poder, arremetieron contra todos los que estaban de pie en el gran salón; los soldados de Juan trataron inútilmente de reducirlos pero los ingleses eran demasiados. Fue una masacre innecesaria. María luchaba espalda con espalda con su abuelo pero nada la había preparado para la violencia que soportó durante los minutos que duró la contienda. No malgastaba fuerzas devolviendo golpes vacíos, los consejos de su abuelo acudieron a su cabeza mareada. Los golpes de uno de los soldados consiguieron separarla de Juan; afortunadamente, estaban demasiado ávidos de sangre y luchaban confiados. Ella pudo deshacerse de dos de ellos sin mucha dificultad, volvió la vista un momento y contempló con verdadero horror que sir Roger, ataviado con una capa roja, levantaba la pesada espada sobre su abuelo y lo golpeaba con la guarda de forma impune. Corrió hacia él pero uno de los esbirros la hizo caer de rodillas.

—¡No! —gritó con verdadera angustia—. ¡No! —sir Roger tenía al conde cogido por el cuello y la espada sangrienta amenazaba su cuerpo goteando sangre amiga.

—¡Quiero a la bastarda! —reinó el silencio durante un momento.

—Vuestra madre no se encuentra aquí —el insulto le valió un golpe que Juan aguantó con entereza.

—Busco a vuestra nieta, viejo estúpido.

Don Juan enarcó las cejas, confuso.

—Mi nieta está muy lejos de vuestro alcance.

María ahogó un gemido al comprender que, vestida con la armadura, ninguno sospechaba que era una mujer.

—Me encargaré de la bastarda más tarde —Don Juan no podía respirar, la presión en su cuello era enorme—. ¡Quiero las cartas! —todos seguían mirando con absoluto silencio.

—Las cartas se enviaron ayer —Don Juan lo miró directamente a los ojos sin titubear y el inglés lo miró absolutamente consternado.

—¿Estáis jugando conmigo? ¿Sabéis a qué cartas me refiero? —Don Juan trataba de soltarse del puño que lo tenía asido como un guante de hierro—. Quiero las cartas que escribió Blanca.

Don Juan no comprendía nada.

—Mi hija no escribió ninguna carta.

Roger lo miró con dureza.

—Si me las dais tendré piedad y os daré unan muerte rápida.

Don Juan cerró los ojos un instante, Roger se preparó para asestarle el golpe mortal. María dilató las pupilas con pánico.

El grito de Quintín tronó en la sala y la carnicería comenzó a resurgir con furia desmedida. Aún resonaba en sus oídos el estruendo del ariete momentos antes. El puente levadizo había sido destrozado, al igual que las dos rejas que cerraban la entrada por dentro.

María intentó sujetar a su abuelo herido, pero pesaba demasiado para ella y ambos cayeron al suelo. Él se había arrancado la espada que sir Roger le había incrustado en el abdomen, el sufrimiento en su rostro la tenía acongojada. La herida estaba abierta, y ella no tenía nada para contener la sangre que le manchaba las manos de rojo carmesí. Quintín seguía luchando ferozmente con sir Roger y el resto de los soldados de su abuelo junto con él. La cota de malla le pesaba bastante pero había conseguido arrastrar a su abuelo hacia la orilla del gran salón, donde el entrechocar de espadas resultaba ensordecedor y macabro.

Tomás exclamó con sorpresa inusitada.

—¡Dios del cielo!... Traen sus refuerzos, señora, no podremos resistir.

María sintió que la sangre se le helaba en las venas. En la sala habían entrado cuatro gigantes completamente armados, uno de ellos iba enfundado en una armadura oscura. Su apariencia resultaba escalofriante. El gigante más alto hizo un breve recuento de lo que sucedía en los salones, miró al conde caído en el suelo y sus ojos penetrantes se fijaron en ella, que apenas podía sostener la espada en sus manos. Con un gesto breve de la cabeza le indicó a uno de sus hombres que fuese a por ella. María sabía que iba a morir, lo sabía, y la seguridad que daba esa certeza le hizo encontrar el valor para seguir luchando. Cuando el asesino se acercó lo suficiente y la asió del codo para reincorporarla, hizo un giro con el puñal de su mano que hizo un medio arco hasta encontrar las costillas. La hoja afilada penetró hasta la empuñadura, el guerrero la miró de forma breve sin creerse su osadía. Entonces un golpe la derribó. María no supo quién se lo había propinado, no bien intentó levantarse de nuevo cuando la guarda de una espada de golpe le dio de lleno en la cabeza abollando el casco y dejándola inconsciente en el suelo al lado de su abuelo moribundo.

Estaba maniatada a lomos de un caballo, la mordaza en la boca le impedía llenarse de aire los pulmones con normalidad. El dolor en su cabeza le producía unas náuseas aumentadas por los movimientos en zigzag de la montura. Recordó a su abuelo, su herida, y ahogó un gemido de dolor que la traspasó por completo dejándole una sensación de pérdida insoportable. Sir Roger se había salido con la suya. Su abuelo estaba muerto y ella prisionera, ¿de quién?

Desde su marcha de Luna, el castillo de su padre, nunca hubiese podido imaginar que la secuestrarían, pero ¿por qué causa? El dolor de cabeza aumentaba de forma alarmante. Ella trató sin lograrlo de hundirse de nuevo en la inconsciencia y al no conseguirlo, volvió con cuidado sus ojos intentando adivinar cuántos secuestradores tenía. Contó un total de tres caballos pero la posición ignominiosa en la que se encontraba le hacía muy difícil poder ver si había alguno más. A sus oídos llegó un lenguaje que no llegaba a comprender; ese detalle logró encogerla de miedo. Parecía una lengua del norte, muy al norte, pues jamás la había escuchado antes. Elevó una plegaria al cielo por su negra suerte.

Se habían detenido. Ella, en un arrebato de cobardía, cerró los ojos intentado que la creyeran inconsciente.

—Sé que estáis despierta.

El fuerte acento le produjo un estremecimiento, y sabiéndose descubierta, alzó la cabeza para mirar a su verdugo, pero fue innecesario. La alzaron sin ceremonia y la dejaron en el suelo. Los pies se le habían dormido debido a las horas que había pasado en esa postura obligada y cayó al suelo sobre su trasero. El sonido metálico de la armadura al chocar contra las piedras le arrancó un gemido lastimoso. No podía moverse, por lo que quedó tirada en la dura tierra. El gigante se arrodilló y le quitó la mordaza de la boca. Le desató las manos, y ella las frotó con energía para restablecer la circulación pues las sentía prácticamente dormidas. El desconocido le alzó la barbilla y le ladeó la cabeza para contemplar si había sufrido alguna magulladura; María echó la espalda hacia atrás y apoyó las palmas de las manos en el duro suelo lleno de piedras. El hombre escudriñaba su cabeza con suma atención, y ella volvió a ladear la cabeza para no darle la satisfacción de ver sus ojos cuajados de miedo. Entonces, su mano tocó una piedra con el tamaño suficiente para ser utilizada como arma, aprovechó el descuido de él cuando volvió sus ojos hacia uno de sus hombres para hacerle un gesto. María asió la piedra cerrando su puño, notó que tenía una parte bastante puntiaguda, cogió impulso y le asestó con todas sus fuerzas una pedrada en la sien; al momento, sintió de nuevo un golpe y el olvido se apiadó de ella.

Estaba acostada en una manta de basta tela a cuadros. La fogata encendida al abrigo de un pequeño montículo le daba calor en el rostro, pero María solo era consciente de su terrible dolor de cabeza. Intentó reincorporarse y se mareó. Cuando al fin pudo abrir los ojos contempló con verdadero horror que el guerrero que había golpeado con la piedra la estaba contemplando con ojos entrecerrados y fríos.

Sus penetrantes ojos le recordaron a María las hojas lanceoladas del olivo que, a pesar del color verde intenso, cuando reflejan el sol se tornaban grises. Ella sabía que los ojos del gigante también eran verdes pero a esa hora de la tarde refulgían de plata.

¡Lástima que no estuviese muerto! Él debió interpretar su gesto perfectamente pues a continuación le habló con voz profunda y seca. Su expresión seguía inescrutable aunque María pudo atisbar un asomo de sonrisa en sus labios pero no en sus ojos: el odio refulgió durante un instante en su profundidad verde y a ella la sacudió un escalofrío negro.

Ese hombre representaba las pesadillas de los niños hecha realidad.

—Casi lo conseguís —volvió su rostro para mostrarle su sien izquierda. La enorme protuberancia tenía una herida de la que debía haber manado bastante sangre.

Por alguna incomprensible razón, María se sonrojó. Se irguió con cautela porque no sabía las represalias que vendrían a continuación.

—No pretendemos haceros daño —no pensaba mostrarse tan crédula—. Mi nombre es Kerien McFalcon. Venimos de Waterfallcastle para protegeros.

María creyó que no había oído bien. ¡Un escocés en Castilla! ¡Imposible!

—¡Habláis en latín!

El guerrero le hizo una inclinación con la cabeza.

—Aprendí lo más elemental antes de emprender el viaje a vuestra tierra; el largo camino me ha ayudado a mejorarlo —estaba absolutamente asombrada—. Era necesario para poder comunicarme con vos.

—¡Mi abuelo! —logró exclamar ella con súbito dolor.

—Está vivo, la herida ha sido casi mortal pero conseguirá recuperarse. Lo dejamos atrás en el castillo al igual que uno de mis hombres, Lucius, lo heristeis con vuestro puñal cuando trató de acercarse a vos para ayudaros. La herida resultó profunda pero se recuperará.

Ella no comprendía, creía que los cuatro hombres eran refuerzos para sir Roger. Se había equivocado.

—Hace días que cabalgamos sin descanso.

María miró lo abrupto del camino y no supo ubicar dónde se encontraban. Había estado durante varios días sumida en la semiinconsciencia. A ratos lúcida, a ratos inconsciente.

—Estamos atravesando la frontera de Aquitania.

María carraspeó para que le saliese la voz con normalidad.

—¿Cuál es el precio? —el hombre no la entendió—. Mi abuelo os pagará un rescate por mí.

—No buscamos recompensa.

Ella entrecerró los ojos suspicaz.

—¿Soy una prisionera? ¿De quién?

El fornido guerrero se levantó y se acercó lo suficiente para que ella diese un respingo y retrocediese arrastrándose hacia atrás, pues seguía atada por los pies.

—Debo manteneros con vida —María no supo cómo tomarse esas palabras—. Vuestro padre os reclama.

Abrió los ojos estupefacta. Los ojos verdes de Kerien la miraban con intensidad sin perderse detalle de las emociones que cruzaban su rostro, que seguía sosteniéndole la mirada sin pestañear. Había algo fascinante en la mirada del guerrero. Una aguda inteligencia acompañada de una cierta reserva para mantener sus emociones bajo control. También advirtió que en la profundidad de sus ojos había una dureza perpetua e implacable; María presumió que iba dirigida a ella.

—¡Mi padre!

El guerrero asintió con la cabeza.

—Está en Escocia aguardando vuestro regreso.

La mente de María era un hervidero de especulaciones. Su padre había vuelto de la cruzada con Ricardo y estaba esperándola en... ¿Escocia?

—¿Qué puede querer mi padre de un lugar tan remoto? ¿Por qué confía...?

Él no la dejó terminar.

—Tengo esto para que comprendáis que soy un amigo —le tendió un pañuelo que envolvía algo.

Ella lo tomó y comenzó a desenrollarlo. Dentro había una carta, leyó la misiva con avidez pero en modo alguno era de Dorian. Era una carta del aya de su madre, Teresa Monzón de Orellana, y a medida que la leía se iba quedando más confusa. Teresa le rogaba que fuese hasta ella, su abuelo tenía que esclarecer el ataque y traición de sir Roger, prometía responderle todas y cada una de las preguntas que la carcomían.

—Vuestro abuelo me dio una carta para vos. Salimos del castillo demasiado rápido, apenas tuvo tiempo de escribirla —el gigante sacó otra carta y se la tendió. Ella la leyó con una angustia infinita.

Mi pajarito azul, estoy recuperándome de la grave herida que me infringió sir Roger. Es necesario que te manten-

gas escondida hasta que pueda resolver la traición de la que hemos sido objeto. El aya de tu madre se ocupará de cuidarte hasta que pueda reunirme contigo. El rey conocerá la traición y hará los ajustes necesarios para castigar al culpable. Roger de Blackswan está muerto y sus esbirros en mis mazmorras a la espera de la llegada del rey Alfonso. Mantente con vida hasta que pueda reclamarte. Tengo una carta de Teresa explicándomelo todo…

Tu abuelo, Juan Gracia, conde de Verdial.

María estaba completamente confundida. Entonces, si esos gigantes eran amigos, ¿por qué la habían mantenido maniatada?

—Un secuaz de sir Roger os golpeó la cabeza con furia, estuvisteis inconsciente mucho tiempo —abrió los ojos sorprendida mientras lo escuchaba—; no me quedó más opción que maniataros para hacerles creer que os llevábamos a la fuerza —¿Acaso no había sido así? Ella jamás hubiese abandonado a su abuelo por propia voluntad. Había luchado como una fiera pero había resultado inútil—. ¿Cómo os llamáis? —la pregunta la pilló desprevenida.

—María —esbozó una media sonrisa. Al fin había aceptado el nombre por el que la llamaba su abuelo desde niña. Había hecho falta una batalla para darse cuenta de que amaba a ese anciano con todo su corazón. Decidió, en un instante, confiar en el extranjero. Su abuelo pocas veces erraba en su juicio—. María Gracia de Martel, heredera de Verdial.

El gigante alzó una ceja burlón.

—Un nombre demasiado largo para una mujer tan pequeña.

Ella se masajeó los pies incómoda.

—Os ruego que me soltéis.

—¿Prometéis no escaparos?

Ella asintió con la cabeza.

—Sois mi protector… —el guerrero encauzó sus pies hacia ella y la desató por completo—. ¿Por qué oscura razón dormimos en el bosque? ¿Es por falta de oro? —si ella hubiese sospechado lo pobres que eran, habría mantenido la boca cerrada.

—Vuestro abuelo me dio esto —el hombre le enseñó una bolsa pequeña de cuero que ella reconoció enseguida, la bolsa de oro de su abuelo, y estaba llena de monedas—. No desconfiéis, me la dio para vos junto con las cartas —le soltó la bolsa en el regazo a una distancia prudente—. Si nos quedásemos en las posadas de las aldeas, los hombres del príncipe Juan podrían seguirnos la pista. Mi misión es manteneros con vida.

Ella lo miró con un interrogante y con un escrutinio minucioso. El extranjero era un hombre alto y robusto. Sus ojos verdes la intrigaban, ardían con un brillo extraño bajo unas cejas suavemente arqueadas, tenía el pelo de un color indeterminado entre el castaño y el cobrizo. Mirarlo no le resultaba desagradable y ese pensamiento la perturbó. A pesar de lo fiero que se mostraba no sentía temor hacia él.

El guerrero se marchó al otro lado del fuego junto con sus hombres.

María estaba nerviosa. A pesar de su resolución de obedecer a su abuelo, esconderse en un sitio tan lejano como Escocia le parecía una idea absurda. No llegaba a comprender qué hacía el aya de su madre en ese rincón del mundo ni por qué se ponía en contacto con ella después de tantos años. Las preguntas seguían acumulándose en su mente sin poder encontrar una respuesta, y la impaciencia comenzó a aguijonearla sin piedad.

¿Qué pretendía sir Roger al atacar Verdial? ¿Podría fiarse de estos hombres tan extraños? Volvió a mirarlos de forma subrepticia y recelosa. Los tres la ignoraban por completo pero ella sabía que se mantenían alerta ante el más mínimo movimiento por su parte. Apenas hablaban; intercambiaban entre ellos, lo que a María le pareció, monosílabos erráticos.

Volvió sus ojos a la bolsa de cuero que yacía inerte en su regazo, gracias a la cual podrían comer y comprar mantas para paliar el frío que iban a encontrar a medida que avanzaran hacia el norte. Tendría que convencer al jefe del grupo para hacer un alto en algún pueblo y abastecerse de viandas.

Miró a través del fuego los rostros sombríos de los salvajes, que la miraban con suma desconfianza, salvo uno que era tan grande e imponente como Kerien y tenía un brillo en sus ojos castaños que no le desagradó. María intuía que el encargo de llevarla a Escocia no les debía gustar en absoluto. No supo calibrar el porqué pero oírlos hablar en ese lenguaje tan extraño le producía unos escalofríos involuntarios. Al momento su estómago rugió por la falta de alimento y ella se sintió tan avergonzada que se acostó de golpe en el duro suelo y cerró los ojos intentando aparentar que dormía.

El jefe del grupo se había acercado nuevamente a ella y le dejó sobre la manta un trozo de queso, una manzana, algunos frutos secos y agua. María no rechazó el ofrecimiento, le dio las gracias y comenzó a devorar las viandas como una muerta de hambre.

CAPÍTULO 7

La travesía en barco desde Cherburgo, en Normandía, hasta Inglaterra había resultado agotadora. El Atlántico, enfurecido, los había azotado sin piedad y con una fuerza aterradora, pero habían llegado a tierra ilesos.

Siempre se mantenían alejados de los caminos. Al tener solo tres monturas, ella iba montada la mayor parte del tiempo con Kerien, y para que el caballo no se agotase, se turnaba con el que consideró su capitán, Turien. Le gustaba cabalgar con este último porque no se mostraba tan rígido con ella, sus brazos eran cálidos, y aunque su mirada solía ser seca, María se sentía protegida. No sabía encontrar el motivo que la inducía a confiar en ese guerrero, solo sabía que le gustaba el sentimiento de protección que lograba transmitirle.

Evitaban las ciudades y se alimentaban de lo que cazaban en el bosque: conejos y perdices, así como setas y bayas. El jefe del grupo había desestimado la oferta de ella de comprar alimentos y ropa de abrigo en las diferentes aldeas que cruzaban. Kerien no quería arriesgarse a que alguien los reconociese. A medida que avanzaban hacia su destino, el frío se hacía más intenso y prolongado. El helor se iba colando por cada poro de su cuerpo desprotegido pues, a pesar de la manta que siempre llevaba ella envuelta, el frío del entorno la sobrecogía. Inglaterra le resultó húmeda e inhóspita, añoró el cálido sol toledano y volvió nuevamente a acordarse de su padre y de su abuelo. En las semanas que había compartido con los guerreros había aprendido parte de su lenguaje, bastante difícil para un castellano pues los sonidos melodiosos del latín contrastaban enormemente con los sonidos bruscos del gaélico. María hinchó el pecho orgullosa de sus raíces.

Tanto en Castilla como en el resto de reinos cristianos de la Península, las personas instruidas se comprendían en árabe y hebreo, además de latín; por eso las formas guturales de los guerreros le producían dolor de oídos, aunque ella se esmeraba todo lo que podía por hacerse comprender. Ignoraba cuánto tiempo tendría que estar escondida y no pensaba agotar al guerrero de pelo rojo con las traducciones de sus interrogantes. Los hombres se molestaban profundamente cada vez que ella le preguntaba por sus palabras, y cuando le pedía que tradujese para ellos algo que decía ella, resultaba aún peor. El único que de vez en cuando osaba mirarla a los ojos sin hosquedad era Turien y ella solía agradecérselo con medias sonrisas. Ese era todo el intercambio que se efectuaba entre los guerreros del norte y ella. El jefe le había aclarado con cierta brusquedad que no podía mantener ningún contacto con sus hombres, esa advertencia le hizo replegarse en sus conversaciones con Turien. Kerien también le explicó de forma un tanto impaciente sobre la jerarquía y por qué razones era tan importante respetarla. Ella no hizo ningún intento por desobedecer.

Aunque las conversaciones con el *laird* eran escasas, María no protestó una sola vez, pero estaba terriblemente agotada, sucia y llena de suspicacia. Temía preguntar cuánto tiempo faltaba todavía para llegar a su destino. María no tenía modo de saber que los guerreros la conducían hasta el norte, hacia las Highlands.

Kerien miró a la castellana profundamente extrañado. En los días que llevaban juntos no había oído una queja o lamento por el penoso trayecto, la insuficiente comida o el duro suelo por lecho. Cada noche desde hacía semanas dormían a la intemperie, bajo el amparo de las estrellas. Esa fuerza y valor lo tenían asombrado. Se sentía enormemente atraído por sus ojos de zafiro, ojos de noche misteriosa. En ocasiones resistía el impulso de asir un mechón de su pelo para acariciarlo con ternura y memorizar su tacto. Nunca había contemplado un color tan original en el pelo de una mujer. Atrapaba la luz del sol de una forma única para luego producir reflejos cegadores extraordinarios.

¿Qué demonios le ocurría?

Kerien soltó un suspiro quebrantado. Cinco largos años purgando su pecado, sometido a la mano implacable de los remordimientos, golpeado por los recuerdos, torturado emocionalmente hasta el punto de la extenuación mental, y todo por la perfidia de una mujer. Las odiaba, con una intensidad aplastante, demoledora, y esos pensamientos destructivos lo habían convertido en un animal sin sentimientos. En su interior estaba vacío, solo lo acompañaba el pasado, que se burlaba de él con premeditada alevosía; pero María tenía ese aire inocente que lo conmovía hasta lo más profundo sin que pudiese analizar el motivo o la razón. No sabía cómo calificar lo que le producía contemplarla pero sus ojos regresaban constantemente hacia ella.

Se había vuelto loco.

Agitó la cabeza para ahuyentar los pensamientos traidores que le producía la castellana y resolvió no pensar más en ella salvo la forma de conducirla sana y salva hasta su padre.

La oyó cuando se dirigía de nuevo al arroyo para asearse; le resultaba difícil de entender el ansia que mostraba la castellana por la limpieza de su cuerpo. Su piel brillaba como las sedas de Oriente que había visto en alguna ocasión en los vestidos de las damas de la corte, era impensable creer que le podía sacar más brillo o dejarla más suave.

Mantenerse oculto a sus ojos mientras observaba su baño mientras la protegía le gustaba demasiado. ¿Cómo podía odiar a las mujeres y sentirse atraído por una de ellas?

La siguió despacio y en silencio. María nunca se había percatado de que la vigilaba en todo momento del día y de la noche. Era del todo imprescindible, había hecho una promesa de honor y debía cumplirla, los peligros eran demasiados para bajar la guardia. Ella resultaba un botín demasiado tentador para cualquier merodeador que la contemplase, un solo vistazo sobre ella mostraba a las claras la alcurnia que portaba. El corazón se le aceleró de la misma forma que el día que la contempló en los salones de Verdial luchando para sostener a su abuelo herido y seguir blandiendo la espada para defenderlo.

A Kerien la muchacha le gustaba demasiado pero tenía muy presente las artimañas que eran capaces de tramar. Había catado la perfidia de una de ellas, que lo había sumido en la ignominia más dolorosa. Si hubiese sido fuerte, ¡su hermano estaría vivo! Y él no arrastraría una maldición que lo convertía en poco más que un despojo.

Kerien inspiró profundamente y volvió su atención hacia María.

Su menuda estatura no impedía que sus guerreros, hombres fieros en la lucha, se encogiesen como niños cuando ella les obsequiaba con ese precioso ceño fruncido tratando de entender las bromas que se decían a costa de ella sin lograrlo. Kerien le sacaba más de tres palmos de altura, abrazar una cosa tan pequeña debía ser parecido a sostener un cordero en los brazos… ¿qué demonios le estaba ocurriendo para hilvanar semejantes pensamientos? Él jamás iba a abrazarla, antes se cortaría los brazos. Detestaba su género hasta un punto insospechado. Por culpa de ellas el destino había llenado su regazo de espinos para acunarlo junto con su traición por el resto de sus días.

María seguía bañándose de espaldas a él.

Kerien se mesó el pelo cansado.

Llegó hasta el borde del río e intentó ocultarse tras un arbusto lo suficientemente grande para tapar su enorme silueta. No había alcanzado su objetivo todavía cuando una rama crujió bajo su pie. Había estado tan pendiente de ella que había descuidado sus pasos. María se volvió ligeramente sorprendida pero sin miedo en sus ojos, que brillaban bajo la noche oscura. Kerien llegó a atisbar uno de sus senos endurecidos por el frío del agua que la castellana no ocultó a tiempo. Se sintió incapaz de moverse mientras sus ojos se daban un festín con la visión de ese cuerpo dorado que se apreciaba bajo la tela mojada y que resplandecía como la seda a la luz de la luna. Volvió sus ojos hacia su rostro, que se había ruborizado por completo.

María cubrió con los brazos sus pechos antes de increparle ofendida:

—¡Un caballero jamás contemplaría el baño de una dama!

Él se volvió de espaldas para preservar su pudor, pero sin lamentar en absoluto el descuido de ella.

—Es mi deber manteneros libre de peligro.

María se molestó porque recordaba perfectamente la abrasadora mirada de Kerien sobre su cuerpo.

—Soy perfectamente capaz de cuidarme sola.

Kerien sonrió para sí por esa respuesta prepotente.

—Estamos en territorio enemigo y vos no tenéis más que una camisola...

Ella no lo dejó terminar.

—No quería estar sucia cuando me presentase ante Teresa —Kerien se volvió a mirarla pero ella ya se había puesto la camisa y las calzas rasgadas y sucias sobre la camisola mojada—. Necesito ropa limpia, de nada sirve que me asee si después vuelvo a colocarme la ropa sucia.

Kerien pensó que ahora sí parecía una dama quejosa, un contraste bastantes significativo pero que en modo alguno le desagradó; todo lo contrario, su interés crecía por momentos.

—Os he traído ropa más apropiada para andar por estos lugares —ella no comprendió sus palabras—. Estamos en tierras de los McGoshawk —María alzó las cejas aún sin comprender—, su clan y el nuestro tienen una disputa pendiente desde hace bastante tiempo.

Kerien le tendió un hato de ropa que ella contempló atónita porque no había visto algo así en su corta vida y, de pronto, se percató de que él se había cambiado de atuendo. Había sustituido su armadura y su ropa por un largo manto que llevaba alrededor a modo de capa. Llevaba puestas unas botas de piel y una camisa de color crudo debajo de una prenda de lana entretejida en azul y verde. Un gran broche que a ella le pareció celta sujetaba el manto a su hombro. Había dejado las piernas al descubierto salvo por las botas de piel.

Ese hombre era atractivo como el pecado, tan peligroso como el mismo diablo, y ella tendría un gran problema si seguía contemplándolo embelesada. ¿Por qué cada vez que lo miraba su estómago daba un salto hasta su garganta?

—Debéis vestir nuestros colores. Turien os ha dado una de sus camisas.

María contempló el atuendo que le ofrecía y arrugó el ceño todavía más.

—¡No puedo vestirme así!

Kerien se molestó por sus palabras.

—Esto es un *kilt* y se coloca alrededor de la cintura —ella comenzó a protestar—. Es la indumentaria de un escocés orgulloso. Despreciarla sería crearse problemas innecesarios, señora.

María lo miró completamente aturdida, pero finalmente encogió los hombros. Las prendas estaban limpias y olían a espliego. María le hizo un breve gesto a Kerien para que se diese la vuelta. Éste la complació no sin ofrecerle antes un gesto burlón que ella ignoró, y María comenzó a colocarse la extraña ropa pero sin pronunciar una queja más.

—Esto es lo más indecente que me he puesto nunca.

No sabía cuántas vueltas tenía que darle a la tela ni cómo sujetarla después, Kerien viendo su confusión trató de ayudarla. En sus prisas por colocarle el tartán de la forma correcta, sus manos rozaron de forma involuntaria los senos de ella, que se puso rígida por la ofensa y dio un paso atrás ofendida. Le sonrió con una disculpa pero resultó inútil, María lo miró cargada de reproche justificado. Kerien había sentido una descarga fulminante cuando la rozó y su corazón había comenzado un galope temerario al percibir la tibieza de ella e hizo todo lo posible para ignorar la dulce fragancia que desprendía su piel tras el baño, pero resultó imposible. El dulce aroma impregnaba sus fosas nasales hasta el punto de no ser capaz de distinguir otro olor salvo el suyo. Habían pasado más años de los que podía recordar desde la última vez que había estado tan cerca de una mujer, pero ninguna le había provocado un deseo tan profundo por acariciar la suavidad ruborizada de sus mejillas. La armonía de color entre su pelo y su piel le producía un hormigueo en las manos por acariciarla.

Los ojos de María, salpicados de desconfianza, consiguieron apaciguar en parte su interés.

Le costó un esfuerzo sobrehumano recobrarse del impacto que había recibido y no tartamudear como un adolescente descubierto en una travesura.

—No tenéis que temer de mí, soy completamente inofensivo.

Esa declaración la pilló tan de sorpresa que abrió la boca y la cerró casi al mismo tiempo. ¿Qué diantre había querido decir con eso? En su vida había visto un hombre con una apariencia menos inofensiva.

—¿Mi padre confía en vos? —preguntó con más sorpresa que ofensa.

Kerien chasqueó la lengua con cierta burla, que a ella le sonó cínica.

—No estoy a la altura de corresponder ninguna demanda.

A María la respuesta la dejó más estupefacta aún. Acababa de lanzarle una carnada que ella se había tragado por completo.

—Solamente un eunuco resultaría inofensivo para mí.

Él la complació con su respuesta.

—Habéis dado justo en el clavo, señora. Un eunuco resultaría más peligroso que yo.

Se volvió tan abruptamente que la dejó plantada en el suelo medio despavorida tras esa súbita declaración. ¡No lo podía creer! Ese gigante fibroso y duro no podía estar... ¡imposible! Lo vio marcharse con paso firme y decidido. Acababa de soltarle las palabras que jamás debían decirse a una mujer, sobre todo si esa mujer adolecía de una tendencia curiosa e innata a meterse donde no la llamaban. Kerien, sin proponérselo, había despertado su avidez femenina hasta un punto alarmante. A pesar de su juventud había entendido la confesión de él. Celeste había hecho muy bien su trabajo al instruirla sobre las relaciones físicas entre hombres y mujeres. La última conversación sostenida con ella aún le coloreaba las mejillas.

El cosquilleo en su vientre le arrancó un gemido de lo más inesperado.

María observó su marcha con la más absoluta sorpresa reflejada en el rostro y un calor indescriptible en las mejillas. Sintió una profunda empatía por las palabras del guerrero. Jamás podría haber imaginado que un hombre tan apuesto pudiese tener una incapacidad de esa índole, resultaba del todo incomprensible. María siguió con ojos ávidos su marcha, fue subiendo la vista desde sus piernas bien torneadas hasta sus muslos, la forma curiosa que adoptaba el *kilt* al balancearse con cada paso que daba, se detuvo un instante en los glúteos firmes y redondeados que la tela magnificaba. Siguió subiendo hacia la anchura de su espalda y hombros... Kerien se volvió de repente.

—¿Pensáis venir?

María sacudió la cabeza perpleja y lo siguió sin un titubeo.

Cuando ambos regresaron al improvisado campamento, María contempló atónita que todos los hombres se habían cambiado las ropas de guerra por las mismas que llevaba ella.

Observó las piernas de los tres hombres de la misma forma que había observado antes las del jefe y sonrió, ella no llevaba nada debajo del *kilt*, ¿irían ellos tan escandalosamente libres? La conclusión pecaminosa le pareció indecente, pero tenía que reconocer que la sensación de libertad resultaba extraordinaria. Los colores le parecieron alegres y un augurio de lo que podía encontrar en ese recóndito lugar del mundo.

Más tarde se daría cuenta de lo irracional de sus pensamientos.

Estaba helada de frío. A pesar de que se habían refugiado en una cueva el aire helado le producía espasmos violentos e incontrolables. Los temblores que la sacudían no le permitían conciliar el sueño, el frío suelo hacía que sus músculos se encogiesen de dolor y los dientes le castañeaban de tal forma que pensó que iba a partírselos sin remedio. Maldijo el atuendo que llevaba porque dejaba escapar el poco calor que sentía. Seguía teniendo el pelo húmedo debido a que no se le había secado todavía. Volvió a darse la vuelta y se tensó en un intento de calentarse. Si por lo menos los caballos durmiesen acostados, ella podría pegarse a ellos y beneficiarse del calor que desprendían.

Volvieron a castañetearle los dientes; de pronto, sintió una presencia en su espalda, se puso rígida de inmediato.

—Si no dejáis los dientes quietos, los caballos tendrán pesadillas a partir de hoy.

La voz profunda y melodiosa penetró en su mente de forma seductora. A medida que iba hablando, Kerien se fue acostando tras su espalda, los cubrió a ambos con otra manta y subió sus rodillas para calentarle los pies. María no lanzó ni una protesta, comenzó a sentir de inmediato el calor que el recio cuerpo de él le transmitía. Fue reptando hacia atrás sin ningún pudor hasta quedar prácticamente pegada a su cuerpo musculoso, no podrían soltarla ni con el filo de una espada.

—No deberíais quitaros las botas.

La crítica no la molestó.

—No puedo dormir con ellas puestas aunque se me hielen los pies —ella continuó tiritando—. ¡Hace mucho frío!

Kerien realizó largas y profundas inspiraciones mientras luchaba con los sentimientos que María le provocaba; estaba tan cerca que su aliento movía el cabello de su nuca. Acostarse a su lado para infundirle calor había sido una enorme estupidez que iba a pagar muy caro.

—Pronto llegaremos a mi hogar, aunque sigo sin entender por qué tiritáis tanto, los días todavía son templados.

María creyó que deliraba.

—¿Templados?

Ni el invierno más fiero de León podía compararse a estos. Cerró los ojos. A pesar de su incomodidad se quedó profundamente dormida; Kerien, absolutamente atormentado.

La oscuridad de la noche siempre le había ofrecido el consuelo que necesitaba. Si Kerien cerraba los ojos podía imaginarse que su pena había terminado, que su sufrimiento dejaba de martillearle el cerebro por los recuerdos amargos, que el dolor desaparecía de su alma para siempre. Pero cuando abría de nuevo los ojos a la claridad del día, la realidad lo golpeaba hundiéndolo en el abismo de la desolación.

Su vida había sido así hasta la aparición de María. Había algo en ella que le llegaba hasta lo más profundo de una manera desconcertante. Kerien resistía el impulso de abrazarla y atraerla hacia su cuerpo a fuerza de voluntad. ¿Qué demonios tenía esa mujer para tentarlo de esa manera? Volvió a suspirar y cerró los ojos para que lo venciera el sueño.

Estaba acalorada y no podía moverse, se encontraba apretada entre dos muros. Echó la cabeza hacia atrás y golpeó una espalda tan dura como una piedra. Abrió los ojos y contempló que estaba aprisionada entre Kerien y Turien. La postura era del todo indecente, pero creyó que las actuales circunstancias apremiaban a obviar las normas del decoro. Ambos seguían dormidos, así que María se volvió hacia Turien inconscientemente, cerró los ojos y se quedó dormida con su cabeza apoyada en el hueco de la garganta del escocés.

Kerien la había sentido moverse debajo de él y se mantuvo quieto para que no advirtiese que lo había despertado con su respiración alterada, y cuando volvió a quedarse dormida la atrajo con un suave movimiento hacia su cuerpo que la esperaba con una necesidad desconcertante. Sin pretenderlo, su mano se había posado en el seno, que sintió pleno y maduro. Aguantó la respiración pero la mantuvo en el lugar prohibido. Le había molestado enormemente que buscase en la oscuridad el calor de Turien y el latigazo de celos lo pilló completamente desprevenido. Sentía una sorprendente necesidad de protegerla, estaba tan lejos de su casa y tan indefensa que una ternura comenzó a brotar desde lo profundo de su corazón y fue incapaz de detenerla.

Cuando pasó el suficiente tiempo para que ella estuviese completamente dormida Turien le dijo apenas en un susurro.

—Es tu destino, Kerien —las palabras lo aguijonearon porque sabía perfectamente a lo que se refería.

—¿Tan evidente resulta? —estaba molesto consigo mismo por no saber ocultar los sentimientos que le provocaba la castellana.

—Deberías estar contento, se te ofrece una nueva oportunidad de redención…

Kerien lo cortó con palabras secas.

—Es la hija de mi rey y la mujer que he jurado proteger. Guillermo nunca me lo permitiría, y mi orgullo tampoco.

—Comparado con tu orgullo obstinado, Guillermo sería el menor de tus problemas.

La emoción en la voz de Turien le hizo suspirar contrariado.

—Soy un demonio salido del infierno, la venganza me cegó y ahora debo seguir caminando a oscuras.

Las palabras resabiadas hicieron que Turien se disculpase.

—Lo lamento, no pretendía…

Él lo silenció.

—Duerme. Mañana nos espera una dura jornada, aún no hemos dejado la tierra de los McGoshawk. Garlan y yo tenemos una cuenta pendiente, adeudo que espero cobrarme muy pronto.

—Se nota que te gusta la castellana…

Kerien susurró molesto:

—De cintura para arriba sigo estando vivo —suspiró cansado.

—Quédate con ella entonces, tu padre…

Kerien lo interrumpió bruscamente.

—No me recuerdes algo que trato de olvidar cada día de mi vida.

—Yo me quedaría con ella y con todas las consecuencias —le replicó el guerrero.

—Su padre es… ¡Dios bendito!

—No la entregues, reclámala para ti.

Kerien sintió un aguijonazo en el vientre.

—Sería traición, Turien.

—La única traición que deberías tener en cuenta…

—¡Basta, Turien! No alientes esperanzas en un corazón lleno de despecho.

Tras unos minutos de silencio, Turien le preguntó para limar el instante incómodo.

—¿Has visto sus piernas? —Kerien ahogó una risa—. No he contemplado unas piernas femeninas más duras en mi vida, casi puede competir con las mías.

—Ya quisieras tú tener unas piernas así de bonitas y contorneadas. Es indudable que hace mucho ejercicio.

Turien tosió por la implicación.

—Voto a Dios que jamás permitiré que me obsequie con una patada en el culo, podría mandarme al fin del mundo —siguió riendo impenitente.

—¡Duérmete de una vez, Turien!

La orden dicha de forma agria no le paró la lengua.

El otro guerrero que hacía la primera guardia justo a la entrada de la cueva terminó por carraspear.

—Es inaudito que la castellana siga durmiendo con vuestro parloteo inconsistente —la queja de Brendan incomodó a Turien—. Aprovechad el tiempo porque en la siguiente ronda seré yo quien duerma a pierna suelta.

Kerien lanzó un suspiro de resignación.

CAPÍTULO 8

Si María en algún momento pensó que su estancia sería como mínimo pasable en esa áspera tierra, sus ilusiones fueron arruinadas de la forma más completa y absoluta.

Observó con ojos desorbitados el bosque por el que salían. Los robles eran tan espesos que parecía que las ramas los abrazaban impidiéndoles seguir avanzando, los caballos atravesaban el angosto sendero con verdadero esfuerzo, y la neblina gris, que los acompañaba desde que había amanecido, le llegaba hasta la cintura y le producía unos escalofríos involuntarios y agoreros.

Contempló atónita las ruidosas cascadas de agua que caían por la ladera este, helada y burlona; vio las cabañas de los aldeanos agrupadas entre los castaños. Cuando salieron del espeso bosque al claro contuvo un jadeo de horror. El lamentable aspecto que mostraba el viejo y desolado castillo situado en lo alto del cerro le arrancó un suspiró de incredulidad, se veía… miserable.

María sintió que se le escurría el ánimo por los cascos del caballo.

Cruzaron un puente que crujía, aunque a ella le parecía más bien que se quejaba con cada paso de las monturas. Bajo el arroyo divisó rocas cortantes y puntiagudas que no invitaban al solaz. Volvió sus ojos de nuevo al castillo. La torre le resultó tétrica, la enorme estructura de piedra gris causaba pavor por lo tenebroso. El edificio principal tenía forma rectangular y le resultó tan deprimente como el día que había amanecido. El patio se veía gastado como las puertas dobles cubiertas de raspones que ocultaban secretos centenarios. Los suspiros de María parecían jadeos entrecortados. Una vez dentro de la torre, le pareció aún más fría que el exterior: la entrada amplia y los suelos, de un color indeterminado, estaban ausentes de alfombras mullidas y cálidas y las paredes, vacías y ausentes de tapices. María interiormente lloró por los días que debía esperar la llegada de su liberación.

Verdial nunca le había parecido tan maravilloso hasta que contempló las viejas y húmedas paredes de la estancia en la que se encontraba. Evocó el castillo de su abuelo alzándose orgulloso en el amplio valle que era tintado con cariño con los colores rojo y dorado del atardecer, cuando el sol se ocultaba en el horizonte y le daba con un beso las buenas noches a Toledo. Añoró su casa, su legado. Hasta el campesino más pobre de Verdial podía presumir de tener mejor cobijo que estas gentes.

La entrada abrupta de varios miembros del clan la hicieron volver de su añoranza sin abandonar la tristeza de sus ojos.

Kerien se aproximó a ella con paso apacible y sonrisa tranquilizadora. Había observado todas y cada una de las expresiones de su rostro: incredulidad, horror, pesar, resignación. Debía admitir que el clan McFalcon era bastante pobre; las continuas luchas contra el clan McGoshawk los habían conducido hasta la ruina y no dudaba de lo yermo que debía resultarle su casa a una castellana que poseía uno de los castillos más hermosos e impresionantes del mundo que él conociese.

—Permitidme que os presente a mis hermanos.

María asintió con la cabeza, demasiado impresionada para objetar nada.

—Este es mi hermano Gael, y este otro es Stephen. Os ruego que seáis paciente pues ellos no conocen vuestra lengua.

María les ofreció a ambos una sonrisa amigable, aunque el ceño fruncido de Gael le arrancó un estremecimiento de aprensión; sus ojos se mostraban demasiado hoscos pero eran muy atractivos, aunque no tanto como el mayor.

Kerien seguía con sus presentaciones.

—Estos ancianos son miembros de nuestro consejo. Killiam, Ewan y Douglas —Kerien bajó la voz para comunicarle—. Y ya conocéis a mis hombres, Turien y Brendan.

María hizo una ligera inclinación con la cabeza en señal de reconocimiento. Aguardó a que Kerien terminara de presentarla a los miembros del clan que se habían congregado en el interior de la torre. El murmullo fue subiendo de tono hasta que Gael los calló a todos con un rugido.

Si pretendían darle un susto de muerte, lo habían conseguido.

—Estaréis cansada tras el viaje. Si acompañáis a Irena, os llevará a los aposentos que se han destinado para vos.

Siguió obediente a la escocesa, que la guió por oscuros y estrechos pasillos hasta su recámara.

Nada la había preparado para la conmoción que sufrió al observar la habitación que le habían asignado como aposento. El angosto jergón infestado de pulgas se burlaba de ella y la invitaba silenciosamente a meterse entre sus sábanas prometiéndole que terminaría en el frío suelo antes de acabar la noche. Había una única silla pegada a una pared que parecía languidecer de humedad y abandono. El pequeño armario no podría contener ni dos vestidos de los que había dejado en Castilla, parecía que no podría aguantar ni uno de sus pañuelos. María lanzó un quejido al recordar su hermoso vestuario, pero con un movimiento enérgico de cabeza despejó la compasión que comenzaba a llenarla. Caminó con profunda determinación hasta sentarse en el lecho. Irena le dijo algo pero ella se sentía incapaz de comprender sus palabras; asintió con la cabeza, recostó su espalda en el duro colchón, cerró los ojos y lanzó una plegaria por sus pecados.

Había comenzado su penitencia.

Kerien la golpeó suavemente en el hombro para despertarla. María abrió los ojos aún soñolientos, al momento se dio cuenta de que estaba completamente helada, se había quedado dormida y la ropa, que apenas la cubría, había dejado pasar el frío y la humedad de la estancia a sus huesos.

—Es la hora de la cena, señora.

María alzó los ojos y miró al enorme guerrero que le sonreía con atrevimiento; siguió el recorrido de los ojos de él y contempló, con verdadero estupor, que el *kilt* se le había subido casi hasta las caderas, con lo cual él tenía una visión completa de sus piernas y muslos desnudos.

—Os traigo ropa de Irena; es la mujer que se ocupa de que funcione todo en Waterfallcastle —Kerien le alcanzó un hato de ropa que ella asió con rapidez antes de reincorporarse—. Os esperaré fuera hasta que os vistáis, os acompañaré al comedor.

María asintió con la cabeza. Se vistió tan rápido como le permitieron sus manos entumecidas. Jamás podía haber imaginado que pudiese hacer tanto frío en un lugar, al momento se arrepintió de corazón por las veces que se había quejado del frío en León. Luna, comparado con este lugar, parecía el jardín del edén.

El vestido campesino era muy diferente a las ricas ropas que solía vestir ella en Toledo. Tenía la cintura alta y una amplia falda que caía hasta taparle por completo los pies. La áspera lana se adhería a su cuerpo desde el cuello hasta las caderas. La basta ropa de borra era más caliente que el *kilt* que se había visto obligada a llevar. Aunque la ropa interior rascaba bastante no se quejó. El vestido le arrastraba casi un palmo y ella temía darse un tropezón de cuidado si terminaba pisándoselo. Vio que le habían dejado en un tocador un peine; lo asió y comenzó a desenredarse el espeso pelo broncíneo. Se hizo una larga trenza y salió al pasillo, donde le esperaba Kerien con el semblante imperturbable y un brillo indefinido en sus ojos.

Se pisaba el dobladillo del vestido a cada paso y lanzó una maldición cuando casi derriba al escocés justo en el momento que bajaban los escalones hacia las dependencias principales. Él se volvió con el ceño fruncido ante el repentino ataque a su espalda y ella le ofreció una disculpa sincera con un encogimiento de hombros. Afortunadamente la había podido sujetar a tiempo; de no haber sido así, hubiese terminado cayendo como un fajo por la empinada escalera. Las grandes manos de Kerien la tenían aún sujeta por los costados sin decidirse a soltarla. María se olvidó del detalle cuando miró los ojos de él que se encontraban a la misma altura de los suyos. Observó el mentón cuadrado, los largos y finos labios, las largas pestañas cobrizas que le conferían un aspecto extraño para un hombre de su tamaño.

—El vestido es un poco grande —se excusó, y él la recorrió de arriba abajo de forma tan minuciosa que logró ponerla nerviosa.

Nunca había contemplado ojos más expresivos. Le mostraban en su profundidad una cierta impaciencia y con un brillo que podía interpretarse como anhelo. María desechó la idea de inmediato.

—Irena es bastante más alta —fue el lacónico comentario—. Pediré a la hija de Morgana que os preste alguno de sus vestidos. Es igual de pequeña que vos; aunque solo tiene catorce años, imagino que os servirá.

María no se molestó por la observación. Había aprendido a aceptar su baja estatura sin complejos y admitió que, como en los cuentos para asustar a los niños, en medio de esos gigantes ella era la enana saltarina.

Ninguno de los que estaban sentados a la larga mesa se levantó cuando ella llegó hasta el lugar que le habían asignado, salvo Turien, que le ofreció una sonrisa amistosa. Por un momento, se sintió maravillosamente bien ante la falta de protocolo. Su abuelo, en ocasiones, rozaba la tiranía en hacer cumplir las normas de la más mínima cortesía.

La mayoría de comensales ya tenían las mandíbulas llenas. Cuando María observó los platos llenos de alimentos que no parecían comestibles se descorazonó, pero el rugido de su estómago la incitaba a no ser remilgada, y observando al resto de los comensales, comenzó a servirse de lo primero que le pareció apetitoso.

Masticaba lentamente; de tanto en tanto, observaba con horror los trozos de carne que volaban de un sitio a otro de la mesa. Los perros que esperaban daban cuenta con verdadero gusto de los trozos de carne que les tiraban los comensales. Si su abuelo viese con sus propios ojos tal despliegue de vulgaridad, se persignaría horrorizado y asqueado. Las finas tortas de avena le parecieron deliciosas y las rellenó de suave requesón amargo. Si ella hubiese podido saber que lo que le ofrecían era un verdadero festín, no habría sido tan despreciativa en sus apreciaciones ni tan crítica en su juicio.

A pesar de los días transcurridos, la gente seguía ignorándola con absoluta indiferencia; les importaba bien poco que se sintiese incómoda entre ellos. Se mostraban huraños y ariscos, algo completamente diferente para el carácter castellano, donde la hospitalidad y la simpatía eran de reclamo imprescindible para las relaciones entre vecinos. A estos escoceses les importaba un bledo que María se sintiese cómoda entre ellos. Jamás había contemplado personas más salvajes y con el humor más frío de todos. Ni reían, ni bromeaban, hablaban a gritos... Suspiró tratando de controlar un enojo que no la conducía a ningún sitio salvo a la frustración.

María había aprendido bastantes palabras en gaélico y trataba de comunicarse con el resto del clan, pero la miraban con la misma indiferencia que miraban el polvo del camino. María hizo un encogimiento de hombros; sabía que su estancia en la casa del *laird* era, además de criticada, censurada. Intentaba adaptarse pero los años de frenética actividad con su abuelo hacían que su estancia sin ejercicio, sin nadie con quien hablar, la hastiaran hasta lo indecible. En ocasiones, Turien la miraba con cierta intensidad y ella se preguntaba por qué el fuerte guerrero se mantenía alejado de ella, renuente a un acercamiento. María estaba desesperada, Teresa tardaba demasiado y ella no podía contener todas las preguntas que se hacía cuando no podía obtener las respuestas.

Seguía con su costumbre de bañarse todos los días en el río porque era el único entretenimiento que se le permitía a pesar de la pelea que había suscitado con Kerien, que se sentía incapaz de comprender la obsesiva necesidad de ella de estar siempre en remojo a pesar de lo fría que estaba el agua. María le había replicado agriamente pero Kerien no se había dejado manipular, a pesar de sus argumentos seguía acompañándola al estanque. Trataba de controlar su mal humor y no ofrecerle a la castellana más miradas censurables de las necesarias, pero oírla disfrutar con el agua suplía con creces la molestia de acompañarla.

María no tenía modo de saber lo duro que le resultaba a Kerien esa tarea y las burlas que se suscitaban entre el clan, pues el *laird* no podía permitir que la acompañase otro hombre que no fuese él. Irena y el resto de las demás mujeres se habían negado en redondo a hacer de niñera mostrando de ese modo su rechazo a la castellana, así que Kerien terminó por tragarse su orgullo. Acompañaba a María diariamente en su aseo personal.

—Es imprescindible reducir las visitas al río.

María alzó las cejas con condescendencia y siguió lavándose entre jadeos. Kerien la había llevado a un recodo del río donde el agua fluía mansa, a un pequeño estanque natural que a ella le había parecido helado, pero de una intimidad maravillosa. La suave cascada la había enamorado desde el instante en el que sus ojos la descubrieron; además, meterse debajo de ella hacía su labor de enjuagarse mucho más sencilla. Al principio María había tenido muchas reservas para bañarse en presencia de Kerien aunque éste le diese la espalda, pero ya había llegado a aceptar que resultaba inofensivo para su pudor.

Se había acostumbrado a su presencia sin reservas.

Kerien la oyó chapotear y gemir como si se pelease con el agua. Volvió la vista con el ceño fruncido hacia ella, que se había sumergido por completo. Le parecía ilógico que estuviese perdiendo el tiempo de esa forma tan pueril. Peor, le parecía de una tortura demoledora imaginarla desnuda sin más abrigo que el agua resbalando por su piel dorada, piel amada por el fuerte sol de Castilla. Kerien sintió un nudo en las entrañas al escuchar el sonido de su risa y cometió el tremendo error de mirarla. Sus ojos recorrieron la textura cremosa desde su espalda hasta la perfección de sus estrechos hombros. La exquisita vista hizo que se removiera incómodo. María se sumergió dentro del agua por completo para emerger poco después con un pequeño salto que dejó al descubierto sus nalgas. Kerien soltó un resoplido de disgusto.

—¡Ni con las piernas quebradas dejaría de mostrarme limpia! —ahora masculló amenazadoramente.

Justo cuando comenzó a salir del agua se dio la vuelta, como de costumbre, oyendo sus movimientos seductores mientras se vestía. El destino debía de ser un bastardo malvado y ese día se estaba riendo de él a carcajadas, mostrándole el hambre que sentía y lo inútil de su voluntad para saciarse.

María terminó de abrocharse uno de los vestidos que le había prestado la hija de Morgana a regañadientes. Le quedaba bien de largo pero la jovencita no tenía el amplio busto de ella; parecía que la costura del escote iba a reventar de un momento a otro. Quedaban los puntos tan estirados que podía apreciarse el nacimiento cremoso de sus senos, pero ese detalle no la preocupó en exceso. Kerien la miraba de la misma forma que miraría un atuendo franciscano: existían, pero no para él.

María dilató las pupilas con sorpresa y se quedó repentinamente quieta.

¡Quería ver admiración masculina por ella! Volvió sus ojos hacia el agua, debía de haberle ablandado el cerebro porque no se comprendía, pero no: la ausencia de todo reconocimiento hacia su atractivo femenino la exasperaba por completo. Ella sí notaba la atracción que sentía por Kerien: su arrolladora masculinidad, su fuerza y esos ojos esmeralda que le mostraban cómo podría ser el paraíso.

Estaba en clara desventaja, y ese detalle no le gustaba en absoluto.

María se lamentó cuando trató de reajustarse el busto para intentar que sus senos no quedasen demasiado expuestos. Era competente para gobernar un castillo tan grande como Verdial, pero era incapaz de enhebrar una aguja para hacerse un vestido decente, y como las mujeres del clan la ignoraban, se tenía que conformar con los vestidos de una niña.

—Debéis entender que no soy una niñera, tengo obligaciones que me ocupan la mayor parte del día y…

Ella no le dejó terminar.

—¡No necesito niñera! Soy capaz de encontrar la cascada sola para bañarme.

Él arqueó una ceja interrogante. Dirigió sus verdes ojos al escote aún húmedo e intentó tragar la nuez que se había incrustado en su garganta y que aumentaba de tamaño a medida que observaba los movimientos de ella. María no se dio cuenta de su escrutinio ni de la forma de fruncir él la frente alerta.

Algo se estaba despertando en el interior de Kerien y trató de sujetarlo sin conseguirlo.

—Soy el único que puede vigilar vuestra espalda sin que se resienta vuestra virtud.

Ella se avergonzó y lo miró de forma penetrante. Allí estaba, masculinamente plantado delante de ella, con ojos que mostraban un fuego abrasador imposible de apagar pero que no compartía con nadie. Hinchó el pecho para responderle como se merecía, y ocurrió lo inevitable. Los puntos de hilo que unían el corte de la tela por el pecho cedieron. Ninguno de los dos supo quién se había quedado más sorprendido. Ahora el busto de María era claramente visible. Se sintió tan mortificada que el rubor coloreó sus mejillas por completo.

Kerien seguía sin poder apartar los ojos de la jugosa vista. María había conseguido convertir su hambre por ella en un apetito voraz e insaciable. Apetito que no podría saciar con su miembro flácido pero sí con su corazón duro. Contuvo la respiración a duras penas. Su estómago había dado un salto peligroso al contemplar esos montículos de piel satinada. Como María seguía con los ojos bajos no se percató de la mirada ávida que le dirigió; ella seguía intentado taparse como podía.

Kerien estaba petrificado. Las oleadas de anhelo en su pecho lo golpeaban con fuerza sin permitirle un respiro.

—¿Qué os ocurrió? —él se sentía incapaz de responderle—. ¿Una enfermedad? ¿Un accidente? ¿Un…?

No la dejó terminar.

—Si hubiese querido decíroslo, lo habría hecho hace tiempo, señora —su tono áspero la ofendió. Ella se interesaba por su salud y él le respondía de forma déspota.

—Aquí en Escocia no tengo oportunidad de conversar, y a nadie le puedo preguntar sobre nada. Estoy desquiciada, aburrida… —se paró para tomar resuello pero sin levantar los ojos de su atuendo; seguía alisando las arrugas como podía. Al bajar las manos e inclinarse para doblar el volante del vestido, el escote se abrió de lleno y Kerien tuvo una visión clara de la plenitud de los senos de ella y de las aureolas rosadas que los coronaban. María se reincorporó y entonces se dio cuenta de que Kerien había contenido la respiración. Se acercó solícita y preocupada porque se había quedado de repente blanco, creyó que iba a desmayarse.

Él no pudo retroceder a tiempo.

—¿Os encontráis bien? —Kerien la miraba como si fuese un erizo venenoso que le lanzase púas a los ojos—. Lamento mis palabras apresuradas, os ruego aceptéis mis más sinceras disculpas.

Kerien se sentía incapaz de aceptar nada y María, malinterpretando la mirada de él, se ofendió todavía más.

Ella no iba a tolerar ni una impertinencia más referente a su persona. Avanzó decidida dos pasos pero Kerien solo tenía ojos para su escote. Estaba paralizado, María bajó los ojos hacia la mirada de él y jadeó consternada. El primer impulso fue taparse e hizo precisamente eso, salvo que solo consiguió que la tela se desgarrase más. Sintió un ramalazo de mal genio y dejó que la vanidad femenina se impusiera. ¡Ella no tenía la culpa de no tener ropa! Al ver la mirada de él y la forma en que la devoraba, sintió deseos de castigarlo. Empezó a avanzar de forma sinuosa a su encuentro, se mojó los labios de forma involuntaria pero seductora. Kerien gimió en protesta ante la hechicera castellana.

Por un momento, María se sintió poderosa. No entendía esa mirada de anhelo, pero él no era tan inmune a ella como pretendía; ese detalle la hizo sentirse estúpidamente bien. Tanto presumir de estar protegido hacia ella y parecía que los ojos iban a salírsele de las cuencas.

Deseó castigarlo un poco más.

Siguió caminado lentamente hacia él, Kerien seguía con la vista fija en su escote. Cuando levantó los ojos y fue consciente de la mirada burlona de ella, apretó los labios con furia. Era igual que las demás. Había descubierto su vulnerabilidad y atacaba con todas las armas de que disponía.

El mismo perro pero con diferente collar.

Kerien no disimuló su desdén, mostró con sus labios el rechazo que su actuación le había provocado, aunque le costó un esfuerzo sobrehumano arrastrar sus ojos de nuevo al camino para callar la crítica de su boca.

María comprendió que lo había molestado.

—No he querido ofenderos.

—No tengo tiempo para juegos de niñas.

María se ruborizó pero Kerien no pudo apreciarlo porque se había dado la vuelta para emprender el camino de regreso.

—Esperadme…

¡Ni loco! No pensaba ofrecerle un incentivo más para torturarlo.

Ambos emprendieron el regreso al castillo en silencio. Kerien era incapaz de olvidar la visión de los pechos cremosos de ella, y lo que era peor, María se había percatado perfectamente de la ansiedad carnal que lo había poseído durante un segundo, y él, de lo maliciosa que se había mostrado.

CAPÍTULO 9

Las disputas constantes con Gael, el hermano menor de Kerien, la volvían loca y la llenaban de frustración. Nunca había conocido a un hombre tan exasperante y grosero. Cada paso de ella era cuestionado, juzgado y condenado por él. María se mordía los labios de impotencia.

Kerien estaba en paradero desconocido desde hacía dos días; Turien y Brendan lo acompañaban.

María pretendía aprovechar la ausencia para imponer algo de orden en Waterfallcastle pero el astuto y taimado de Gael se lo impedía con una arrogancia que la exasperaba. Le pedía cosas simples como aperos y utensilios, pero era lo mismo que pedirle a una pared que le hiciese una pirueta.

Se sentía llena de una energía a la cual no le podía dar salida.

Veía pasar los días con un completo aburrimiento. La ociosidad se cebaba con ella causándole un hastío monumental. Esa mañana estaba más irritada. Ante su impotencia de cambiar algo en la torre decidió salir a pasear por la aldea para dar salida a su ímpetu; pensaba comer algo de fruta silvestre y volver a bañarse en el río junto a la cascada.

María decidió acercarse hasta el herrero; le gustaba ver de qué forma moldeaba con golpes certeros el hierro candente hasta convertirlo en un arma precisa. Justo cuando cruzó la cabaña del curandero, observó con verdadero horror que uno de los aldeanos estaba atado a un poste y Gael le propinaba latigazos furiosos. No podía imaginarse los motivos que podía tener Gael para suministrar un castigo semejante delante de los aldeanos, quienes miraban el espectáculo como si contemplasen un circo. Ver su fría brutalidad acabó por decidirla. Se acercó todo lo rápido que pudo y asió con verdadera estupidez el cinto que estaba usando para infringir el castigo. Gael se volvió incrédulo ante la persona que demostraba semejante falta de respeto a su autoridad. Vio la mano de ella que asía el cinto en clara provocación. Dio una sacudida fuerte y María aterrizó sobres sus rodillas en el suelo.

Se tragó un quejido lleno de rabia.

—¡Sois un animal por golpear a un hombre que apenas se sostiene en pie!

Gael la taladró con ojos fieros, pero no volvió a alzar el cinto, que dejó descansando a un lado de su cadera.

—No oséis juzgar asuntos que no os conciernen.

María no se amedrentó.

—¡La falta de justicia nos atañe a todos! —María miró un instante al hombre medio desmayado que la miraba con ojos vidriosos debido al castigo que le estaban infringiendo.

—Estoy suministrando justicia, señora.

A María se le llenaron los ojos de lágrimas por la incongruencia. El hombre estaba demacrado y delgado hasta un punto que causaba verdadera pena, las vestiduras rasgadas y sucias la llenaron de empatía y se enfureció todavía más. La gente de la aldea lo miraba todo con una pasividad que la asqueó.

—¿Llamáis justicia a este derroche de crueldad? ¿No veis que está prácticamente inconsciente?

—¡Está protegiendo a un ladrón! Mi deber es sacarle la verdad a golpes.

—Si lo matáis no podréis coger al ladrón, en caso de que haya uno.

Gael la miró con auténtico desdén por las palabras que habían puesto en duda su capacidad como líder en ausencia de Kerien.

—¿Dudáis de mi palabra?

María negó con la cabeza.

—No he puesto en duda vuestra palabra sino vuestras acciones. ¡Mirad a vuestro alrededor! Todos callarán porque temerán una represalia similar a la que está recibiendo este hombre.

Gael fue consciente de que ella le estaba lanzando un reto.

—Imagino que con vuestra dulce voz conseguiríais mejores resultados que yo.

La burla la molestó, pero ya que había cruzado la línea, se posicionó.

—¡Ponedme a prueba!

Gael alzó una ceja con autosuficiencia. Estaba lanzándole un reto y supo que no podía negarse si no quería perder el respeto del clan. La osadía de la castellana lo llenó de negra ira. Sopesó si encerrarla y castigarla pero Kerien había sido muy contundente en sus amenazas con respecto a la protección de ella antes de irse.

—Si mañana no ha aparecido el culpable os azotaré a vos.

Gael ya se daba la vuelta con rapidez pero María lo detuvo con sus palabras.

—Y, si sale el culpable, ¿qué gano yo?

Gael deseó borrarle la altivez del rostro de ella con su pedantería.

—Os calentaré la cama durante una noche.

Los jadeos alrededor de ella le indicaron que Gael acababa de honrarla con su afirmación. María entrecerró los ojos de rabia.

—Acepto el trato pero... —los ojos de Gael brillaron de forma peligrosa— si gano, os reclamo una noche a vos y a diez hombres de mi elección.

Gael soltó un juramento porque se esperaba todo menos eso.

—¿Acaso creéis que no podré satisfaceros?

María estaba jugándose mucho pero no se amilanó. Qué poco la conocía ese ignorante ufano.

—Pienso calentar todos los colchones de Waterfallcastle, y para eso necesito algo más que un hombre borracho de vanidad y lleno de prejuicio.

El gemido ante el insulto no se hizo esperar. María sostuvo la mirada cargada de veneno de Gael hasta que éste asintió y dio media vuelta para irse. Entonces, María pudo soltar el aire que había estado conteniendo. Ayudó a desatar al hombre que apenas se sostenía en pie y con su pañuelo le limpió algunas heridas de la cara. Estaba prácticamente en los huesos, las costillas se marcaban en la piel de forma clara y contundente. María lamentó su estado porque apenas tendría fuerzas para recuperarse: no lo iban a matar los golpes recibidos sino la debilidad. Una mujer de aspecto enfermizo se postró a los pies de ella y le besó el bajo de su falda. María la asió por los hombros abochornada y la reincorporó al mismo tiempo que negaba con la cabeza. La miró detenidamente y observó que estaba desnutrida así como el resto de mujeres que la observaban con respeto.

—Gracias, señora, gracias...

Apenas entendía las palabras de agradecimiento.

—¿Cuánto hace que no coméis?

Una de las mujeres se acercó para hablarle.

—No tenemos comida; por eso el *laird* McFalcon ha tenido que salir de incursión.

María creía que no había entendido bien.

—¿Incursión?

La mujer continuó con su breve explicación.

—Se acercan hasta la frontera con Inglaterra, y una vez allí, roban algo de ganado para alimentar al clan.

—¿Roban? —estaba anonadada.

—Somos muy pobres, señora.

La voz de una niña hizo que desviase sus ojos de la mujer que le había hablado.

—Tenéis muchas cosas que explicarme; pero antes, vamos a atender a este hombre y darle los cuidados que necesita.

María por fin había entendido lo afortunada que era. Ver a esas gentes tan humildes y carentes de lo básico hizo que reconsiderara muchas cosas sobre su vida. Atendió durante horas a los enfermos que estaban postrados en la cama. Vio a los más pequeños tan enfermizos que a duras penas logró contener las lágrimas. No había visto tanta carencia de lo necesario para vivir en su vida. Los techos de las casas de la aldea estaban destrozados. Los muebles apenas se sostenían. Vio a niños atacados por fuertes diarreas debido a la falta de alimentos y de higiene.

La pobreza de la gente le resultó desesperanzadora. Se robaban unos a otros la escasa comida de la que disponían y Gael había azotado a Ragun porque el único cerdo que había en la aldea estaba desaparecido. A ella le tocaba encontrar al autor material del robo. María sabía que tenía algo muy importante que hacer y que lo haría.

Se había cumplido el tiempo otorgado por Gael para que apareciese el culpable y el ladrón no había aparecido. María había ofrecido una recompensa para que los vecinos de la aldea le ayudasen a encontrarlo, pero la gente del pueblo se protegían unos a otros. Ese detalle la complació, pues mostraba claramente que las personas del clan eran íntegras, que se podía confiar en ellas, pero María tenía un enorme problema.

Se sentía llena de preocupación, había quedado manifiesta su incapacidad de incitarlos a cooperar para evitar el castigo que Gael le iba a proporcionar a ella. Su presunción e impulsividad le iban a costar muy caro.

Era el día señalado, la hora convenida, y María se había atado ella misma al poste en el que había estado Ragun dos días atrás. Podía ser muchas cosas pero no cobarde. Una de las mujeres le había dejado la espalda al aire por petición de ella. María quería demostrarles que no pensaba recibir un trato de favor por el simple hecho de ser mujer.

El silencio resultaba sobrecogedor pero estaba prácticamente toda la aldea mirando el espectáculo que iban a ofrecer ella y Gael a continuación. María había visto el brillo de satisfacción en los ojos del escocés y la mueca apenas perceptible que demostraba el enorme enfado que lo embargaba. Se mordió el labio ante el primer latigazo, sintió cómo una lengua de fuego le arañaba la tierna carne hasta encontrar el hueso, pero no lanzó una queja. Sabía que debía pagar la ofensa que le había infringido a Gael, el jefe del clan en ausencia de Kerien. Se preparó para recibir el segundo azote cuando se oyó una fuerte exclamación seguido de las ruedas de un carro. El murmullo generalizado de las mujeres que contemplaban la escena hizo a Gael parar su corrección. María no veía nada porque estaba de espaldas a la gente que se había arremolinado alrededor de ellos para contemplar el castigo, tan solo podía especular y ¡qué mala era especulando! Gael estaba lívido ante la prueba que le presentaban. Cortó la cinta que anudaba sus manos y se le encaró.

—Habéis tenido mucha suerte, señora.

María se levantó los hombros del vestido para cubrir su desnudez. Gael fue consciente de la serena belleza de la castellana aún a pesar de la amenaza que había pendido sobre su cabeza y del azote recibido. Le molestaba su soberbia actitud, y aunque no había sido su intención propinarle el castigo, no debía dejar que el clan creyese que los tenía manipulados por ser la hija de quien era. María vio el extraño brillo de los ojos de Gael y se preguntó qué pasaría por su mente. Le sostuvo la mirada con más empeño que valentía, aún le temblaban las rodillas.

Al bajar los ojos vio consternada que una de las mujeres del clan estaba arrodillada ante Gael. Miró la carreta y el cadáver que transportaba. El estómago se le revolvió con repulsa. Un hombre había sido brutalmente apaleado, presentaba golpes y diversas heridas por todo el cuerpo. Había sido ajusticiado por el pueblo. María había ganado, el ladrón había aparecido, pero la amargura de su boca le produjo una sensación de mareo.

Gael la miró un instante antes de darse la vuelta pero María lo afrentó con rapidez sin permitirle una escapada digna.

—Esta noche calentaréis el jergón que yo os diga.

Él no le respondió, la miró con un hastío brutal y profunda ponzoña.

María y varias mujeres amortajaron al cadáver y lo enterraron. La desolación no abandonaba su rostro ante lo que había asimilado lejos de su casa y sus comodidades que había dado por sentado durante tanto tiempo. Una de las mujeres de la aldea se compadeció de ella, aprovechó el momento en el que María elevaba una oración en silencio por el alma del sujeto.

—Nadie del pueblo le hizo daño, señora —María enfocó sus ojos turbios—. Sufrió un accidente al despeñarse desde el barranco; es Lucan, el pastor.

María contuvo un jadeo ante la inesperada declaración.

—Vos salvasteis a mi marido, hemos pretendido devolveros la amabilidad. Su muerte ha servido de algo.

—¿Y el ladrón?

La mujer le ofreció una sonrisa sincera.

—Aquí somos todos ladrones. Gael tendría que azotarnos a todos y no lo hará.

—En este lugar —comenzó María— hay algunas cosas que tienen que cambiar.

La mujer le ofreció un gesto afirmativo.

Esa noche ardieron diez jergones en Waterfallcastle, Gael no había cumplido su pacto al alejarse de la torre, pero ella pudo reunir a los diez hombres prometidos; las mujeres del clan se habían alzado en su favor y medio obligaron a sus maridos a sacarlos y prenderles fuego en el patio. La mayoría de ellas estaban confeccionando los nuevos colchones.

Se había acabado la tranquilidad, María se había erigido guardiana de los muros y pretendía que todos los integrantes colaborasen para conseguir la cooperación necesaria para que la vida dentro de esas paredes fuese lo más cómoda posible. Iban a dejar la torre irreconocible aunque un momento después se descorazonó por completo. El castillo no tenía alcantarillado como el de Verdial, ni disponía de lugares habilitados para los baños. El foso apestaba tanto que ella era incapaz de pasearse por las almenas de Waterfallcastle sin sentir que se desmayaba.

Pero se acabó el lanzar trozos de carne a los perros en la misma sala donde se comía. La cocina iba a ser purgada, se acabó el pozo putrefacto del que no podía salir ningún alimento en condiciones.

Había terminado por sobornar a algunos mozuelos avispados para que comprasen alimentos a otros pueblos; esa medida bastaría de momento. Los tableros que servían para poner las mesas estaban fuera en el patio: se estaba rascando toda la suciedad acumulada. Las esterillas ardían más rápido que si estuviesen en el mismo infierno. María contemplaba las llamas con cierta satisfacción. La enorme hoguera que había creado quemando casi todos los enseres viejos y sucios sería visible en cientos de metros a la redonda y el olor que desprendía al quemarse le hacía arrugar la nariz con desagrado, pero sonrió satisfecha: las llamas purificaban.

Los perros ladraban lastimosamente porque, por primera vez, estaban atados por el cuello al abrevadero del patio; habían sido espulgados, lavados y cortado el pelo a conciencia. Ahora solo eran un saco de huesos, pero estaban limpios.

La ausencia de Gael le había facilitado el trabajo. Los habitantes de Waterfallcastle comprobaron con rotundidad que la castellana era una dama de hierro, implacable, decidida y tremendamente obstinada.

María obligó a todos los hombres a renunciar a sus acostumbradas tareas y los puso a arrancar maleza. Los hogares se limpiaron de cenizas, se cepillaron las paredes, el suelo y los muebles. Con redes dragaron el foso y cavaron una zanja para vaciar la suciedad. También se habilitó algunas dependencias pequeñas y adosadas a las habitaciones como letrinas. Se acabó el vaciar los orinales por las ventanas.

Gael regresó al castillo dos días después. Cuando traspasó la puerta, se afirmó en su montura con la incredulidad pintada en su rostro adusto. Había sentido tanta rabia porque la castellana hubiese tenido éxito allí donde él había fracasado, que solo le había restado irse para gritarle al viento y calmar su cólera. Gael paseó la vista por los hombres, que removían maleza sin lanzar una réplica, barriendo y fregando como si fuesen mujeres dóciles y no fornidos escoceses. Fijó los ojos en un anciano que clavaba una horquilla en una pila de estiércol del establo y lo lanzaba a un carro que ya estaba prácticamente lleno al mismo tiempo que tatareaba una antigua canción galesa. Gael sintió traicionada su autoridad, desmontó y ascendió colérico los peldaños que llevaban al gran salón donde sabía que la encontraría. La castellana iba a probar su furia.

Al momento salió de la torre con María asida del brazo con brutalidad para arrastrarla fuera. María iba frenando con los pies pero la fuerza del escocés la superaba. Gael detuvo sus pasos cerca de la pila de estiércol. El rencor que advirtió en sus ojos la hizo encogerse de temor. Sabía que había traspasado la barrera de su autoridad, pero María no había hecho daño a nadie salvo al orgulloso escocés.

Gael comenzó a lanzarle gritos que ella no entendía por la rapidez, pero el tono lo entendió a la perfección. María puso las manos en jarras y medio despeinada y acalorada se le encaró como una reina llena de agravio.

—No pienso tolerar más suciedad donde tenga que posar la cabeza para dormir.

Gael achicó los ojos hasta dejarlos negros.

—No podéis ordenar y mandar en mi casa.

El acento era muy marcado, pero María era buena aprendiendo lenguas; sonrió.

—Pienso enseñar modales aunque sea lo último que haga. Es del todo necesario que alguien asuma el mando de este desastre.

Gael le obsequió una mirada ácida.

Por la cuadra venía Stephen jadeando. María volvió la cabeza para mirarlo. Se parecían mucho a Kerien en el físico salvo en la forma de dirigirse a ella. Kerien solía hablarle despacio, sin alzar la voz.

—¿Cómo os habéis atrevido a vaciar el foso? —Gael estaba iracundo. María no se acobardó.

—Si el mar de Galilea estaba tan lleno de suciedad como este foso, es del todo comprensible que nuestro señor Jesucristo pudiese andar por él.

Gael ahogó una exclamación por la enunciación blasfema.

—¡En vuestra tierra os quemarían viva por esa declaración!

María asintió convencida.

—Tan solo quería constatar un hecho.

—¡Volved a meter las mesas en la sala! —ella negó con la cabeza—. ¡Soltad a los perros!

María cruzó los brazos sobre el pecho y volvió a desafiarlo.

—¡Ni una vez más!

Ambos se quedaron mirando de frente midiéndose como enemigos. Gael sufrió un acceso de rabia al contemplar que la castellana no demostraba ni un asomo de temor ante su furia, ignoraba que María estaba acostumbrada a impartir órdenes desde la niñez. Su abuelo se había encargado de que no le temiese a casi nada. Los constantes enfrentamientos con Quintín, el capitán de su guardia, la habían preparado para casi todo, menos para el abandono.

—Cuando Kerien regrese os azotará por el caos que habéis provocado.

Eso sí que le hizo enarcar una ceja.

—Un poco de orden en la vida no puede ser pernicioso.

—Sois una invitada, en modo alguno tenéis derecho a asumir ninguna responsabilidad mía.

María sabía que estaban todos molestos con ella pero no le importó. Aunque Gael seguía mirándola de forma arrogante y pedante, ella se mantuvo firme.

—No estoy acostumbrada a vivir entre desidia.

El insulto lo encrespó. La asió de la trenza y le echó la cabeza hacia atrás produciéndole un dolor agudo.

—Vais a mantener las manos quietas y la lengua callada. Si os veo mover algo de su sitio os encerraré.

Ella no iba a suplicar que la soltase. Siguió manteniendo la altivez a pesar de que parecía que le estaba arrancando el pelo.

—¡Basta, Gael! —la voz de Stephen le hizo levantar la cabeza sin soltarle el pelo. María siguió sosteniéndole la mirada con ira.

—Vuestra casa es un estercolero donde no vivirían ni las ratas —siseó con furia y continuó—. Si creéis en algún momento que permitiré tanta negligencia, falta de cuidado e interés, os equivocáis. ¡Juro que nunca más vais a subestimarme!

Stephen decidió intervenir.

—Lady Gracia, mi hermano desea pediros disculpas por su arranque malhumorado, este desorden lo ha desconcertado un poco.

Gael miró a Stephen como si se hubiese vuelto estúpido de repente. Éste le instaba con los ojos a que la soltase pero el enfado de Gael era demasiado elevado para no hacérselo pagar a la insolente mujer.

—Cuando Kerien no está, Gael debe asumir el control del clan. El caos que habéis creado en la torre lo ha desorientado ligeramente.

¡Por supuesto que no iba a aceptar la disculpa! María volvió sus ojos al pequeño de los McFalcon. Los tres eran casi de la misma estatura y de un físico similar salvo el pelo. Kerien era el único que lo tenía de ese color tan raro. Siguió observándolos con la mirada altanera. Gael comprendió que las palabras de su hermano pequeño no le habían hecho mella alguna así que la mano que tenía libre la subió hasta el cuello de ella en actitud amenazadora. María sabía que debía bajarle los humos al belicoso salvaje que osaba mirarla como si quisiera hacerla desaparecer y justo, detrás de él, se encontraba el medio de hacerle pagar el tirón de pelo que le estaba propinando. Vio el rastrillo dejado de forma descuidada con las púas hacia arriba por el anciano que había estado moviendo estiércol. Antes de poder considerar las consecuencias de lo que hacía, arremetió con todas sus fuerzas en el estómago de Gael con su hombro derecho. El impacto inesperado le hizo soltar el aire de golpe así como la larga trenza de ella que tenía asida como un guante de hierro. Gael perdió el equilibrio con mucha más facilidad de la que ella se esperaba, cayó sentado sobre las púas afiladas y lanzó tal grito de dolor, que hubiese hecho sonrojar a una parturienta en la recta final de su cruzada.

María no se quedó a auxiliarlo sino que comenzó una carrera loca de vuelta hacia la torre. Stephen había perdido el color de la cara ante la osadía de la castellana. Gael acababa de incorporarse y maldecía furiosamente. Dos de las púas se habían clavado en su trasero y le hacían sangrar profusamente, juró que se lo haría pagar.

CAPÍTULO 10

Kerien estaba agotado, tenían que hacer las incursiones cada vez más lejos. Sentía unos enormes deseos de llegar a Waterfallcastle y dormir durante un día entero. Confiaba que la castellana no hubiese creado ningún problema en el clan pero eso sería como pedirle peras al olmo. Estaba en su naturaleza mostrarse belicosa y sabía que la actitud de su gente la crispaba, pues mostraban de forma clara e ineludible el rechazo que les producía. Ninguna mujer llevaba bien que la ignorasen, y ésta, aún menos.

Por sus venas corría la sangre caliente del sur.

Kerien estuvo a punto de soltar un suspiro ante la ansiedad que sentía de verla de nuevo. Su hermoso rostro se apareció ante él para atormentarlo con una sensación angustiosa en el estómago. Rechinó los dientes y apretó los labios con furia por su debilidad.

Miró los altos muros y el silencio que observó más que tranquilizarlo lo puso alerta. Turien y Brendan alzaron sendas cejas con estupefacción al ver el foso vacío. Nada más llegar al patio, Kerien supo que algo grave había ocurrido. Las letrinas y los establos estaban completamente limpios. Los canes que normalmente salían a darles la bienvenida, estaban ausentes.

Kerien bajó de la grupa de su caballo con cierta renuencia.

Nada más traspasar la puerta del salón abrió los ojos con sorpresa. No había esterillas en los suelos. Las mesas estaban irreconocibles. El enorme hogar en medio de la pared lucía diferente. La abrupta llegada de Stephen le hizo alzar la vista de la agradable escena.

—¡Gracias a Dios que has llegado! —ese solo comentario hizo que se le crispasen los nervios.

Kerien no podía hacerse una idea del caos que había creado la castellana en su ausencia. Soportar durante dos horas el trasiego de quejas lo había dejado más agotado todavía y ver a su hermano menor sin poder sentarse lo ponía en situación de no saber si reírse o maldecir. Se hacía una breve idea de lo que había sucedido, pero tantas explicaciones a la vez aturdirían incluso a un muerto.

Bajaba los escalones hacia la mazmorra con un poco de acritud ante el estallido de mal genio que tendría que soportar. Su hermano Gael se había excedido dejando a la castellana durante tres días en el frío aposento. Ahora, le tocaba a él limar las asperezas.

Corrió el cerrojo con un chasquido y avanzó un pie hacia la celda húmeda. Nada lo había preparado para la fiera que salió a su encuentro buscando sus ojos con las manos. Le costaba sujetarla, sus manos le habían prodigado varios arañazos. Kerien no dudaba que buscaban venganza absoluta.

—¡Trozo inmundo! ¡Pedazo putrefacto! —los insultos salían por la boca de ella con negro veneno.

—¡Calmaos, lady Gracia!

Ella tardó un momento en detener su ataque al comprender que no era Gael el que había ido a acosarla. Jadeaba a un ritmo estertóreo. Una vez que hubo encendido la antorcha de la oscura celda, la estancia se llenó de una suave luz amarilla, volvió sus ojos hacia la castellana y sofocó un gemido de sorpresa. Tenía el pelo completamente desgreñado, la camisola y la falda tan sucias que no podía distinguirse el color. Los ojos los tenía hinchados debido al llanto y varias heridas en los labios por habérselos mordido sin piedad.

—Lamento este malentendido.

María creía que no había oído bien. Miró con descaro a Kerien que, a pesar de su aire fatigado, mantenía sus hombros robustos y su espalda amplia en una postura severa e inflexible.

—¡Pienso sacarle los ojos a ese malnacido!

Kerien cerró la puerta tras de sí y trató de asirla por un brazo. María manoteó con desprecio el intento de él de pactar una tregua. Kerien entrecerró sus ojos hasta que fueron una rendija.

—No tengo humor para lidiar con una mujer histérica.

María tensó la espalda al mismo tiempo que abría la boca estupefacta.

—Tengo más que sobrados motivos para mostrarme histérica.

Kerien abrió las piernas y juntó las manos en su espalda al tiempo que la miraba.

—Mi hermano se ha extralimitado en su castigo y vos en vuestras acciones —esas palabras la tranquilizaron a medias, pero optó por mantenerse callada—. Le ofrecerá sus disculpas y vos a mí una explicación —ella siguió en su terco silencio—. Debéis reconocer que habéis creado un caos de cuidado —María seguía con las manos asidas a sus caderas y mirándolo con ojos que hervían de cólera.

»Sé que mi casa dista mucho de parecerse a la vuestra, pero debíais mostrar respeto por la jefatura de mi hermano en mi ausencia. Las costumbres que nos separan son demasiado grandes para ignorarlas por capricho.

María levantó tanto la cabeza que Kerien creyó que se le iba a separar del cuello.

—¿Cómo podéis justificar el abandono? ¿La falta de interés en la forma de preparar los alimentos? ¿Por qué creéis que los niños enferman?

Kerien la miró ahora con verdadero interés.

—¿Me estáis diciendo que en vuestra tierra los niños no enferman nunca?

—No me insultéis tergiversando mis palabras —Kerien optó por no replicar—. La mayoría de los niños del pueblo sufren de diarrea intestinal. Muchos no llegan a recuperarse y ¿por qué creéis que ocurre? La cocina era un pozo de suciedad. Los alimentos no se conservan bien, se preparaban en utensilios que despreciarían hasta los puercos —María tomó resuello antes de continuar—. Los niños están tan mugrientos que no se acercarían a ellos ni lobos hambrientos en busca del último bocado para sobrevivir.

Kerien terminó por ofenderse.

—¿Y sugerís?

—Un poco de limpieza semanal sería una buena forma de empezar —Kerien inspiró lentamente—. Obligad a las madres a que laven con asiduidad a sus pequeños. Enseñadles que hay que mantener las cocinas limpias y que hay que hervir los enseres con jabón antes de volver a utilizarlos.

—No se pueden obviar siglos de costumbres y usos cuando el frío te pela las manos en el agua.

María salió de la estancia con la espalda rígida y la boca repleta de enfado. Kerien la seguía de cerca.

—Esas palabras me correspondería decirlas a mí, que provengo de una tierra cálida, pero en ningún momento he permitido que esa eventualidad domine mi vida. ¿Creéis acaso no que no siento frío cada vez que me introduzco en el agua helada? ¿Que estas ropas escasas me protegen de este viento gélido?

Kerien la sujetó del brazo.

—Aún no me habéis dicho que aceptaréis las disculpas de Gael.

María se volvió justo en el tercer escalón que llevaba a las dependencias superiores.

—¿Me devolverá los tres días que he estado encerrada en este agujero?

Kerien negó con la cabeza.

—Pero, os dará una retribución por ello.

María pensaba a toda velocidad. No podría sacarle las tripas, pero tenía pensado algo mejor.

—Deseo ser yo la que elija la forma de pago —Kerien no terminó de entenderla—. Exijo la ley del talión.

Kerien sabía que eso no le iba a gustar en absoluto a Gael, su hermano ardía de indignación en el salón principal.

—No ha sido vuestro trasero el herido con púas. Dudo que la ofensa se le pase en mucho tiempo.

María no podía arrepentirse, aún le dolía el cabello por el fuerte tirón que le había prodigado el canalla. Suspiró con cansancio y se pasó la mano por la melena enredada. María, subida en el tercer escalón, tenía la misma altura que Kerien, y él pudo deleitarse en sus ojos.

Kerien había perdido la batalla de la distancia, tenerla tan cerca le produjo un hormigueo de alarma, pero ninguno de los dos se movió. Se quedaron mirando durante un instante y sintiendo la misma necesidad de acercamiento mutuo. Kerien alzó una mano y le colocó un mechón sucio detrás de la oreja de forma tan suave que a ella no le quedó la menor duda de que había sido una caricia intencionada.

María sintió como si la hubiese azotado un vendaval.

Su quietud le invitaba a él a continuar con su caricia. Deslizó con mucha suavidad sus dedos tibios por la mejilla de ella, descendió por su garganta, bajaron por su hombro hasta su brazo. Sus dedos se cerraron en torno a su muñeca, la alzó hasta la comisura de su boca y depositó un beso suave, ligero, en su interior. María lo sintió como el aleteo de una mariposa.

—Ahora oléis como yo después de estar varios días cabalgando.

María se resintió por la comparación, que barrió de un manotazo el instante mágico que habían compartido.

¡Estaba llena de piojos! ¡La habían comido las pulgas! Y él todavía se atrevía a burlarse.

—¿Y no os desagrada?

Kerien le mostró una sonrisa de disculpa.

—Nada en vos podría desagradarme.

María se tomó las palabras de él al pie de la letra.

—¡Pues es una verdadera lástima que yo no piense igual con respecto a vos!

Kerien no se resintió por el insulto. Decidió mostrarse complacido.

—Gracias por lo que habéis hecho en mi hogar, aunque espero una explicación por lo del foso.

María no se volvió a agradecerle el cumplido ni a hacerle ninguna aclaración.

—Necesito un baño ahora mismo para limpiarme la inmundicia.

—Os acompañaré, os debo esa cortesía.

María se desnudó en el estanque mientras Kerien le daba la espalda. Se arrodilló en una piedra lo suficientemente grande como para poder lavar la ropa que llevaba. ¡Quería matar los piojos que la habían infectado entera! Los veía caminar entre su ropa mugrienta; restregó la tela en la piedra rasposa con fuerza inusitada. Si ella hubiese sospechado que el tejido iba a quedar maltrecho por haberlo frotado tanto, tampoco le hubiese importado. Cuando volvió la camisola para seguir restregando con fuerza, vio unos diminutos rasgones en el viejo tejido que la piedra había hecho, pero no le importó; siguió en su empeño de limpiar toda la suciedad, seguía restregando con fuerza. Ahora le tocaba el turno a la falda. La masajeó con el mismo empeño que la camisa pero al ser la tela más robusta tuvo que esforzarse más. Cuando comenzaron a sangrarle los nudillos por el esfuerzo, las enjuagó, las escurrió y las dejó en la orilla. Ahora le tocaba el turno a ella, así que se metió en el agua de una zambullida. Estaba helada, pero tras varios días sin lavarse, el agua le parecía miel tibia en la boca. Se restregó el pelo con un jabón que le había ofrecido Kerien con aroma a lavanda, tenía necesidad de sentirse limpia. Formó tanta espuma que le iba a resultar imposible poder aclarárselo en varios días. Kerien la oía restregar con fuerza, sonrió.

—Parece que no os habéis lavado en días.

María bufó con incredulidad ante su chanza.

—No he visto tanta suciedad en mi vida. La celda estaba infestada de piojos y pulgas —lanzó un gemido y continuó—. La roña, la mugre... todo es repulsivo. Es inconcebible tanto abandono.

—Hace demasiado frío para estar constantemente en el agua.

Ella le devolvió las palabras.

—No me extraña que vuestros hermanos no encuentren esposa, el hedor espanta.

Kerien alzó una ceja como de costumbre. Realmente tras días cabalgando sin descanso, el olor que desprendía haría resucitar a un muerto.

—Las mujeres no suelen quejarse porque aquí el sol no se muestra tan generoso.

María había salido del agua tiritando y comenzó a colocarse la camisola y la falda todo lo deprisa que pudo. Se hizo una trenza con el pelo mojado y se secó los pies antes de calzarse las botas.

Kerien se dio la vuelta para mirarla, y lo que vio le abrió la boca completamente. La camisola de ella estaba completamente rota. Parecía que había sido carcomida por la polilla, intentó ahogar un gemido ante el espectáculo que ofrecía. Uno de los agujeros quedaba a la altura del pezón izquierdo y éste asomaba con total impunidad, inhiesto debido al frío. María, al ver la sonrisa de él, se envaró porque pensaba que se estaba riendo otra vez de ella.

—¡No ha quedado ni uno vivo! —Kerien puso cara de no comprenderla—. ¡He matado todos los parásitos!

Él seguía contemplándola ávido, sin despegar su ojo del pezón insolente.

—Lady Gracia, sois una seductora nata, os reconozco el mérito.

María no pudo descifrar esas enigmáticas palabras hasta que dirigió su vista hacia donde él dirigía la suya. Al bajar sus ojos con recelo vio parte de su pecho asomar por uno de los tantos desgarrones que la piedra le había hecho a la tela mientras la frotaba con furia. Contuvo una exclamación de fastidio. ¡Kerien pensaba que lo había hecho adrede! Empezó a salirle humo por las orejas. Que la acusase de intentar seducirlo la enfadó totalmente. ¡Todavía quedaba vivo el insecto más molesto... Kerien McFalcon!

—No estáis a la altura de corresponder ninguna demanda, no tengo de qué preocuparme, ¿verdad? Incluso podría quitarme la camisa delante de vos sin temor a que os sonrojaseis.

Nada había preparado a Kerien para lo que hizo ella a continuación.

Se sacó la camisa por la cabeza y le dio la vuelta a la tela de forma tranquila y pausada, como si estuviese dándole la vuelta a un guante, y volvió a colocársela con cuidado. La tela estaba muy fría, pero el agujero insolente se había quedado en su espalda. Kerien sufrió una conmoción al contemplar esos pechos gloriosos. Las rodillas se le habían vuelto de gelatina.

Kerien hizo lo que no había hecho en su vida: rehuyó una contienda tragándose una réplica mordaz.

Prácticamente todo el clan había sido obligado a bañarse esa mañana de domingo. María se había quedado enormemente complacida al ver que los cabellos de los niños estaban limpios por primera vez en meses sin haber lanzado una protesta. Los consejeros del clan habían protestado como energúmenos pero Kerien se había mostrado implacable. María se encontraba en medio de la labor de lavar en el río junto a las más jóvenes las tupidas mantas y sábanas de los lechos. Los niños reían con deleite ante la novedad que suponía chapotear en el agua sin recibir la menor queja por ello. El día soleado aunque fresco incitaba a los juegos en el agua limpia y clara. La limpieza se había convertido en una fiesta espontánea, la celebraron con ricos asados que María se había encargado de supervisar personalmente. Kerien tuvo que admitir que las extravagancias de la castellana no eran del todo irrazonables, no les podía hacer daño un poco de aseo comunal.

Hacía mucho tiempo que el clan no disfrutaba de una fiesta similar.

CAPÍTULO 11

María quería trasladarse a la cabaña vacía que había justo en la linde del bosque, pero Kerien había negado con su cabeza varias veces. Tan lejos de su presencia no podría vigilarla. María montó en cólera por su negativa tajante. No soportaba las miradas desagradables que le dirigían su hermano menor y los miembros del consejo. Había quedado claro que la consideraban una intrusa molesta, y ella deseaba darles el gusto de no tener que mirarla vagabundear por la casa durante todo el día.

—Mi decisión está tomada —Kerien le hizo una advertencia con los ojos.

—Soy una molestia para el clan y esta situación me hace sentir incómoda… ¡ni una vez más!

—No tenéis autoridad para decidir sobre nada.

María abrió los ojos con incredulidad.

—¿Soy una prisionera?

Kerien iba a responderle cuando Gael intervino. Habló con su hermano en gaélico creyendo que María no iba a comprender sus palabras, pero ¡qué equivocado estaba! A pesar del fuerte acento, ella había aprendido a diferenciar las formas guturales del idioma, y se quedó clavada en el suelo a medida que escuchaba a los dos hermanos discutir sobre ella. ¿Cómo podía odiarla tanto Gael para sugerirle a su hermano que la intercambiase por una mula? Se quedó brutalmente mortificada y llena de la más absoluta vergüenza.

Quedaba claro que no le había perdonado el incidente con la horquilla.

Dio media vuelta y encaminó sus pasos fuera de la torre hacia el centro del patio. Sabía dónde podía encontrar las respuestas a todas las negativas que le ofrecía Kerien.

El enfado nunca había resultado buen consejero pero ella había alcanzado el punto de ebullición necesario para el enfrentamiento. Divisó a Turien entre los hombres que holgazaneaban en el patio gastando bromas tras los entrenamientos. Se dirigió directamente hacia él y en un gaélico aceptable le recriminó.

—¡Basta de evitarme a conciencia! Tenéis muchas preguntas que responder y lo haréis ahora mismo si no deseáis que me cuelgue de vuestro cuello y no me separe de él en lo que queda de día.

El rostro horrorizado del escocés le indicó que había entendido la amenaza a la perfección. Ella, con un gesto de la cabeza, le indicó que la siguiera. Turien se levantó del abrevadero y la siguió hasta el muro de piedra arrastrando los pies. El patio había quedado en silencio y expectante.

María le habló ahora en un castellano suave y melodioso.

—Sé que habláis mi lengua correctamente —Turien no lo confirmó— ignoro cómo la habéis aprendido ni por qué, pero no importa. Deseo saber por qué se me evita en un lugar donde no tengo más opción que estar. Mi presencia molesta al clan, lo sé, pero juro que no hago nada a conciencia para perturbar la paz del pueblo…

—Está bien, doña Gracia —María entornó los ojos con dolor, había supuesto que hablaba su lengua, pero descubrirlo la había herido más de lo que imaginaba—. Nadie os quiere en el pueblo, pero siendo hija de quien sois, tenemos que aceptaros entre nosotros —María no entendía nada, ¿cómo podía su padre tener tanta influencia en un territorio escocés? ¿Qué podía haber hecho para que los aldeanos estuviesen en deuda?—. No es solo vuestra condición de mujer —María bajó los ojos al suelo—, es vuestra condición de castellana.

Ahora comprendía menos.

—¿Por qué fueron a rescatarme entonces?

—Nuestro *laird* hizo una promesa de honor y debe cumplirla.

—¿Quién tiene el privilegio de esa promesa?

Turien la recriminó con los ojos su actitud defensiva pero le respondió:

—Nuestro *laird* debe lealtad a vuestro padre —María seguía llena de dudas, quizás su padre había salvado la vida de Kerien y éste había tratado de corresponderle yendo a buscarla, pero ¿cuándo había ocurrido ese hecho? ¿Por qué ella lo desconocía?—. Nuestro *laird* prometió a vuestro padre que os traería a Escocia y que os protegería con su vida hasta su llegada.

María no lo dudaba pero no sabía cómo contenía sus ansias.

—¿Cuánto tardará Teresa en llegar? Llevo aquí demasiado tiempo...

Turien no la dejó terminar.

—Está en Edimburgo, vendrá cuando sea posible.

María apretó los labios con decisión.

—Deseo mudarme a la cabaña que está en la linde del bosque, ofrece la suficiente intimidad como para no resultar una molestia —Turien alzó las cejas sorprendido—. Hablad con Kerien y decidle que seréis el encargado de proteger mi espalda en su lugar.

Turien negó con la cabeza absolutamente horrorizado.

—Yo no podría estar cerca de vos de la misma forma que nuestro *laird*.

María frunció el ceño al comprender sus palabras. Turien no estaba imposibilitado y saber que podía sentirse atraído por ella, la llenó de honda satisfacción. ¡Al fin un hombre de carne y hueso!

—¿Todo el mundo conoce su...? —Turien asintió con la cabeza—. ¿Qué le ocurrió?

El guerrero dudó durante un instante antes de decidirse, optó por contarle una parte de la historia.

—No debería ser yo quien os ilustre.

María se mordió el labio impotente.

—Sois el único de este clan que se digna dirigirme la palabra.

La queja era del todo justificada.

—Tadeg, el hermano menor de Kerien, se enamoró perdidamente de Gladys, la prometida de nuestro *laird* y hermana de Garlan McGoshawk, nuestros vecinos y, ahora, enemigos. Tadeg perdió la cabeza como solo un hombre inmaduro puede perderla. La traidora jugó con sus sentimientos y consiguió que él obviara el compromiso de su hermano mayor llevándolo a su lecho. Kerien terminó por pillarlos en pleno desvarío amoroso. Nadie supo lo que cruzó por la mente de nuestro *laird* al ver a su hermano y su prometida retozando como animales en celo —Turien se paró un momento antes de continuar.

»Su respuesta fue más condescendiente de lo que se merecía. La expulsó del clan y se suspendieron los festejos previos a la boda, pero Tadeg no se lo tomó todo lo bien que debiera. En un arrebato irracional de celos atacó a Kerien por la espalda buscando su vida. Ambos hermanos terminaron heridos de gravedad pero Tadeg fue el único que no se recuperó de la herida mortal que le infringió Kerien tratando de defenderse. Tadeg murió poco después. Gladys, al no salirse con la suya, trató de asesinarlo utilizando un poderoso veneno. Nuestro *laird* ya no se recuperó ni de la pérdida de Tadeg, ni del intento de asesinato de la que fuera su prometida. Cuando Kerien descubrió que Gladys pretendía romper el compromiso impuesto por su clan aprovechándose de Tadeg y sus sentimientos, no pudo comprenderlo. El resultado es la incapacidad que padece desde entonces.

María se había quedado horrorizada. Sus ojos reflejaron la pena profunda que la revelación le había ocasionado. Turien le mostró con los ojos que equivocaba el sentimiento.

—Nunca le demostréis a nuestro *laird* vuestra conmiseración si no queréis enfrentaros a su furia.

María agradeció el consejo pero resultaba innecesario: ella sentía muchas cosas por Kerien, pero en modo alguno era compasión.

—El veneno no causa la incapacidad.

Turien asintió.

—El remordimiento sí. Nuestro *laird* no puede perdonarse que su debilidad por una mujer produjese un hecho tan abominable como la muerte de su hermano. Está convencido de que ninguna mujer vale la vida de un hombre.

En el caso de Gladis, ella opinaba lo mismo.

—¿La amaba mucho? —esa posibilidad le arrancó un gemido a su alma.

—Eso, ¿quién puede saberlo?

María estaba profundamente consternada por la tragedia que había ocurrido en el clan; ahora entendía mejor la aparente frialdad de Kerien.

Turien siguió con su explicación.

—Ese es el principal motivo por el cual vuestro padre lo envió a buscaros. Sabía que nuestro *laird* no intentaría seduciros. Estaríais a salvo con él.

María chasqueó la lengua. ¿Desde cuándo conocía su padre a Kerien? Debían de haberse conocido en las cruzadas y forjado una profunda amistad. ¿Por qué nunca lo había mencionado en sus cartas?

—¿No ha tratado de buscar ayuda?

Turien no le contestó y ella comprendió que ya no le diría nada más respecto a ese asunto. Volvió a la cuestión del principio. Necesitaba independencia.

—¡Os pagaré si decidís protegerme!

María podía esperarse todo menos la carcajada incrédula que soltó el escocés.

—¡Ah, señora! Todo vuestro dinero no vale la furia que podéis despertar en Kerien con vuestro desprecio a su esfuerzo por conservar vuestro cuello intacto.

María había abierto la boca pero la volvió a cerrar con los ojos llenos de melancolía y pena. Turien fue consciente de lo solitaria que se veía la castellana, intentando adaptarse a la rutina del clan sin conseguirlo. Vio la profunda desolación que asomaba desde el fondo de sus pupilas y le ofreció el único consuelo que le estaba permitido: una sonrisa.

María sintió que los ojos se le llenaban de lágrimas que, aunque quisiera, se negaba a derramar. Alzó los ojos y miró directamente los castaños de Turien, la mueca de sus labios apenas perceptible, y cuando entendió la mirada de ánimo que el escocés le mostraba, sintió un calor extenderse por cada poro de su cuerpo. ¡Al fin un amigo! En un gesto involuntario pero lleno de determinación, alzó su mano y con sus nudillos le acarició el mentón con una sonrisa. Turien sabía que estaba mal, pero asió la mano de ella, que encerró entre las suyas para transmitirle un poco de apoyo.

—Nunca en mi vida he estado tan sola. Siempre me he sentido querida, protegida por mi padre y mi abuelo. Me resulta intolerable el silencio que encuentro a mi paso. Sé que no soy bien recibida aquí, pero ¡no tengo elección!...

Turien vaciló ante las palabras de ella. Se acercó un poco más y trató de pasar su brazo por los hombros de María, que habían comenzado a temblar.

El atronador grito de Kerien les hizo volver la cabeza a los dos en el acto. Turien cuadró los hombros y se apartó de ella de forma brusca. Miró a Kerien y entendió la orden. Asintió con la cabeza y se alejó; ella se quedó quieta en el extremo del patio sin obedecer. Sabía que Turien tendría problemas por su culpa y una ira ciega comenzó a invadirla. No se movió. Kerien dirigió los pasos encolerizados hacia ella. María seguía sin bajar la guardia, esperando.

Sintió una pequeña flojera en las rodillas cuando vio avanzar hacia ella casi dos metros de profunda ira. Había roto el protocolo al dirigirse directamente a uno de sus hombres sin tomar en cuenta las jerarquías e incluso se había atrevido a tocarlo, pero no se arrepentía. Fue retrocediendo a medida que él iba avanzando, y cuando la espalda de ella toco el frío muro, se acobardó. Sopesó la posibilidad de echar a correr, pero imaginó que no le serviría de nada pues él la alcanzaría en dos zancadas apenas sin esfuerzo y María jamás se dejaría avergonzar en una huida semejante.

¡Maldito orgullo castellano!

—¡Nunca volváis a dirigiros a mis hombres sin mi permiso!

Ella ya se temía algo así, y levantó el rostro con desafío.

—¡Juro por mi sangre que no se me va a ignorar un día más!

—¡Mujer insolente y orgullosa!

María se resintió por el insulto desmerecido.

—Soy un ser humano arrastrado a un lugar lejos, inhóspito, donde no conozco la lengua, las costumbres, ni se me permite hacer nada salvo perder el tiempo contando las piedras —tomó aire con determinación—. Estoy cansada de esperar a una mujer que no he visto en mi vida. Horrorizada al ver a sus hombres que se alejan de mí cuando me acerco igual que si tuviese la peste. Solo necesito un poco de calor humano —volvió a tomar resuello—, y no soy más orgullosa que vos, ¡salvaje del páramo!

El insulto de ella no le hizo efecto alguno.

—Estáis aquí en este lugar inhóspito y lejos porque alguien os quiere muerta. No se os permite hacer nada porque vuestro padre es alguien muy poderoso, y mis hombres se alejan horrorizados porque sois una maldita castellana arrogante, temeraria y llena de defectos —María ahogó una exclamación dolida; ella ignoraba que su padre fuese alguien tan importante en Escocia—. Volved a desobedecedme otra vez —bajó el tono de la voz hasta dejarla en un susurro—, y conoceréis lo que mi mano es capaz de hacerle a vuestro trasero.

María deseó provocarlo pues había despertado la ira de ella con sus palabras.

—Si deseo retozar con todos los hombres de este clan no dudéis que lo haré y os juro que mi condición de castellana arrogante y temeraria no será un impedimento para llevármelos a todos al lecho.

Kerien avanzó otro paso con gélida mirada. Estaba tan cerca de ella que se bebía su aliento entrecortado. Sus ojos verdes parecían aguas turbulentas cuando la miraban.

—Si alguno de mis hombres se atreve siquiera a rozaros, morirá bajo mi mano y vuestra será la culpa.

María se sentía herida en su feminidad, creyó que la consideraba inferior y poco atractiva. Se veía tan superior a ella que no osaría mancharse las manos tocándola. Los ojos de ella despedían decepción, él continuó:

—Provocad a uno de mis hombres solo una vez... —calló un momento—, ¡y ateneos a las consecuencias!

Esas palabras más que atemorizarla la envalentonaron.

—¡Juro por mi vida que antes de que acabe la semana os habréis quedado sin hombres si es que cumplís vuestra palabra!

Kerien no podía entender la temeridad de ella. Endureció tanto su mirada que parecía de granito. María no se amedrentó, seguía mirándolo llena de cólera amarga y una rabia desmedida.

Kerien se dio la vuelta, ella le increpó impulsiva:

—Por cierto, necesito un lecho más grande.

Kerien se volvió estupefacto. María ya no podía retroceder, aunque lamentó sus palabras, no las retiró.

—Esta noche dormiréis en mi alcoba, así sabré en todo momento en qué lecho estáis dormida y con quién.

Ella abrió los ojos espantada.

—Eso es del todo imposible...

Él la miró tan intensamente que María se ruborizó.

—Os advertí sobre las consecuencias si persistíais en esa actitud indolente.

—¡Kerien!

Él alzó una mano y ella temió que la golpease pero solo se mesó el pelo cansado.

—Para vos, *laird* McFalcon.

La dejó hecha un manojo de nervios y temiendo la llegada de la noche.

CAPÍTULO 12

Kerien hervía de furia. María lo había llevado hasta un extremo irreconocible de frustración. Su condición de castellana no la autorizaba a sembrar el caos entre sus hombres. ¿Acaso no se daba cuenta de lo hermosa que se veía en esa actitud insolente? Su sola presencia le crispaba los nervios por el aire seductor que emanaba de ella de forma innata y sin proponérselo. Sus hombres parecían galanes enfermos de amor no correspondido; afortunadamente, ella no se había percatado del caos que creaba tan solo con una mirada o cuando paseaba de forma melancólica por el pueblo.

Ardía por ella y no podía pensar en nada más salvo en la posibilidad de conquistar su corazón, pero su impotencia rugió desde el fondo de su alma produciéndole un ahogo físico. Tratar de aferrarse a los sueños y esperanzas solo le mostraba lo vacía que estaba su vida desde hacía cinco largos años. Gladys había hecho su trabajo a la perfección. Kerien no era tan ignorante como para creer que las cosas podían cambiar; todo lo contrario. Era su destino y tenía que enfrentarse a él. Con una maldición contenida trató de pensar en la larga noche que le esperaba pero debía sujetar la naturaleza impulsiva de María antes de la llegada de su padre.

Kerien suspiró entre el agotamiento y la frustración.

Le costaba respirar cuando la observaba sentada en la colina mirando el horizonte, memorizándolo. Su sonrisa complaciente le hacía ansiar algo que no se debía permitir ni soñar. Y la lucha en su interior por enterrar sus manos callosas en esa melena gloriosa le estaba comenzando a pasar factura, pero debía impedir que sus hombres acabasen perdidamente enamorados de ella, si acaso no había sucedido ya. Turien era la prueba de ello.

María se amonestó amargamente durante horas, ¡por qué no podría detener la lengua a tiempo! Estaba metida en un buen lío y nadie saldría en su ayuda, no tenía que haber llegado tan lejos en sus pullas. La enfurecía la pobre opinión que tenía de ella aunque comprendía que se había excedido con sus palabras, y ahora no podía retirarlas. Maldijo su ímpetu, su vanidad y la falta de sueño que padecería a partir de esa noche, pero si él en algún momento creyó que podía doblegarla, iba a sorprenderse, y mucho.

Por algo era digna hija de Castilla.

Estaba ahogada de despecho. Turien había sido enviado al norte, María creía que habían llegado hasta lo más del norte que se podía, pero se equivocaba. Lo habían mandado como emisario para los consejeros de otro clan; ella sabía que era un castigo por haber tenido la osadía de cogerle la mano. Transmitirle un poco de solidaridad, de empatía.

Miraba el enorme lecho con cuatro postes como si fuesen cuatro serpientes que escupiesen veneno mortal, y tragó violentamente. Como todos la ignoraban no había podido conseguir ayuda. Ahora, resultaba tarde para lamentaciones.

Kerien entró de sopetón en la alcoba y se quedó parado un momento observándola confundido, como si hubiese olvidado el porqué estaba ella allí y por qué miraba su lecho con esa expresión de repulsa. Una vez controlado su temperamento belicoso, Kerien trató de ahogar una sonrisa de auténtico placer al observar la congoja que mostraba ella. Todas las puertas del castillo habían sido cerradas para la castellana, deseaba darle una lección a la osada guerrera, que los hacía sentirse obnubilados por la sencilla razón de existir.

María lo siguió con los ojos mientras se desvestía y se volvió de inmediato, no se dignó a abrir la boca salvo cuando él le tiró una almohada pequeña y una manta que olía peor que su establo.

La misma que llevaba en su caballo en las incursiones. ¡Dios!

—Que durmáis en mi alcoba no quiere decir que compartáis mi lecho. Buscaos un rincón donde echar los huesos y procurad no molestarme.

María no podía creerse semejante insulto a su persona, si contenía la lengua se envenenaría.

—Cualquier caballero que se precie no me permitiría dormir en el suelo.

Kerien la miró y torció la boca en una mueca de burla.

—¿Veis acaso algún caballero en la alcoba? Porque aquí solo hay una mujer insolente y un salvaje del páramo —ella no le respondió y Kerien siguió atizándola—. El vinagre que ahora bebéis es solo culpa vuestra.

Ella no le iba a responder porque antes le sacaría los ojos.

—Mi único pecado ha sido pedir una merced para dejar de ser un incordio.

Kerien la traspasó con sus ojos penetrantes.

—Errasteis en tres decisiones —María iba a protestar pero el dedo de Kerien para que guardase silencio se lo impidió—. Uno: todo, absolutamente todo debéis consultarlo con el *laird*. ¡Vaya, yo soy el *laird*! Dos: mis hombres deben guardar una distancia de al menos veinte pasos en vuestra presencia.

María hinchó tanto el pecho que creyó que se iba a ahogar con su propio aire.

—Falta una.

Kerien le sonrió con una sonrisa falsa y ojos sardónicos.

—Esa me la reservo para mí —María se sentía incapaz de descifrar el enigma de sus palabras—. ¡Dejad de ser una molestia por un día!

María le dio la espalda absolutamente avergonzada.

Buscó un lugar lo suficientemente alejado del lecho como para extender la manta y poder tumbarse sobre ella. El duro suelo le pareció como si estuviese lleno de espinos, pero continuó callada. Ahuecó la almohada y se recostó cerca de la ventana. Cerró los ojos e intentó conciliar el sueño. Mañana iba a temblar Escocia con su furia, hoy no pensaba mostrar ni una pizca de cobardía.

Kerien podía oír sus movimientos lastimosos; sabía que se excedía en su corrección, pero no podía permitir más entusiasmos de los necesarios. El mejor de sus hombres se encontraba, de momento, desterrado de su clan por culpa de las acciones de ella.

Estarían todos condenados si no la mantenía a salvo en todos los sentidos.

Suspiró. La vida en el clan se había vuelto intolerable pero en parte comprendía su resquemor. En su casa no la respetaban, su pueblo no la quería y solo el hecho de ser la hija de quien era conseguía cerrarles la boca. La oyó tiritar de frío y se compadeció, se levantó del lecho y se dirigió hacia la ventana que dejaba pasar el aire sin trabas a pesar de la piel que la cubría. La manta se le había enrollado entorno a la cadera, con lo cual tenía las piernas al aire, estaba encogida y fría. Kerien meneó la cabeza con pesar. Mantenerla viva en todos los sentidos: ésas habían sido las palabras de su padre. La alzó de su posición y la llevó hasta su lecho. Estaba completamente helada. Se acostó junto a ella y la cubrió con su manta; ella tardó en volverse hacia él buscando su calor, lo mismo que un gatito hambriento buscando la leche de su madre.

Kerien inspiró el aroma a enebro de su pelo. Le gustaba demasiado. Tenía que admitir que lavarse tanto mostraba alguna ventaja: olía deliciosamente bien. Cerró los ojos sintiendo su tibieza y se durmió peleando con sus demonios nocturnos.

* * *

María despertó con una sonrisa en los labios. Estaba cómoda, caliente y nada podía ser más importante que eso. Durante días ése había sido lo primordial en su vida: mantenerse caliente en esa tierra tan fría. Su mano subió por su cadera, su cintura hasta detenerse en su pecho, pero ninguna de las supuestas sensaciones que debía estar experimentando la alcanzó. Se despertó de inmediato desorientada. El escocés estaba dormido junto a ella. Un intenso rubor la cubrió de pies a cabeza al comprender que lo había estado tocando en sueños creyendo que era ella; afortunadamente no se había despertado. ¿Qué hacía ella en su lecho? Lo que era peor: ¿qué habían estado haciendo...?

Kerien no abrió los ojos y María dudó en levantarse o... ¡maldita curiosidad! Se preguntó si él estaría desnudo bajo las mantas. Se moría de ganas por saber qué aspecto tenía un hombre tan imponente como él, se sentía poderosamente atraída por los planos duros de su cuerpo; pero no podía vulnerar la intimidad de una persona adulta, y menos siendo un hombre, tan solo para satisfacer su curiosidad. No tenía la suficiente experiencia como para manejar la ira de un gigante si la descubría... María sonrió, ¡de los cobardes nunca se cantaban baladas! Iba a levantar la manta cuando un carraspeo la sorprendió, el sonido inesperado hizo que se le subieran los colores en un completo azoro. Miró a Kerien y se sintió la más miserable de todas las cotillas. Él la estaba mirando, completamente alerta. Los ojos se le habían convertido en dos pozos negros. María chasqueó la lengua porque dedujo que había provocado su enfado de nuevo. ¿Por qué siempre terminaban enfadados?

—¿Siente curiosidad la señora?

Ella gimió consternada al comprender que él había sido consciente de su intención, desvergüenza y descalabro pensativo. Deseó que el jergón la engullera.

—¡Mi indiscreción ha sido imperdonable!

Kerien se incorporó a medias en el lecho.

—Lo justo sería pedirme permiso.

Ella dio un salto horrorizada. Encima se burlaba de ella.

—¿Cómo os atrevéis...? Vos me habéis visto con menos ropa de la que dicta el decoro y no habéis solicitado mi permiso para mirarme cuando me baño.

Kerien alzó una de sus cejas en actitud chabacana.

—Siempre he respetado vuestra intimidad. Si habéis enseñado algo que el decoro señala como indecente ha sido por vuestra propia iniciativa, nunca la mía.

—Creía que seguíais dormido, no pretendía hacer ningún daño.

—¿Osáis contemplarme de forma subrepticia y pretendéis que no haga nada al respecto? Os traje a mi lecho porque estabais más helada que un... ¿cómo dicen los castellanos?... carámbano. Mi máxima prioridad es manteneros a salvo en mi casa.

María inclinó la cabeza sumisa.

—Me podía la curiosidad. Nunca he contemplado a un hombre desnudo y... —él no la dejó terminar.

—Soy como cualquier otro hombre.

María entrecerró los ojos con duda. Aún tenía en mente las palabras de Turien y podía jurar por su carencia de vestidos que Kerien no era como otro hombre cualquiera.

—¿Por qué padecéis esa incapacidad?

Obviando su incomodidad, decidió sincerarse en parte.

—Turien tenía que mantener la boca cerrada —emitió un suspiro—. Hace años padecí un trauma que me imposibilita tener relaciones íntimas con una mujer. Fin de la historia.

Ella no agradeció su parca explicación.

—¿Se puede curar?

Kerien chasqueó la lengua con desdén.

—No deseo ser curado —María no pudo entender sus palabras—. Es mi castigo, he aprendido a vivir con él.

María seguía haciendo cábalas: todo gran señor necesitaba herederos.

—¿No deseáis una esposa?

Kerien entrecerró los ojos con burla y negó enérgicamente con la cabeza.

—Hay otras partes de mi cuerpo que funcionan perfectamente, si es que alguna vez contemplo la posibilidad de complacer a una mujer, pero nunca a una esposa o prometida —ella no lo entendió y él se percató, por primera vez, de lo inocente que era. Inocente y demasiado curiosa para su tranquilidad.

—¿El clan no necesita heredero?

Kerien le sonrió amargamente.

—El clan ya tiene heredero: el hijo de mi hermano Tadeg. Ahora se encuentra viviendo con su madre hasta que alcance la mayoría de edad necesaria, en dos años vendrá con nosotros. Tengo el deber de prepararlo.

María asimiló la inesperada información. Siguió silenciosa especulando.

—¿Cómo se llama?

—Lean.

María siguió pensativa.

—Pero, ¿Tadeg era más joven que vos?

—Más joven y prolífero, su primogénito tiene ahora ocho años.

María estaba espantada: si los cálculos eran correctos, Tadeg había sido padre tan solo con dieciséis años.

—¿Su primogénito? ¿Cuántos hijos tiene?

—Dos más.

María lo miró de tal forma que Kerien supo lo que pasaba por su mente.

—¿Cuántos años tenéis?

La sorpresa en la voz le arrancó una media sonrisa.

—Veintiséis. De vivir, Tadeg tendría veinticinco años —María fue perfectamente consciente del suspiro ácido que se escapó de los labios de Kerien antes de seguir con su información—. Gael tiene veinticuatro, Stephen veintitrés.

María se apiadó de la madre de ellos. ¡Un hijo por año! ¡Dios bendito!

—¿No tenéis hermanas?

Kerien negó con la cabeza.

—Mi madre no vivió para tenerlas.

María lamentó su falta de tacto al ver cómo se ensombrecía el rostro de él. Decidió mostrarse alegre e intentar cambiar el tono de la conversación.

—Entonces… ¿nada de lo que yo hiciera podría despertar vuestra lujuria?

Kerien negó repetidas veces. Le parecía imposible sostener una conversación de esa naturaleza con una mujer, castellana, y demasiado seductora. Se dio perfecta cuenta de que ella ignoraba lo poco convencional que se veían estando los dos en el lecho hablando de incapacidades, y separados tan solo por el delgado camisón de ella. Su incapacidad la mantenía a salvo de sus deseos, pero no de su afecto.

—No os concedáis tanta importancia, lady Gracia. No existe en el mundo una mujer que pueda tentarme, no después de lo de Gladys —ella saboreó el desprecio en sus palabras—. Todas son unas porfiadas y desalmadas. Viven llenas de veneno y pudren todo lo que tocan.

Los ojos de María le habían devuelto un anhelo extraño y cortante en lo más profundo, pero no se retractó. Sabía que la había herido. Necesitaba poner distancia emocional entre ambos, pues su corazón estaba sufriendo la mayor tribulación de su vida, pero…

La mirada franca de María detonó la alarma en su cerebro, pues no estaba preparado para ella. La emoción que sintió al contemplar su meditación lo desbordó por completo.

—Entonces sois como un hermano… como el hermano que nunca tuve —Kerien gimió con sorpresa inesperada. Ella susurró—: Si la intención carnal que debería preocuparme a la hora de estar con un hombre desaparece, lo que queda es un amigo comprensivo o un hermano —Kerien no podía seguir el razonamiento de ella. Imposible.

»¡Pero es maravilloso! —ella seguía especulando en silencio, alzó sus ojos y le ofreció una sonrisa que jamás mostraría a su género si no se sintiese absolutamente confiada. Era una sonrisa abierta, sincera. De las que se ofrecen a un familiar o amigo, y él decidió en ese instante que no deseaba ser catalogado en ninguna de las dos.

—He tenido pocas oportunidades de tener verdaderos amigos, personas a las que confiar mis dudas. He extrañado tanto una amiga —Kerien estuvo a punto de sujetar un rizo, pero se contuvo a tiempo. En ese momento María se veía completamente vulnerable y él, demasiado influenciado por su sensualidad.

—Desde que recuerdo he tenido una espada en la mano y un libro de cuentas en la otra.

—Conozco el sentimiento de pesar cuando la obligación es lo primero y nos ata con una cadena de pesados eslabones —le respondió Kerien.

—Soy lo único que mi abuelo tiene en el mundo. Me ha criado con la fortaleza necesaria para ocuparme de mi herencia sin un titubeo, pero en el camino se quedaron todas las ilusiones de una niña que aprendió demasiado pronto lo que significa la palabra responsabilidad —María amplió todavía más la sonrisa—. Será un gran honor para mí consideraros como mi amigo del alma —hizo una pausa—; hay muy pocas mujeres en el clan —Kerien agradeció el cambio oportuno de tema.

—Las que alcanzan la edad casadera suelen ser raptadas por miembros de otro clan —María jadeó horrorizada. Ahora entendía con exactitud lo que quería decir la expresión salvaje—. Gael y Stephen no encuentran mujeres con la suficiente edad para ser raptadas.

María creía que se estaba burlando de ella y volvió al asunto espinoso de su incapacidad de forma sorpresiva.

—En Toledo tenemos un médico maravilloso, es un erudito en curas —Kerien alzó las cejas con interrogación—.

Cuando vuelva... —se quedó callada un momento y lo miró con una duda en la profundidad de sus ojos de zafiro—. Si decidís acompañarme os puede examinar y tratar de curar vuestra dolencia.

Cómo podía mostrarse tan ingenua lo tenía apabullado.

María hizo algo de lo más sorprendente: saltó del lecho al mismo tiempo que le daba la espalda, se deslizó el camisón por un hombro, después por el otro hasta dejarlo caer hacia sus caderas. La espalda gloriosa de ella lo dejó momentáneamente obnubilado. Kerien gimió por el espectáculo que ofrecía ella en su desnudez, insolencia, hermosura, y desgraciadamente, confianza. María se vistió dejándolo tan aturdido que no pudo moverse. Había aceptado sin ninguna duda la explicación de él y había optado por mostrarse en su presencia como si lo hiciese delante de una sirvienta.

Kerien carraspeó incómodo.

—El decoro indica que uno no debe mostrarse desnudo con tanto descaro, al menos, no delante de un hombre, aunque esté incapacitado —María le contestó con burla.

—Pero tendría que esperar a la doncella, y ¡sorpresa!, no tengo doncella. Se supone que vos deberíais levantaros antes que yo y permitidme la suficiente intimidad para poder acicalarme, ¿cierto? Pero aquí solo hay una mujer insolente y un salvaje que remolonea demasiado entre las sábanas —repitió las mismas palabras que él le había soltado la noche anterior—, y puesto que no vais a saltar sobre mí para someterme a vuestra licenciosa lujuriosa, he decidido desprenderme de mi vergüenza y vestirme para disfrutar de este maravilloso día.

Kerien se tragó la retahíla de ella sin protestar.

—Que no pueda cumplir como hombre no significa que no pueda sentir como hombre.

María entrecerró los ojos por sus palabras sin comprenderlo.

—Pero yo soy una castellana arrogante, temeraria y llena de defectos, no lo suficientemente hermosa como para provocar la lascivia en un hombre, así que, ¿de qué habláis?

Kerien comprobó la mordacidad de la boca de ella. Algún día le haría retirar sus palabras sobre lo *no suficientemente hermosa*... ¡Si con solo contemplarla le temblaban las rodillas!

—Mostráis una actitud excesivamente ligera en mi presencia.

María terminó de cerrarse el vestido, se calzó las botas y se volvió.

—Ya habéis dejado claro que nada de lo que yo haga puede incitaros, así que... ahorraos el sermón, *laird*. Hace un día demasiado hermoso y yo me siento demasiado contenta —María no le permitió una respuesta, atravesó la alcoba rápidamente y salió por la puerta soltando un montón de alegría a cada paso.

CAPÍTULO 13

Estaba irremediablemente enamorado.

La vida de Kerien había dado un giro completo, se había convertido en el hombre más hambriento e insatisfecho de Escocia. Sentía un gran anhelo por ella, aunque lograba mantenerlo escondido en su interior. La devoraba con la mirada cuando nadie lo veía, o eso al menos creía. La castellana se mostraba ante él con toda la naturalidad posible, logrando desquiciarlo con esa risa franca y esa mirada limpia. El deseo que sentía por ella lo aturdía. La oía reír y el corazón detenía sus latidos para escucharla. La veía hablar con alegría y la sangre se paraba en sus venas ante la necesidad de que sus labios pronunciasen palabras de afecto hacia él. No se podía desear tanto a una persona y no hacer nada al respecto, pero suspiró amargamente, ¿cuándo había dejado de odiar a las mujeres…?

María dedicaba todo su esfuerzo en convertir su castillo en un lugar donde la vida resultase confortable. No sabía cómo, pero ahora tenían perreras donde guardar los canes, con lo cual las salas se mantenían pulcramente limpias. El consejo se mantenía en un sospechoso silencio ante la actuación de ella; Kerien sabía que se sentían lo suficientemente cómodos para obviar el hecho de que una castellana tomara decisiones sobre la casa y parte de sus habitantes.

Las cuadras estaban ordenadas y las casas reparadas. Se habían arrancado las malas hierbas del jardín y se había limpiado el patio. La cocina del castillo estaba encalada y pulcra. Jamás hubiese concebido que su casa pudiese desprender semejante calidez. No se imaginaba de qué forma, pero María se había granjeado el afecto y la confianza de la mayoría de la gente. Sabía cómo despertar el interés de los más ancianos y estos le correspondían con enseres que fabricaban con sus propias manos. Así su casa disponía de sillas nuevas, y esteras limpias que olían a espliego. Los dormitorios tenían detalles que los hacían acogedores, como jarrones de barro cocido que los niños pintaban llenos de alegría y que adornaban con flores que cogían en el campo.

Los colchones estaban limpios de pulgas, las mantas lavadas y los pequeños armarios llenos de ropas que, por primera vez y no gracias a Irena, estaban remendadas. María había conseguido, con ayuda de algunas mujeres del pueblo, bajar a la feria de la frontera y comprar vacas y ovejas, además de gallinas y cerdos. Ahora disponían de huevos frescos todos los días y el huerto estaba limpio de brozas y de alimañas; pronto podrían disfrutar de verduras frescas, así como de carne.

Había gastado casi todo el dinero del que disponía en ellos, pero se la veía tan feliz que la risa de ella lograba conmoverlo profundamente, despertando en su interior una necesidad que trataba de ahogar a fuerza de voluntad. Resolvía las disputas de los miembros del clan con una facilidad que él jamás había tenido; poseía una vena de autoridad innata en ella que resultaba tan desconcertante como su alegría; la gente solía pararla a menudo para consultarle todo tipo de cosas. Sus tierras florecían bajo su cuidado y él sabía que eso iba a terminar muy pronto.

Waterfallcastle no parecía el mismo, ni él tampoco.

Guillermo estaba a punto de llegar y debían prepararla para su llegada, circunstancia que lamentaba casi a diario. La buscó y de nuevo la encontró en la fragua riendo con el herrero. El fornido escocés le estaba fabricando una espada liviana siguiendo las explicaciones de ella. Si no supiese que estaba felizmente casado y con cinco hijos, le habría arrancado el corazón por conseguir que la boca de ella se curvase en una sonrisa que no había despertado él. Se amonestó de forma dura e impaciente, no podía permitirse tener celos.

¡Dios del cielo! Pero los tenía.

—¡Mi señora! —María volvió los ojos con placer y Kerien chasqueó la lengua porque sabía lo que esa mirada decía: ¡aquí viene mi amigo! Nunca había detestado tanto el significado de una palabra—. Es imprescindible que mantengamos una conversación.

María alzó sus ojos aún risueños y se despidió del herrero con un ademán de la mano; el herrero le correspondió con una inclinación de la cabeza. Entonces, le prestó toda su atención.

—Os espero esta tarde en la biblioteca —María dilató las pupilas sin comprender; su tono había sonado demasiado seco—. Necesito resolver un asunto de suma importancia con vos.

Ella varió la postura del pie mientras se limpiaba la falda.

—Ahora, sería un momento adecuado.

Kerien negó con la cabeza.

—Esta tarde —dio media vuelta y la dejó sin darle la oportunidad de objetar nada.

—¡Esperad, Kerien! —él se dio la vuelta con el ceño fruncido y la mirada alerta—. Iré a coger unas moras y arándanos en la parte norte del camino; Brenna me ha prometido hacer unas tartas si le consigo suficientes frutos. Después iré al río; si os apetece daros un baño, estáis invitado. Prometo mantener mis ojos apartados para que no se resienta vuestro pudor.

Kerien volvió a negar con la cabeza como tantas veces a lo largo de esas dos semanas; mantenerse a distancia de ella era la única forma de conservar la cordura. Lo descolocaba con esa actitud juguetona. María ni siquiera se imaginaba el peligro que corría estando cerca de él. Con una maldición se apartó de ella antes de que fuese demasiado tarde.

—No olvidéis poneros nuestros colores y que Douglas os acompañe.

María asintió con una sonrisa un tanto decepcionada. Douglas tenía diez años, pero era un muchacho encantador y hablaba por los codos. Se despidió de él tan alegre como siempre.

Kerien se quedó en medio del camino contemplándola. De nuevo el corazón había comenzado a dar saltos desbocados por ella, y cuando al fin cesaron los estertores de la incertidumbre y los latidos acelerados por los sentimientos profundos que le inspiraba, consiguió respirar de nuevo con normalidad, pero solo cuando ella se hubo perdido en la distancia. Sus ojos dejaron de contemplarla ávidos, sin resignarse del todo.

La castellana se le había metido en la sangre y circulaba por su cuerpo como un potente veneno que lo aturdía. Jamás podía haber imaginado que una mujer pudiese conseguir captar de nuevo su atención de forma completa y absoluta. Tras la perfidia de Gladys había jurado que nunca volvería a posar los ojos en una mujer, no volvería a confiarse tan ingenuamente, pero la castellana le hacía doblar los huesos de hambre insatisfecha. Los intestinos se le hacían nudos dolorosos cuando la contemplaba reír, y la imposibilidad de tenerla lo sumía en un abismo negro en el que estaba a punto de caer de forma implacable.

Estaba realmente preocupado. Douglas finalmente no la había acompañado y ella había desoído sus consejos de no ir sola. Kerien había decidido ir en su busca. Rezaba para que su tardanza se debiese a que se había olvidado del tiempo remoloneando en el agua, y no algo peor. Llegó a la orilla del remanso donde solía bañarse; el agua estaba quieta, no había sido removida en mucho tiempo. Caminó a la ribera del río realmente preocupado. La llamó a voces pero no obtenía ninguna respuesta. Comenzó a caminar tomando la dirección contraria porque conocía un lugar donde las moras y las bayas eran extraordinariamente grandes. Imaginó que cabía la posibilidad de que Douglas le hubiese dicho dónde encontrarlas. Llegó al comienzo del bajo muro hecho de piedras que separaba el barranco del camino. Las moras más dulces crecían siempre en los lugares más peligrosos. El camino giraba hacia la derecha siguiendo la forma del terreno; antes de llegar a la curva divisó el zarzal que crecía por el lateral del muro que daba al barranco y vio las ramas espinosas que sobresalían por las piedras adoptando formas enrevesadas. Supo dónde estaba ella antes de llegar.

Se quedó tan estupefacto al verla que temió caerse al suelo de espaldas por la impresión recibida.

María no podía moverse, había trepado por el muro para poder coger las moras gordas y jugosas que se burlaban de ella desde su privilegiada altura, pero había tenido la mala suerte de quedar enganchada en las ramas llenas de espinas que la habían aprisionado por completo al tratar de liberarse. Estaba boca abajo en la fría piedra, que desde su posición alcanzaba la altura de un metro, las piernas le colgaban laxas y se le había subido la falda por los esfuerzos infructuosos de intentar bajarse y soltarse, con lo cual, tenía su trasero parcialmente expuesto a la vista.

Kerien se mareó al contemplarla. ¡Estaba petrificado!

—¿Kerien? ¿Kerien, sois vos?

María intentó mover la cabeza que tenía apresada entre las ramas, el pelo se le había enredado de tal forma que le resultaba imposible moverlo sin arrancárselo. Intentó reptar de nuevo hacia atrás, pero lo único que consiguió fue que las ramas enganchadas en sus ropas las estirasen todavía más y se las subiesen; ahora tenía expuesto el trasero completo. Hasta sus finas bragas estaban medio desgarradas por las caprichosas espinas.

—¡Espero que seáis vos, porque me encuentro en un verdadero aprieto!

Él seguía sin responder; solo tenía ojos, que no podía desviar de esas nalgas perfectas, turgentes e incitadoras.

—¡Válgame Dios, Kerien! ¿Vais a ayudadme o no?

Kerien tragó saliva violentamente, y viéndola en esa postura tan erótica, una parte de su anatomía que se había mantenido dormida durante tanto tiempo, terminó por despertarse y rugir con un espasmo violento.

¡La sorpresa lo hizo jadear!

Un deseo posesivo se hizo eco en Kerien, que de pronto lo vio todo rojo. No podía pensar, tenía toda su energía concentrada en su entrepierna, que latía y palpitaba sin control con una necesidad acuciante y desperada.

—¡No puedo moverme! —el suspiro de alivio que lanzó María la dejó atontada, por un momento había creído que la persona que observaba su culo al descubierto no era Kerien—. ¡Dejaos de tonterías y ayudadme!

Él seguía inmóvil, sintiendo cómo el caos se adueñaba de sus sentidos por completo.

—Si me acerco terminaré por tomaros. Acabáis de dejarme sin voluntad.

Ella creyó que estaba exagerando.

—¡Eso es inaceptable! Sabéis que no tenéis ese problema conmigo, hay una parte de vuestro cuerpo que está fuera de esta discusión.

Kerien jadeó con sorpresa:

—Creedme si os digo que esa parte de mi cuerpo acaba de cobrar vida y actúa por su propia voluntad sin consultarme.

María no sabía si ponerse a gritar de frustración o darle una patada cuando se acercase.

—¿Y qué sugerís? Yo no puedo soltarme sola, vos no pensáis ayudarme —el gemido lastimoso de él le llegó al alma—. ¡Kerien...!

Él seguía sin contestar, y sin acercase. María pudo oír sus jadeos entrecortados y la lucha que libraba en su interior intentando no abalanzarse sobre ella.

—¿A qué nos enfrentamos?

«Tan práctica y tan deliciosa», pensó él.

—A no poder separar las manos de vuestro cuerpo una vez las ponga encima.

—Pues tendremos que arriesgarnos.

Kerien gimió con impotencia.

—No, muchacha, el riesgo será para vos pues yo me he rendido a lo inevitable.

—¡Basta, Kerien! Sois un hombre maduro con pleno control sobre vuestras emociones —él seguía sin moverse, ella lo alentó—. Acepto un revolcón en pago a vuestra ayuda.

Él no necesitó más aliciente que su consentimiento.

Se dirigió como un toro embravecido hacia ella, que seguía aguardando. Su miembro estaba duro, parecía que iba a estallarle debajo del *kilt,* y supo que una vez sus manos la tocasen, María no tendría escapatoria.

Las espinas se habían apropiado de la ropa de tal forma que le fue imposible liberarla con ellas, así que optó por rasgar sin ninguna delicadeza la tela que la envolvía; las ramas no permitían soltarla con facilidad. Kerien observó los profundos arañazos que María se había infringido cuando intentaba soltarse sin éxito. Comenzó a quebrar las ramas una a una y las fue tirando hacia el barranco por encima del zarzal. Ahora le tocaba el turno al cabello. Kerien tardó más de lo que pensaba, tenía que estirarse sobre la espalda de María para llegar a su pelo enredado, y sin proponérselo, las nalgas de ella se frotaron con esa parte de su anatomía que había decidido por sí misma despertar de su letargo en el momento más insospechado e inoportuno.

—¡Dejad de moveros! —exclamó con una ansiedad profunda en la voz.

—¡Se me están clavando las piedras en los senos! Pesáis demasiado.

La mención de los pechos de ella lo encendió todavía más porque recordó perfectamente cómo eran. Se le hacía la boca agua pensando en saborearlos. Perlas de sudor comenzaron a caerle por la frente ante el esfuerzo de sujetar sus emociones; sentía las manos entumecidas debido al esfuerzo de contenerlas y no pasarlas en una lenta caricia sobre la piel de satén de ella que iba dejando al descubierto.

María quedó prácticamente libre salvo por una rama, que aún la tenía cogida por la camisola desgarrada que apenas la cubría. Kerien le dio la vuelta con cuidado para quitársela, la dejó completamente desnuda y en la posición idónea para el amante. Solo tenía que levantarse el *kilt* y penetrarla, inspiró profundamente en un intento de refrenar su lujuria.

Cuando sus ojos libidinosos contemplaron al fin su desnudez gloriosa, la cordura lo abandonó por completo.

Las ansias reprimidas por tanto tiempo fueron su perdición.

Buscó su boca como un hambriento.

La devoró con besos fieros, impacientes, ansiosos. Sus manos bailaban al mismo compás que su lengua en la boca de ella y le rendían el tributo que se merecía. No podía saciarse de ella. Sabía tan dulce.

María se sentía avasallada en sentimientos. Durante más de una hora había esperado ayuda en esa posición ignominiosa con lo cual sus nervios habían terminado muy alterados. Eso, y el saber que Kerien había despertado de su letargo masculino y se le ofrecía a ella con tanto ardor, disipó las dudas que albergaba ante esa avalancha de sentimientos que la sacudían con cada beso y caricia que el escocés le prodigaba. Jamás en sus dieciocho años había sentido ese nervio en su estómago, que iba creciendo a medida que él tomaba sus pechos para saciar su curiosidad sobre ellos.

No podía rogarle que parara porque tenía la boca apresada con besos furiosos que despertaban en ella sensaciones desconocidas. De pronto, un dolor intenso aunque pasajero le indicó que él había cruzado la línea que marcaban las pautas de la decencia y la lascivia, pero ella no iba a reprocharle nada.

María era el instrumento elegido para su cura, y no se engañaba, sentía algo más que afecto; amaba a ese individuo rudo, salvaje y grande, muy grande.

Demasiado tarde se percató de la diferencia de tamaño.

María sentía que la iba a partir en dos, las piedras le hacían daño en la espalda con cada embestida de él, pero no se quejó, aceptó valientemente su desahogo y frenesí, sin el menor remordimiento o pudor.

Kerien no podía parar, ni aunque su vida dependiera de ello; sentía cómo su cuerpo actuaba por sí mismo, con voluntad propia. La lógica se había separado de la decencia en el mismo momento que rozó sus labios con los suyos en una rendición que no le había pedido. Su cerebro había intentado oponerse a su deseo, pero tantos años de frustración, de locuras reprimidas, habían actuado en su contra para llevarlo a ese precipicio emocional del que ya no era posible volver; había perdido todo control. Siguió sometiéndola con sus penetraciones feroces, mientras chupaba con avidez el pezón izquierdo de su pecho. Con su lengua lo masajeó para volverlo inhiesto como aquella noche en el río, cuando se burló de él tras asomarse por el agujero de su camisola. Seguía penetrándola con rudeza, ansia y un descontrol desconocido. Una embestida más, solo una y al fin podría desprenderse de esa sensación de vacío y locura que lo había poseído durante tanto tiempo.

Ninguno de los dos se esperaba el rugido fiero que salió de la garganta de él cuando al fin eyaculó en el interior de ella.

CAPÍTULO 14

Kerien fue consciente de lo que había hecho en el preciso momento en que ella trato de incorporarse. Su respiración seguía jadeante, pero no quería abandonar su suavidad interior, con ella se sentía completo. La abrazó tan fuertemente que María lanzó un quejido lastimoso.

La cordura explotó delante de sus ojos como un rayo en la tormenta.

Las náuseas le subieron a la garganta ante la implicación de lo que había hecho. Sintió los remordimientos sacudirle el corazón sin piedad y enterró su rostro en el cuello de ella completamente afrentado.

Alzó la cabeza.

—¡Dios bendito! ¡Qué he hecho!

La miró con ojos desolados. María no tenía con qué taparse, y cuando fue consciente de lo que había ocurrido, la vergüenza la llenó por completo; pero era demasiado tarde para arrepentirse y no pensaba hacerlo.

—¡Soy hombre muerto!

A ella no le gustó su dramatismo.

—Yo misma os mataré si no me dais algo de ropa para cubrirme, estamos en medio del camino.

Kerien la miró pasmado, ella no le dedicaba ni una sola mirada de reproche, ni una mueca de resignación, no estaba enfadada... ¿cómo era posible?

—Mi conducta ha sido imperdonable… —María iba a ponerse a gritar si él seguía en esa actitud de pésame obligado.

—Os he dado mi permiso para un revolcón.

Kerien abrió los ojos espantado.

—¿Un revolcón? ¿No sois consciente de lo que me habéis dado?

María chasqueó la lengua algo fastidiada por la pregunta evidente.

—Os he dado una cura.

Kerien creía que no la había oído bien, ¿se estaba burlando de él?

—Vuestro padre me cortará la cabeza y la insertará en una pica, no os quepa la menor duda.

Ella, con un guiño de sus ojos zafiro, le restó seriedad.

—Os dais demasiada importancia, Kerien; dejad de lamentaros y prestadme vuestro tartán para que me cubra.

Cuando escuchó las palabras de ella fue consciente de que estaba prácticamente desnuda encima del muro. La ropa de ella había volado por encima del zarzal al barranco junto con su sentido común.

Kerien lamentó su impulso que había terminado en desastre.

—Vuestro padre está a punto de llegar.

María lo miró soliviantada.

—¿Y me lo decís ahora?

Trataba sin conseguirlo de darle la vuelta a la tela y cubrirse lo mejor que podía. Kerien miró sus senos desnudos y volvió a desearla de nuevo. Le asió la barbilla y le alzó el rostro. Le dedicó una mirada profunda, cargada de promesas que no podría cumplir.

—María, no importa que vuestro padre me haga matar mañana. Que me descuartice en trozos y que los tire en los cuatro puntos de Escocia —con el pulgar le acarició los labios de forma sensual—. Por este precioso momento único, maravilloso, habrá merecido la pena entregar mi vida, os lo juro —

María contuvo la respiración—. ¿Quién no se dejaría matar por una caricia vuestra?

De nuevo se apoderó de la boca de ella y la beso ávidamente. María no podía protestar; es más, no pensaba hacerlo. Kerien terminó el beso completamente subyugado, María lo miró con vehemencia durante un momento interminable. Sus palabras lograron enternecerla. Alzó una mano y le acarició el mentón.

Él se separó de ella, reacio.

—Mi padre es un hombre sumamente comprensivo, yo le explicaré lo que ha sucedido, no tenéis de qué preocuparos —Kerien enterró su mano en su melena broncínea con reverencia. Como si fuese lo único realmente importante. Perderse en la suavidad de sus cabellos—. ¿Viene con el rey inglés? —la mirada confusa de él hizo saltar la duda en su interior.

—Vuestro padre no viene de Inglaterra.

Ella le confió de forma cándida:

—Mi padre se marchó a las cruzadas con el rey inglés, aunque ahora está en Londres por orden de nuestra reina Leonor, ¿sabéis? En realidad tendría que haber ido mi abuelo a la guerra, pero es demasiado mayor; mi padre se ofreció y el rey aceptó. Tenían una vieja deuda pendiente —María amplió la sonrisa antes de aseverar—. Los castellanos siempre pagamos nuestras deudas.

María comenzó a sentirse inquieta, él la miraba de forma penetrante para su tranquilidad, como si no comprendiese la diatriba de ella y su buen humor.

—Sois medio escocesa, pequeña.

Ella abrió los ojos como platos.

—¡Menuda sandez! Mi madre era una terca castellana y mi padre es un apuesto normando, lo que habéis dicho no tiene sentido —Kerien comenzó a negar con su cabeza, María se encrespó—. ¡No os permito que calumniéis a mi madre! —se estaba poniendo furiosa por momentos.

—No conocí a vuestra madre, pero ciertamente, sé quién es vuestro padre.

Ella se sacudió las briznas de su pelo sin molestarse del todo por su aclaración.

—No tengo humor para acertijos, Kerien; la respuesta de mi padre os sorprenderá, os lo prometo.

Él la miró con profunda tristeza.

—Si fuese así de fácil yo sería el hombre más feliz del mundo.

—Mi padre aprenderá a aceptaros porque sois un hombre honesto y un fiero guerrero.

Él negó con su cabeza y la miró estupefacto.

—¿Aceptarme?

María se sonrojó.

—Creía que después de... teníais intención... —dejó las palabras en el aire.

—Lo dudo mucho, pequeña. Vuestro padre jamás dará su consentimiento para un enlace entre los dos.

María le sonrió animosa.

—¿Por qué creéis que mi padre os rechazaría?

—Porque vuestro padre es Guillermo McAtholl.

María desconocía ese nombre, pero la seriedad del semblante de Kerien le arrancó un estremecimiento a su alma. Siguió mirándolo sin comprender a dónde quería llegar él. ¿Dorian se hacía llamar en Britania Guillermo? Inaudito. Quizás fuese un espía a las órdenes de la reina Leonor.

—No he oído ese nombre en mi vida.

—Guillermo es el rey de Escocia, señora.

María suspiró aliviada, Kerien estaba confundido. El buen humor despejó las dudas.

—¿Tengo que hacer una reverencia?

Kerien dilató las pupilas con asombro.

—¿Acaso no habéis oído lo que he dicho?

—Se os debe haber oído hasta en Toledo.

Se estaba burlando nuevamente de él, Kerien volvió a suspirar.

—Sois una heredera muy valiosa.

María no conseguía hacerse un nudo con la tela para sujetarla y tenía los dedos crispados por la conversación.

—Lo sé, mi abuelo no se cansa de repetírmelo. En ocasiones, me agota con su letanía.

—No debería haberos deshonrado con mi lujuria pecaminosa.

María alzó la cabeza furiosa por sus palabras. El momento tan maravilloso que habían compartido no se merecía el calificativo de lujurioso, ¿o sí?

—Si deseáis hacerme sentir incómoda, lo estáis consiguiendo, creedme.

—Vuestra virginidad debía ser para vuestro esposo, no debisteis ofrecérmela.

Ella ahogó un juramento por sus palabras, que le habían perforado los oídos.

—¿Que yo...? —no pudo continuar.

—Y ahora, ¿cómo explicaré a vuestro...? —Kerien calló de repente y María lo miró completamente afrentada.

—¿Y qué os hace suponer que tenéis ese derecho?

Él la miró con algo de duda.

—Me he quedado con vuestra valía.

María sentía ganas de golpearlo y ¡por Dios que lo iba a hacer si no callaba esa lengua de una vez!

—¿Mi valía? —contuvo su lengua a duras penas—. Kerien, ¡miradme! —él lo hizo demasiado azorado y ese detalle la enterneció—. Mi valor está por encima de mi virginidad. Os la he ofrecido gustosa porque siento algo muy profundo por vos, y no voy a arrepentirme a pesar de vuestras palabras.

Kerien comenzó a contestarle pero ella le hizo un movimiento negativo con su cabeza; Kerien ignoró el ruego.

—Yo siento lo mismo, pequeña, pero vuestra virginidad valía mucho para ofrecérmela a mí.

—¿Y entonces por qué la habéis tomado con tanta facilidad?

Kerien la miró con dulzura y con un profundo pesar en sus ojos verdes. «Si pudiese volver a atrás...».

—Mi deseo no se había despertado durante cinco largos años. Veros en esa postura tan seductora me descontroló, no habría podido dejaros ni muerto —las palabras sinceras lograron calmar en parte sus temores—. Debía protegeros de todas las formas posibles y he fracasado de la forma más estrepitosa.

María lo miró enternecida de nuevo.

—Mi valía no ha disminuido ni una pizca así que, ¡dejad las quejas y ayudadme! —María dio un salto para bajar del muro y terminó de cubrirse con el tartán de Kerien. Comenzó a avanzar hacia el pueblo demasiado ofuscada para pararse a pensar en el lamentable aspecto que ofrecía.

Kerien la seguía de cerca demasiado pensativo para valorar la imagen de ella vestida solo con el tartán. Sus piernas estaban al descubierto así como sus hombros, pero María en ningún momento había protestado por el frío o la incomodidad.

—¡Esperad! —ella se volvió justo antes de alcanzar el cruce del camino que llevaba al pueblo—. No podéis presentaros así en Waterfallcastle.

Ella lo miró ofendida.

—¿Sería preferible presentarme desnuda?

Kerien esbozo una ligera sonrisa que la molestó aún más.

—Venid, acompañadme, haremos un intercambio —ella lo siguió sin rechistar. Alcanzaron un arbusto lo suficientemente grande como para ocultarlos a los dos. Kerien se sacó la camisa y el *kilt* y se los pasó a ella, María le devolvió el tartán. La camisa le llegaba hasta las rodillas y el *kilt* hasta los tobillos, se veía bastante decente. Cuando sus ojos se posaron en la desnudez de Kerien casi se cae de espaldas por la conmoción; con razón había sentido que la partía en dos. Habían hecho el amor sin que ella hubiese visto su cuerpo desnudo salvo ahora y lo que contemplaba le quitaba el aliento. Kerien se había colocado el tartán por la cintura con lo que su pecho y espalda había quedado al descubierto. María jadeó ante la visión de ese salvaje medio vestido. Era un hombre impresionante, su vientre comenzó a bailar con una música que solo se oía en su interior...

—¡Dejad de miradme así! O no resistiré el impulso de tumbaros nuevamente de espaldas para volver a introducirme en vos.

Ella cerró la boca de inmediato y le ofreció un gesto dolorido.

Había una parte del encuentro amoroso que no le había gustado particularmente.

—Mi espalda no soportaría otro revolcón —Kerien la volvió con cuidado, subió su camisa y contempló horrorizado los arañazos y moratones que su locura le había infringido.

—Mi brutalidad no tiene justificación.

Ella lo silenció con un dedo.

—¿Me compensaréis? —Kerien creyó que se iba a morir por la expectativa de esas palabras. Lástima que ella no comprendiese que esa compensación no podría llegar nunca. Aunque... pensaba a toda velocidad, aún podía soñar durante unas horas, algunas más de las que tardaría Guillermo en llegar a Waterfallcastle. Pensaba compensarla de todas las formas que conocía, y afortunadamente, conocía unas cuantas.

—Sé de un lugar... Venid, os lo mostraré.

María se dejó acompañar de la mano de Kerien con la inocencia bañando su rostro abierto al amor por primera vez.

Dejaron el estrecho camino y subieron por una ladera empinada. Se sentía incapaz de pensar con racionalidad, su mente estaba completamente ocupada por ese extranjero que le había robado la capacidad de pensar con lógica y coherencia. Él se paraba de tanto en tanto y la obsequiaba con besos suaves, prometedores.

María quería más... mucho más.

Ambos divisaron a la vez la pequeña construcción hecha con troncos y ramas. Al adentrarse dentro de la humilde choza María se sorprendió: estaba limpia, olía a madera y paja. La cabaña solían utilizarla los pastores cuando el mal tiempo les obligaba a buscar refugio.

Kerien no la dejó pensar en nada más.

De nuevo la asió por los hombros y comenzó a darle besos tiernos, incitadores, jugando con la lengua de ella para prepararla. María se dejó sentir, las emociones que crecían dentro de ella le resultaban deliciosas aunque desconocidas; a pesar de la incomodidad de su espalda, se dejó abrazar y querer con toda la inocencia de su recién descubierta sensualidad.

No la preocupó en absoluto su falta de prudencia y decoro. Nunca se había sentido así de viva y tan maravillosamente bien con su cuerpo. Kerien era el primer hombre que despertaba su apetito femenino y deseó explorar con él cada uno de los rincones ocultos de la pasión que la desbordaba como un cuenco lleno de leche puesta en el fuego; su pecho insaciable se endureció ante la expectativa de lo que Kerien comenzaba a despertar en su interior.

No contemplaba ni por un momento el arrepentimiento. Solo sentía cada caricia como si fuese la última y creyó en su ingenuidad que su padre se lo perdonaría. Dorian comprendería lo que Kerien significaba para ella.

Kerien no podía soltar sus manos de su cuerpo. Aunque nunca había tocado la seda, imaginó que debía de ser como la piel de ella. Su naturalidad, su abandono lo habían subyugado por completo. Sabía con total seguridad que su osadía le iba a costar el cuello, pero no podía dejarla, no podía dejar de beber el aliento de su boca. Le era tan imprescindible como el agua para seguir viviendo, tan necesaria como la necesidad de respirar. Había aceptado y actuado en consecuencia. María había sellado su destino en el mismo momento que había accedido a acompañarlo a la cabaña.

Bajó la mirada hacia el rostro de María, que estaba enmarcado por sus rizos broncíneos. Nunca había visto tal aceptación en el rostro de una mujer. Con ella se sentía completo;

la sintió temblar bajo sus manos y las emociones lo desbordaron. La necesidad de protegerla era tan fuerte que no sabía cómo detener los latidos de su corazón desbocado. Jamás iba a permitir que le hicieran daño. María alzó la mano hacia el rostro de Kerien y paseó sus nudillos por su mejilla sin rasurar; ese contacto abrasó a Kerien e hizo que se sintiera mareado. La tomó en sus brazos y la dirigió al estrecho lecho adosado a una de las paredes de la cabaña; la colcha olía a humedad pero no les importó a ninguno de los dos. María fue consciente de los fuertes brazos que la sostenían y de la delicadeza con que la acariciaba, las manos de Kerien eran sumamente fuertes pero a ella solo le daban placer.

María gimió cuando él bajó la cabeza y tomó su pezón en la boca de forma hambrienta y persistente. Con su lengua lo lamió de forma delicada y lo chupó y succionó hasta que lo sintió endurecerse en respuesta. Las oleadas de placer comenzaron a inundarla y un calor comenzó a subir desde sus tobillos hasta el vértice entre sus piernas llenándola de frenesí. María le rodeó la cabeza con las manos y lo mantuvo pegado a su piel de tal forma que Kerien pudo contar los latidos de su corazón. María estaba tan caliente como una antorcha y Kerien prendió fuego a su cuerpo, que comenzó a arder lleno de deseo.

—Tenéis un sabor delicioso —la lengua de Kerien subía desde su pecho hasta su garganta—. Tan suave, tan perfecta —fue dejando un sendero de besos desde su mandíbula hasta el lóbulo de su oreja pero nada pudo compararse al estremecimiento que la sacudió cuando chupó su barbilla con lascivia, mordisqueándola de forma suave e intermitente.

—Cada vez que me tocáis me hacéis sentir especial.

Kerien le sonrió lleno de amor.

—Sois muy especial, y voy a demostrároslo ahora mismo —la boca de Kerien fue bajando por su estómago y por su vientre hasta el nacimiento de su pubis, María lo asió del pelo con fuerza y le levantó la cabeza completamente escandalizada.

—No… Qué… ¡deteneos!

Kerien ignoró su petición y comenzó a saborearla y llenarse de su sabor. El estómago a María le dio un vuelco peligroso mientras cientos de sensaciones comenzaban a sacudirla cuando sintió la lengua caliente y áspera de él en su interior.

¡Eso debía de ser pecado! ¡Le gustaba demasiado! El techo de la cabaña debía de haberse desplomado sobre ella porque era incapaz de hacer que su cuerpo respondiese a su cerebro. El cosquilleo que le producía el pelo de Kerien en el interior de sus muslos la hacía jadear de forma entrecortada. Los suaves latigazos de las palpitaciones en ese punto que estaba acariciando con su lengua la estaban llevando a un precipicio demasiado alto. Iba a saltar, lo sabía, aunque ignoraba qué se iba a encontrar abajo. María siguió sujetando los cabellos de Kerien entre sus dedos que se crisparon por las sensaciones que esa lengua pecaminosa le producía.

—¡Virgen Santa!... ¡Kerien!

El orgasmo intenso paralizó sus miembros y tensó su espalda, que dejó arqueada al mismo tiempo que soltaba su cabello. Cerró los ojos y se mordió los labios pero antes de que las pulsaciones terminaran, Kerien se deslizó dentro de ella con un gemido ansioso y voraz. María dilató las pupilas por las sorpresa de sentirlo profundamente en su interior mientras se mecía con las palmas de las manos apoyadas en la cama y tocándose solamente con la parte inferior de sus caderas. La sensación no era del todo desagradable aunque no se podía comparar a su lengua rasposa y caliente.

Kerien atrapó los labios de ella, los mordió y chupó de forma apasionada, moviendo su lengua en la misma danza que ejecutaba su miembro dentro de ella. De pronto, Kerien dio una última embestida.

—Lo siento, amor, no pude esperaros.

Kerien se quedó inerte encima de ella, que lo miraba con una ternura infinita. Paseó sus pupilas desde su rostro hasta sus senos desnudos y marcados por sus besos, contemplar su complacencia lo avergonzó, no había podido esperarla para llegar juntos al orgasmo. Se había mostrado como un jovenzuelo ante su primera vez, pero la había deseado tanto y con tal desesperación que su cuerpo seguía un rumbo anárquico a las órdenes de su mente.

—Sois tan hermosa.

María sonrió cuando Kerien bajó la cabeza para volver a besarla mientras seguía inmóvil dentro de ella.

—Sois maravilloso.

Kerien entrecerró sus ojos y los redujo a una línea mientras memorizaba sus facciones perfectas. Su hermosura lo conmovía hasta lo más profundo.

Contemplarla le producía un gozo indescriptible.

—Decídmelo más tarde.

Las caderas de Kerien comenzaron a moverse nuevamente dentro de ella, no había salido de su interior. María iba a abrir la boca pero Kerien volvió a apresársela de nuevo silenciándola.

Habían sido las horas más maravillosas en la vida de María. Sentirse enamorada y correspondida era como tocar el cielo y pasearse por él. Se habían alimentado mutuamente de las mermeladas y frutos secos que guardaban en la cabaña para imprevistos. Nunca un lugar le había parecido más romántico y feliz. Kerien la había sorprendido con su dulzura y la había llevado a la más alta compensación carnal que existiese; a María le parecía increíble que hubiese estado incapacitado para amar físicamente. Sus miembros languidecían de éxtasis satisfecho. La paciencia, ternura y habilidad de Kerien la habían llevado al extremo de la locura pasional de la que ya no deseaba volver. Siguió mirándolo completamente embelesada. Habían dormido poco en esas horas gloriosas pero el tiempo empleado había resultado memorable.

—Sigo teniendo hambre de vos.

María sonrió feliz por las palabras de él.

—Tenemos todo el tiempo del mundo.

La respuesta lo hizo incorporarse de golpe.

—¡Debemos volver!

María borró su sonrisa al ver el semblante taciturno de él.

—Quedémonos un poco más —rogó aún insatisfecha. Observó a Kerien rebuscar en un viejo arcón que olía a moho. Sacó varias prendas que se colocó diestramente.

—Vuestro padre está a punto de llegar.

María se desperezó sensualmente. Kerien la devoró con la mirada henchida de deseo.

—Quiero más de esto —María con una mano le señaló el lecho.

Kerien corrió veloz a la llamada primitiva de ella.

—Será imposible dar una explicación que justifique nuestra ausencia.

—Creo que he comprometido vuestra reputación por completo.

Kerien no sonrió la broma de ella, sus ojos verdes se ensombrecieron hasta tornarse tormentosos.

—Vuestro padre no se lo tomará a risa.

María cerró los ojos.

—Mi padre entenderá que os amo. Mi abuelo... es harina de otro costal.

Kerien sintió una descarga al oír la declaración de ella. Tenía que actuar rápido.

—¿Sois consciente de que sois mía? ¿Que ya no podéis escapar de mí?

María no entendió la pregunta pero, aun así, asintió. Kerien la estaba uniendo con un lazo a él. Ella no se había dado cuenta de dónde había sacado la cinta azul. Había cubierto su mano con la suya y comenzó a hablar en un dialecto que ella no entendía, pero la miraba con tanta dulzura que no se perdió ni un detalle de las sílabas. Lo miró con ojos que rebosaban amor correspondido. Eran dos amantes en un lugar lejano, separados de cualquier convencionalismo, y ella se sentía inmensamente feliz.

—¿Os habéis entregado a mí por vuestra propia voluntad? —María asintió amodorrada—. Necesito que lo digáis con palabras.

—Sabéis que sí.

—¿Me pertenecéis, Violette Marie Gracia de Martel?

—Os amo.

Kerien sintió una sacudida ante las palabras de ella.

—Debéis decir mi nombre completo —María lo complació.

—Os amo, Kerien McFalcon de Waterfallcastle.

Kerien asintió y la besó de forma profunda y posesiva.

—Ni la mitad de lo que os amo yo —Kerien desató la cinta de las manos de ambos.

—¿Qué significa este ritual?

—Acabamos de unirnos en matrimonio.

María abrió los ojos sorprendida.

—¡No puedo casarme sin la autorización de mi rey!

Kerien la calmó con sus palabras.

—Es un enlace escocés. Cuando vuestro padre me otorgue su consentimiento, lo haremos al modo castellano, os lo prometo.

—Tendréis que convencer a mi rey.

—Antes tengo que convencer a vuestro padre, pero buscaré una forma de que estemos juntos, tenéis mi más solemne palabra. Ahora levantad esa pereza y vestíos antes de que vuelva a poseeros con locura.

—Necesito un baño.

Kerien creyó que no la había oído bien.

—Siempre estáis en remojo.

María le soltó una sonrisa.

—Por una vez, vos también estáis limpio.

Kerien terminó por unirse a la risa de ella.

—Los malos hábitos terminan por contagiarse.

María hizo un gesto significativo. A María le encantaba el olor a brezo que desprendía su piel, le resultaba completamente atrayente.

—Seguro que encuentro algo para que os pongáis.

Kerien le alcanzó algunas ropas que encontró en el arcón y ella se las puso con un gesto de desagrado en la cara. Olían peor de lo que había supuesto.

CAPÍTULO 15

Cuando ambos cruzaron la puerta del salón, veinticinco pares de ojos se posaron sobre ellos con incredulidad. María tropezó con la espalda de Kerien cuando éste se paró en seco poco antes de llegar al centro de la sala. Sacó la cabeza por el lado derecho de él para contemplar por sí misma qué lo había detenido. El amplio salón estaba dividido entre la gente de Kerien y hombres que no había visto nunca. Una voz melodiosa en castellano le hizo arrugar el ceño confundida; dirigió sus ojos hacia ella, y observó con precaución a la persona que le hablaba con tanta dulzura. La mujer rondaría los cincuenta años, y por su forma de mirarla supo que era alguien acostumbrado a las situaciones más imprevistas.

—Ven, paloma mía... dejad que os contemple.

Ella salió de su escondite y vio que el hombre que estaba al lado de la mujer echaba mano a su espada.

—Un atuendo inapropiado para una mujer de vuestra alcurnia.

María bajó los ojos a su ropa tras el inesperado comentario.

—He perdido la mía en el río mientras me bañaba —calló para tomar resuello—. Afortunadamente, el *laird* McFalcon ha podido conseguirme estas y así ahorrarme la vergüenza de presentarme de forma indecente en el castillo.

El hombre que sujetaba la guarda de su espada para empuñarla, la soltó. María supo que sus palabras habían sido las apropiadas. La mujer, de aspecto noble, se fue acercando hasta que la tuvo a menos de un paso.

—¡Sois aún más hermosa que vuestra madre! —María había deducido que se encontraba ante Teresa, el aya de su madre Blanca. Inspiró profundamente por el sentimiento de pérdida que la embargó, y entonces, las semanas de soledad y el destierro obligado le hicieron sentir una congoja que se transformó en llanto. Se abrazó a la mujer con una necesidad imperiosa de afecto maternal. Afecto femenino que resultaba desconocido para ella. Teresa tomó el mando de la situación.

—Espero que nos disculpen. Mi señora y yo nos retiramos un momento.

Las dos mujeres salieron de la sala de forma abrupta dejando a los hombres con la mirada cautelosa.

—¿Está sana y salva en todos los sentidos?

Kerien miró un instante a Garlan McGoshawk.

—¿Qué hacéis en mis tierras? —la pregunta gélida lo tomó por sorpresa.

—McGoshawk ha estado conmigo en Edimburgo.

Kerien sintió un escalofrío ante la voz profunda de Guillermo. Acababa de entrar en la sala por la puerta del patio.

—¿Dónde está…? —no terminó de formular la pregunta.

—La señora Monzón se la ha llevado a sus aposentos, imagino que deseará vestirla como corresponde antes de presentarla a su padre.

La respuesta de Garlan lo aquietó.

—¿No vas a ofrecer un poco de cerveza a tu rey?

Con la cabeza, Kerien le indicó a su hermano Gael, que se había mantenido en silencio, para que sirviera la cerveza más fría que tuviesen.

—¡Tus tierras no parecen las mismas! —Guillermo estaba sorprendido.

—Es la mano de lady Gracia —fue su escueta respuesta.

—Lady McAtholl.

Kerien se puso rígido ante la corrección de Guillermo.

—Ante todo, es una heredera. Castilla vendrá a reclamarla.

A Guillermo no le pasó desapercibido el tono imperioso de él.

—Cuida tus palabras, muchacho, pues ellas me pueden inducir a un error fatal para ti.

Kerien miró por un momento el adusto rostro de Guillermo tratando de encontrar alguna similitud con María, pero no la encontró.

—Tengo grandes planes para ella.

Kerien endureció su mirada al comprender.

—Castilla no se conformará y su padre —Kerien rectificó sus palabras—, el hombre que ella cree su padre, debe vasallaje al rey Alfonso de León. Su abuelo es amigo del rey de Castilla, un detalle que debéis tener en cuenta.

—Fue toda una sorpresa que una de las más importantes herederas castellanas se hiciese pasar por furcia, mi furcia, y así, obsequiarme una valiosa moneda de cambio.

—Es su hija, mi señor.

—Es una bastarda, pero con un alto valor político del que pienso sacar el máximo provecho.

Kerien miró enigmáticamente a Guillermo.

—¿Por qué la quiere muerta el príncipe Juan?

Guillermo terminó por sentarse y beber la cerveza que habían dejado en su vaso antes de responderle a Kerien.

—Porque sabe que tengo intención de ofrecérsela a Felipe de Francia.

El jadeo consternado de Kerien le hizo levantar el ceño a Guillermo. Kerien sabía de la lucha que existía entre Ricardo Corazón de León y Felipe de Francia.

—El rey normando ya está casado —alegó de forma incisiva y con el tono excesivamente seco.

—Su esposa Isambur está recluida en el monasterio de Saint-Maur-des-Fossés. De todos es sabido que pretende hacer anular el matrimonio alegando consanguinidad —Guillermo continuó—. Tiene su mirada puesta en Inés de Merán. Yo pretendo cambiar eso. Escocia necesita vínculos poderosos.

La entrada de las dos mujeres hizo que el silencio de la sala pareciese más denso.

María se había cambiado de ropa. Teresa había tenido la precaución de traerle vestidos majestuosos, ropas que habían pertenecido a su madre y que le quedaban a ella como un guante. Kerien jamás podía haberse imaginado el aspecto que tendría ella ataviada como una verdadera dama. La había visto vestida de hombre con cota de malla, y los vestidos de la hija de Morgana no le hacían justicia.

Soltó el aliento poco a poco. Ninguno de los presentes que la observaban dudó de la influencia musulmana en el rico tejido que llevaba. Desde la camisola de seda en color marfil hasta la toca de encaje toledano, pasando por la túnica de color verde y el cinturón de brocado en color oro; tanta suntuosidad mostraba de forma clara e inequívoca que era un miembro de la nobleza más pura, del linaje más antiguo e influyente.

—Permitidme que os vea.

María se giró hacia la voz que le hablaba con decisión y fuerza. El corpulento hombre de mediana edad, había escapado a su escrutinio al entrar en la sala. Ella no se movió, se quedó quieta midiendo con sus ojos al insolente señor que la miraba a su vez como evaluándola. María le mostró una altivez propia de la realeza y de la que no era consciente.

—¡Digna hija de tu padre! —la exclamación la molestó sobremanera—. Doy gracias a Dios de que hayas sacado la belleza de tu madre y no la mía, aunque no la recuerdo tan hermosa.

María no se lo tomó como una ofensa, todavía.

—Mi padre sigue siendo un hombre gallardo y sumamente apuesto —ninguno de los allí presentes dudó que se refería al padre normando.

—Me han llamado muchas cosas, pero gallardo y atractivo, jamás.

María entrecerró los ojos por las palabras; creía haber entendido mal. Él interpretó su mirada a la perfección.

—¡Soy tu padre!

Durante un instante, el silencio se apoderó de todos, la sala se mantuvo quieta de cualquier movimiento durante unos segundos y María sintió una sacudida violenta sin comprender a qué venía esa exclamación.

—El humor escocés resulta todavía incomprensible para mí.

Si Guillermo se ofendió, no dio muestras de ello.

—¡Dejadnos solos! —la atronadora voz no admitía discusión alguna.

María buscó por la sala a Kerien y no lo vio. El escocés se había marchado a sus aposentos para vestirse de forma apropiada, pero debió hacerlo muy rápido porque nadie se percató de que se había marchado salvo María. Kerien avanzó por la sala hasta colocarse a un paso de ella, María le ofreció su sonrisa más encantadora. Solamente estaban presentes los miembros del consejo, la familia de Kerien al completo y varios hombres de Guillermo.

—Siéntate, pequeña —ella se mantuvo tercamente en pie—. Conocí a tu madre la vez que acompañe a Ricardo Plantagenet a unos torneos en Castilla. Durante los juegos a los que asistí en Burgos —hizo una pausa—, una mujer se introdujo en mi tienda por la noche. Es de sobra conocido que las fur… —Guillermo rectificó— que, algunas mujeres de clase humilde, buscan durante los juegos a caballeros para amenizarles la estancia y ganarse unas monedas con sus favores —María se sentó, absolutamente convencida de que se iba a disgustar enormemente.

»Tu madre acudió a mi tienda al caer la noche y yo la tomé por una ramera.

María contuvo un jadeo de horror. Nada la había preparado para esas crudas palabras. Desvió sus ojos como buscando el apoyo de Kerien, pero éste no la miraba.

—Estaba demasiado borracho para percatarme de que no era una mujer cualquiera, sino la heredera más perseguida de Castilla —Guillermo se quedó un momento en silencio, como recordando—. Nunca imaginé las intenciones que tenía ella para acostarse conmigo salvo las de siempre, oro —Guillermo volvió sus ojos hacia Teresa inquisitivo para que continuase, Teresa lo complació.

—Mi niña Blanca perseguía romper un compromiso con don Louis Martel. Sabía que el caballero rompería el acuerdo si ella se entregaba por propia voluntad a otro hombre.

María estaba cada vez más confusa, Guillermo continuó.

—El elegido fui yo para sorpresa mía, pues era de sobra conocido la belleza de la dama y el número de caballeros que aspiraban a su mano. Su elección me hizo un hombre muy feliz, al menos por una noche.

María lo taladró violentamente y comenzó a negar con su cabeza. No podía articular palabra. Las palabras de Guillermo la habían vapuleado emocionalmente y un resquemor subió por su garganta hasta el punto de ahogarla.

—Hace unas semanas recibí una carta escrita de puño y letra de Blanca. Ahora sé que está muerta, anunciándome que soy tu padre. Ignoro quién me la envió y los motivos ocultos que guarda, pero Teresa me ha ayudado a descubrir la verdad. Se puso en contacto conmigo cuando supo que pensaba reclamarte —María hizo varias inspiraciones para serenarse.

—Eso no puede ser cierto, mi padre Dorian…

Teresa no la dejó continuar.

—Aún no comprendo los motivos que podía tener el hijo de don Louis para mentir —las palabras dichas en un susurro por Teresa le arrancó un gemido de impotencia.

La mente de María pensaba a toda velocidad. Le resultaba imposible que su madre hubiese actuado tan inconscientemente; es más, le resultaba terriblemente doloroso pensar en la posibilidad de que fuese cierto. Era una situación inverosímil.

—Todo esto puede ser una mera especulación —Guillermo la miró sin comprender, ella se levantó y se le encaró de frente—. ¿Por qué mi madre os elegiría a vos entre todos los asistentes a los juegos?

Teresa fue la que le contestó:

—Porque era escocés, paloma mía, y Escocia convenía a los planes de tu madre.

María lo escudriñó con el escepticismo dibujado en el rostro.

—¿Una sola noche? ¿Una sola vez? ¡Cuánta presunción, señor! —el tono sarcástico lo entendieron todos los presentes. Volvió sus ojos hacia Teresa y le increpó—. Mi padre me ha contando muchas veces lo profundamente enamorado que ha estado siempre de mi madre. ¡Parece mentira que os prestéis a una ardid semejante!

La crítica no le hizo mella a Teresa, que siguió con su explicación.

—Vuestra madre se quedó embarazada esa noche, pequeña, lo sé. Estuve con ella hasta después del alumbramiento. Se casó con Dorian, sí, pero él no es vuestro padre.

Las palabras la golpearon. María se negaba a creer semejante tontería.

—Mi padre no me mentiría jamás, y estáis sobrevalorando la fertilidad de este señor... ¡como se llame!

Guillermo soltó una estruendosa carcajada que la pilló completamente desprevenida.

—Si quedaba alguna duda sobre tu origen, ha quedado manifiesta con ese estallido de mal genio. Solamente un escocés puede hablar con tanta autoridad sin parecer un necio.

María sintió que la sangre le hervía en las venas, y toda la prudencia enseñada por su abuelo durante años se escurrió por sus zapatos en segundos.

—No hay un hombre en toda la Cristiandad con el orgullo y la voluntad del rey Alfonso de Castilla, y puedo aseguraros que sus venas no contienen ni una sola gota de sangre salvaje. Así que, ¡no me insultéis con vuestras deducciones!

—Pero es un hecho que soy tu padre y me debes obediencia.

María creía que se iba a desmayar. Ese hombre debía de estar loco.

—Soy Violette Marie Gracia de Martel, futura condesa de Verdial, y no quiero hablar más sobre este asunto hasta que mi padre pueda defenderse de vuestra calumnia.

—Vendrás conmigo a Edimburgo. Tengo grandes planes para ti.

María asió con violencia la cola de su vestido y se volvió.

—¡No abandonaré Waterfallcastle!

—¡Oh...! Sí que lo harás.

María volvió sus ojos al hombre que se mantenía de pie en el hogar con una mirada divertida. ¿Se reía de ella? ¿Cómo se atrevía? ¡Malditos salvajes arrogantes!

—¿Y quién osa contradecir mis palabras? —preguntó con la voz afilada.

—Garlan McGoshawk.

María dilató las pupilas al comprender que era el enemigo de Kerien, el hermano de Gladys.

—¡Qué asco más inesperado! —Garlan la miró con sorpresa por su respuesta—. Debería deciros que sois bienvenido en Waterfallcastle, pero los enemigos de Kerien no son mis amigos precisamente.

Guillermo taladró con su mirada a Kerien y le hizo una pregunta con los ojos. Kerien se mantuvo impávido.

Si hablaba estaría más cerca del desastre.

—Y ahora, si me disculpáis, iré a supervisar la cena. Trataré de controlar el deseo de poner cicuta en represalia a tanta estupidez —dejó la sala y se dirigió a la cocina. Deseaba escapar de ese ambiente enrarecido.

—Si Felipe no la quiere, ¡démela a mí! —Kerien avanzó un paso de forma peligrosa hacia Garlan. Había crispado los puños a sus costados—. Si Felipe es tan estúpido para rechazar un regalo así, los herederos de Sitric no lo harán.

Kerien sintió una punzada dolorosa al comprender que Guillermo pensaba ofrecerla en una subasta, o bien a los franceses o bien a los irlandeses.

—Se comporta como si fuese la señora de tu castillo.

La crítica de Guillermo lo puso alerta. Era conocida por todos su sagacidad, y Kerien decidió mostrarse prudente.

—Intentad contrariarla.

Teresa ahogó una sonrisa; seguía medio oculta en la sala sin que los hombres le prestasen atención.

—Me parece inconcebible que una castellana haya sido aceptada de forma tan complaciente por tu clan.

Kerien mostró una seriedad mortal.

—Al principio, mostraban su desagrado de todas las formas posibles —Guillermo alzó una ceja en actitud interrogante—, pero se los fue ganando con su interés, simpatía y arduo trabajo. No he contemplado nunca a una mujer a quien la ociosidad afectase tanto —Kerien siguió con su proclama—. Don Juan Gracia me dio una bolsa de oro para ella, oro que ha gastado entre mi gente. Reparando las casas de la aldea, comprando ganado y adecentando mi castillo —la ávida defensa que hizo Kerien de María hizo entrecerrar los ojos a Guillermo.

—Parece que en tu casa ha sido aceptada por tu familia con demasiada celeridad.

Kerien suspiró, pues sabía la verdad de esa afirmación.

—Irena está encantada de no ocuparse de los menesteres domésticos. Gael ha terminado probando la mordacidad de su lengua y la actuación de su temperamento. El lecho limpio de insectos y la comida sabrosa callan la lengua del más renuente.

Guillermo esbozó una sonrisa ante la imagen que Kerien hacía de María. Casi la veía como una guerrera en plena batalla.

—Cuando mis hombres y yo llegamos a Verdial vestía de hombre con cota de malla, estaba defendiendo su castillo junto a su abuelo el conde. Consiguió herir a uno de mis hombres antes de poder sujetarla. Don Juan había caído herido por la espada de sir Roger. El deseo de venganza resulta un arma poderosa, he sido testigo de ello.

—¿Sigue vivo don Juan?

Kerien asintió con la cabeza.

—Hubiese sido mejor que muriese.

Guillermo suspiró antes de pronunciar las palabras.

—Ha llegado hasta mis oídos que ha dormido en tu alcoba.

Kerien tragó saliva forzosamente. No sabía cómo tomarse ese escrutinio de su rey; le correspondió con la verdad.

—Intentó amotinar a mis hombres y me amenazó con seducirlos a todos. No me quedó más opción que atarla corto a mi lecho para sujetar su impulsividad.

Garlan soltó una estruendosa carcajada. Sí que era digna hija de su padre.

—No tema, Guillermo, es conocido por todos la impotencia de Kerien. El honor de la dama sigue incuestionable.

El aludido apretó los dientes y le replicó agriamente:

—Ya se encargó tu pérfida hermana de ello.

La amargura en la voz de Kerien hizo alzar las cejas a Guillermo.

—Esa disputa hace tiempo que se solventó —Guillermo miró a todos los integrantes de la sala—. He sido plenamente consciente de que el *laird* McFalcon era el único hombre de confianza para traer a mi hija intacta. Ahora tenemos un asunto que resolver.

Garlan aceptó la crítica sin molestarse.

—Casadla con un escocés —Guillermo miró fijamente a Kerien con un interrogante en sus pupilas negras, Kerien se explicó—. Una alianza con Castilla sería altamente beneficiosa. Inglaterra tendría que ser prudente con nuestro pueblo para no despertar la ira del gigante. Lady Gracia... —siguió Kerien.

—Lady McAtholl —corrigió Guillermo con voz marcial.

—Es la única heredera del conde de Verdial. No podrá casarla sin su consentimiento.

Guillermo se mesó la barba pensativo ante la aseveración de Kerien.

—Antes de nieta es hija y las hijas deben obediencia a su padre —fue el cáustico comentario de Guillermo.

—Pero ella cree que su padre es otro —refutó Kerien—. No podemos iniciar una guerra con Castilla —calló un momento viendo la gélida mirada de Guillermo; arriesgaba su cuello pues su carácter resultaba imprevisible—. No me cabe la menor duda de que los cuatro reyes hispanos aunarán esfuerzos para recuperarla.

—Las relaciones entre los reyes es bastante delicada. Es conocido por todos la alianza de Aragón, Navarra y León contra Castilla. Enemistad que favorece a mis planes.

—Pero el rey de León disfruta de la paz con Castilla aunque haya tenido que jurar vasallaje —Guillermo se mantuvo pensativo. Kerien continuó—. Ambos reinos están comprometidos durante diez años a no atacarse mutuamente, firmaron el Tratado de Tordehumos esta primavera.

Guillermo ignoraba esto último, pero exclamó:

—¡Inglaterra nos apoyará! La muchacha es hija de un escocés.

Guillermo estaba convencido de sus palabras y Kerien sabía que tenía que continuar sembrando la duda.

—Alfonso de Castilla es cuñado de Ricardo, ¿por quién creéis que se inclinará su lealtad?

Guillermo escuchaba atentamente los comentarios de Kerien.

—Si consigo casarla con Felipe de Francia, tendríamos un poderoso aliado.

—Pero Castilla, León, Navarra y Aragón aunarían esfuerzos. Sería lo que Ricardo espera. Inglaterra las secundaría. Francia no provocaría a semejante titán —Kerien calló un momento.

—¿Y sugieres…?

Kerien se removió inquieto.

—Si la casáis con un escocés aplacaréis la sed de venganza de don Juan y tendremos a Castilla de aliada —Guillermo lo miró dudoso pero interesado—. El conde de Verdial me la confió creyendo que iba en su ayuda, de eso hace más de tres meses. Si nos mostramos astutos podremos convencerlo de que el honor de la dama ha sido arruinado; si ella acepta los esponsales, tendremos el consentimiento del conde y de Castilla.

—Debo meditarlo profundamente, no parece del todo descabellado… ¿qué escocés sería aceptado por ella? —preguntó Guillermo dubitativo.

—A mí —Kerien miró con desdén a Garlan tras esa afirmación inoportuna—. Soy el *laird* más rico de Escocia.

Kerien sujetó su ira ante la bufonada de Garlan. Si María posaba sus ojos en él…

—Deberíais preguntárselo a la dama.

Kerien había sembrado la idea en la mente de Guillermo, sabía que caminaba sobre un precipicio que se desmoronaría al menor contratiempo, pero no podía permitir que entregase a María al rey normando o a los herederos de Sitric. No podría vivir con el remordimiento de haberla arrancado de su tierra para que la vendiesen al mejor postor. Él había tomado una decisión con respecto a ella y pensaba dar los pasos necesarios hasta lograr su objetivo.

CAPÍTULO 16

María escuchaba con profundo horror las explicaciones que le estaba dando Teresa. Sentía en el pecho una opresión dolorosa. No podía creer tal sarta de mentiras; su padre no la habría engañado, no así. Se sentó en la dura piedra del camino al río. Los hombres seguían en el salón haciendo planes y ambas habían salido a dar un paseo silencioso, sin que ninguno se percatase.

Su corazón se había paralizado de desconcierto al escuchar por boca de Teresa las intenciones que tenía Guillermo para ella. Kerien no podía haberla engañado tan impunemente. La había sacado de Verdial con ardides, su abuelo creía que era la ayuda que le mandaba Dorian. Tragó la bilis que le había subido a la garganta ante la magnitud de todo. Y ella que había pensado en él como futuro señor de Verdial. Había razonado infructuosamente que, al no tener título ni tierras a las que aferrarse, habría aceptado gustoso acompañarla a ella a su hogar. El clan tenía heredero, ella tendría a su conde, y la traición de la que había sido objeto le arañaba el corazón con afiladas uñas.

—Mi abuelo sabe que estoy en Escocia y mi padre sigue en Inglaterra, solo tengo que buscarlo.

—¡Vuestro padre es Guillermo!

María manoteó la mano de Teresa que le había colocado un rizo pero ésta no se ofendió. La había visto siendo un bebé y la quería desde entonces, aunque no le permitiese demostrárselo.

—Engendrar no es ser padre. Mi madre hizo algo censurable y que no tiene disculpa —tomó resuello—. Jamás podré ver a ese hombre como pretende, y solo le debo obediencia a mi rey Alfonso —María alzó los ojos, que se le habían anegado en lágrimas.

—Dorian siempre estuvo enamorado de Blanca, la amaba profundamente. Cuando vuestra madre supo que estaba embarazada, acudió a Dorian para que convenciera a su padre de que era imposible unos esponsales con él. Blanca pretendía entrar en un convento, Dorian le ofreció una salida más fácil a su situación. Ambos se casaron aprovechando que vuestro abuelo se encontraba visitando al emir de Sevilla Abdullah, con quien le unía una gran amistad a pesar de los conflictos políticos. Es increíble lo que hace una guerra a los hombres, a las familias, a los amigos.

»Don Louis Martel aceptó la boda entre su primogénito y su prometida porque contempló con sus ojos el gran afecto que Dorian profesaba a Blanca. Le había hecho una promesa a vuestro abuelo, con los esponsales de su primogénito con la heredera de Verdial quedaba cumplida.

—¿Por qué mi padre no me dijo nada? —inquirió demasiado dolida.

—Blanca le hizo prometer que jamás os revelaría vuestro verdadero origen.

María sintió una punzada de rencor.

—Pero como veis, las mentiras terminan por cogernos de los pelos tarde o temprano —María la miró duramente.

—Blanca, antes de casarse con Dorian, escribió una carta que revelaba quién era vuestro padre. Pensó que sería una forma de proteger a vuestro abuelo.

—¿Por qué quería proteger a mi abuelo?

—Don Francisco de Solís quería invalidar el matrimonio, alegando que la hija de Blanca era suya. De conseguirlo tendría al fin Verdial en sus manos.

María se perdía entre tanta intriga.

—Blanca escribió una carta enumerando todos los detalles y se la mandó a Francisco. Jamás podía haberse imaginado que su primo se pondría en contacto con Guillermo para hacerle saber que tenía una hija castellana, y heredera de un condado. Guillermo le pagó muy bien por la información. Blanca iba de visita a Verdial para explicarle todo a vuestro abuelo cuando en el camino la asesinaron. Vos os habíais quedado en Luna con Dorian.

María quería gritar de impotencia. ¡Cuántos errores por una mala decisión! Ella iba a tener un gran problema si no se marchaba de inmediato.

—¿Por qué estáis en Escocia?

Teresa sintió una punzada de remordimiento ante la pregunta.

—Conocía el secreto de Blanca, tenía que huir de Francisco y creí que, escondida en este rincón del mundo, no podría encontrarme.

María sintió un poco de decepción al oírla.

—Podíais haber vuelto a Verdial o a Luna.

Teresa negó con la cabeza.

—Estoy desposada con un inglés, ahora mi lugar está aquí.

María se sorprendió.

—Vuestro esposo, ¿nos ayudará a regresar?

—Tenemos nuestra casa muy cerca de la frontera con Escocia. Será fácil llegar hasta ella.

—¿No ha venido vuestro esposo?

Teresa negó con la cabeza.

—Guillermo no lo permitió.

—¡Sabrán dónde encontrarme! —se lamentó.

—Dorian está de camino, es posible que llegue antes a nosotras.

—¿Por qué me ayudáis?

Teresa la miró con ternura.

—Quería muchísimo a vuestra madre. Aunque desaprobaba la mayoría de sus decisiones, era la niña de mi corazón. Le prometí que os cuidaría y protegería hasta mi último aliento.

—¿Por qué ayudáis a Guillermo?

Teresa movió la cabeza con pesar.

—Es vuestro padre, paloma mía... tiene buenas intenciones.

—¡Sabéis que pretende casarme contra mi voluntad!

El brillo en los ojos de Teresa la alertó.

—Seríais reina de Francia.

María contuvo una maldición.

—¡Todo se reduce a la codicia! —inspiró para calmarse, aunque no lo conseguía—. Si hubiese querido ser reina, habría aceptado a Sancho García hace mucho tiempo.

—¿El rey de Navarra?

La incredulidad en la voz de Teresa la llenó de acritud.

—Lo conocí durante unos torneos en Burgos, el afecto que llegué a profesarle era profundo y sincero.

—¿Y entonces?

María miró al aya de su madre perpleja.

—Verdial necesita un hombre sin responsabilidades de sangre y sin lazos de tierras —Teresa gimió, comprendiendo—. Puse mis expectativas en el *laird* McFalcon —la decepción en la voz era innegable—. Tiene dos hermanos más y un sobrino que será el próximo *laird*... parecía tan fácil —susurró de forma entrecortada.

—Aún no está todo decidido.

María la miró con sobresalto.

—¡Me engañó, Teresa! Mintió de forma descarada para que mi abuelo consintiera en mi marcha. Me hizo creer que mi padre Dorian lo había enviado para protegerme. En ningún momento me sacó de mi error, alimentó mis esperanzas con engaños.

—Su falta no es tan grave si lo meditáis.

—¿Grave? Me siento traicionada en mis principios, herida en mis sentimientos de mujer, ¿cómo osáis decir que su falta no es grave?

—Aún puede arreglarse este desaguisado.

—Es demasiado tarde —Teresa iba a interrumpirla pero María no se lo permitió—. No deseo hablar más sobre el tema. Volvamos, se estarán preguntando dónde estamos.

Ninguna de las dos mencionó una palabra más.

La cena en Waterfallcastle había resultado interminable y tensa. La mente de María hervía de especulaciones dolorosas. Se había mantenido durante todo el tiempo que había durado la cena en el más absoluto silencio. Kerien la estuvo observando durante las dos horas que duró el ágape pero ella no le dirigió ni una mirada. Kerien intuía que algo había cambiado pero ignoraba el qué, el desconocimiento le produjo una congoja inexplicable.

Guillermo había observado las emociones que cruzaban el rostro de ella, y aunque no albergaba ningún sentimiento por su recién descubierta paternidad, sabía que su existencia le podría reportar mucha riqueza y prestigio.

La heredera había resultado un regalo inesperado y satisfactorio.

Esperó a que los sirvientes recogieran las sobras y quitasen los tablones de madera que habían servido como mesas ante el inesperado banquete. Tenía que reconocer que a pesar de lo pobre que era Kerien, su cocina estaba bien abastecida y que los alimentos que le habían servido no desmerecían otros preparados en su castillo de Edimburgo.

María hizo amago de levantarse y marcharse a sus aposentos pero Guillermo la detuvo con un ademán de la mano que ella trató de ignorar, aunque los años de obligada obediencia a su abuelo detuvieron sus pasos. Resultaba muy difícil obviar las reglas de protocolo cuando se llevaban grabadas en la piel a base de recordatorio.

—Hija mía, aún debemos resolver una cuestión.

La mirada fiera de ella le indicó que no le agradecía que la obsequiase con semejante adjetivo.

—Cualquier cuestión deberá resolverse en mi lengua.

A Guillermo esta petición le pareció absurda.

—Conoces el gaélico —fue su seca respuesta.

—No deseo entretener a los sirvientes con una humillación a mi persona.

Guillermo se sorprendió por la perspicacia de ella.

—Yo no hablo la lengua de tu pueblo.

Ella sonrió sin ganas.

—En mi pueblo se puede dialogar en latín, árabe, hebreo, francés y alemán —Guillermo alzó las cejas con sorpresa—. Una buen hija de Castilla ha de conocer a sus vecinos.

Guillermo supo en ese mismo instante que estaba tratando de molestarlo.

—Hablaremos en gaélico o inglés, tú eliges.

María obvió la respuesta y se sentó cerca del hogar encendido. Observó que se iba vaciando la enorme sala, salvo Teresa, Garlan, Guillermo y Kerien, además de los hombres del consejo. Se descorchó una botella que olía como el azufre, le llegó el olor hasta ella y le causó un estremecimiento de repulsa.

—¿Deseáis probar?

María negó enérgicamente.

—Kerien ha confesado que ha comprometido tu reputación.

María se atragantó violentamente. Ante la afirmación descarada e imprevista, le bajó el estómago a los tobillos. Creía a Kerien incapaz de revelar la intimidad que habían compartido. Guillermo, por la expresión de azoramiento de ella, supo que entre el *laird* y su hija había algo más de lo que saltaba a la vista y se sintió secretamente complacido.

Sus planes comenzaban a cumplirse.

—¡Mi honor sigue intacto!

Kerien carraspeó y ella le dedicó una mirada de auténtico desaire.

—Hija...

María le replicó agriamente.

—¡Suspenda el calificativo! En modo alguno os agradeceré que sigáis utilizándolo.

Guillermo hizo una inclinación de cabeza asintiendo.

—En Escocia, cuando un hombre compromete a una mujer, debe ofrecerle una reparación.

—No hay reparación que ofrecer —siguió terca y decidida.

—Has dormido en su alcoba, hay muchas personas que lo atestiguarán.

María se levantó demasiado ofendida.

—¡Basta! No tengo por qué escuchar semejantes insultos —Guillermo no le permitió una escapada digna y María sentía la necesidad de desquitarse—. Mi honor sigue intacto pues para todos los aquí presentes el *laird* McFalcon es... es... —no encontraba la palabra adecuada para no ofenderlo en demasía.

—¿Incompleto? —terminó Garlan por ella.

La exclamación de Kerien le hizo sentir un ramalazo de remordimientos, pero no los suficientes como para rectificar.

—¡Deberás casarte con él!

María creía que deliraba.

—¿Por mandato de quién?

Guillermo admiró su insolencia.

—Por mandato de tu padre.

María sentía que se ahogaba. Sabía que una mujer podía ser obligada a casarse contra su voluntad, y deseó con todo su corazón hacerle tragar sus palabras.

—Soy una hija de Castilla, le debo obediencia a mi rey Alfonso y no puedo, como heredera, casarme sin su consentimiento —la mirada que le dirigió a Kerien habría congelado el infierno.

—Como obediente hija que eres te casarás con el *laird* McFalcon con mi asentimiento.

María le suplicó a Kerien con los ojos que la ayudase. Ver la parcialidad en ellos la rebeló a manos llenas. ¡No pensaba ayudarla!

—No posee la suficiente alcurnia para que me rebaje a unos esponsales con su persona.

La exclamación de horror de Guillermo le indicó que se había excedido en su comentario. El corpulento hombre avanzó hacia ella un paso de forma amenazadora.

—Cualquier escocés está muy por encima de una bastarda.

María se tragó el insulto sin un parpadeo.

—Las posiciones han quedado claramente establecidas. Si no deseáis nada más, os ruego me disculpéis; siento un terrible dolor de cabeza —no esperó la contestación, se disponía a salir llena de rabia.

—Podríais estar encinta.

María se volvió tan rápido como un rayo, y la expresión de desolación en su rostro mostró a las claras que la había desarmado con ese cáustico comentario.

¿Cómo podía traicionar lo que habían compartido? ¿Qué pretendía al comprometerla con su admisión?

La vendía a un hombre codicioso.

Teresa dio un salto consternada. La tragedia podía repetirse de nuevo. Kerien se levantó y la miró con superioridad mal escondida. Garlan había abierto la boca de asombro pues no tenía forma de saber que Kerien ya no estaba impedido ni desde cuándo.

—¿Otra vez estamos presumiendo de fertilidad? —le escupió las palabras con aspereza.

Guillermo quiso ponerla en su sitio, lo había ofendido al dudar de su hombría unos momentos antes. Debía doblegar a esa chiquilla belicosa.

—Con una sola vez sería suficiente, señora. Sois la viva muestra de lo que digo.

María volvió sus ojos desabridos hacia Guillermo. Miró al corpulento hombre de pelo canoso y ojos grises, lo analizó para comprobar si compartían algún parecido, nuevamente él le leyó el pensamiento.

—Tengo varios parientes con el mismo color de ojos con los cuales te gustaría destriparme, y no me cabe la menor duda de que lo harías sin sufrir el más mínimo remordimiento.

María no podía tragar tanta rabia. Miró uno a uno a los presentes y por su actitud sumisa comprendió que no obtendría ninguna ayuda.

Se sintió enferma de ira y desilusión.

—Solo hay un hombre en estas tierras que me inspire el suficiente respeto como para presentarlo a mi abuelo como el candidato elegido por mí —todos contuvieron el aliento esperando—. ¡Haced regresar a Turien! —el jadeo de Kerien la hizo posicionarse más en su decisión—. Si he de casarme con un escocés… —dejó las palabras en el aire.

—Turien es un soldado del *laird* McFalcon, no está a la altura de tu alcurnia —Guillermo se sentía perplejo.

María lo golpeó vengativa.

—Cualquier escocés está muy por encima de una bastarda, ¿no fueron esas vuestras palabras?

Guillermo la miró con un brillo en sus ojos que ella no supo interpretar. María le sostuvo la mirada con cólera desmedida.

—Eres princesa de Escocia. Bastarda, cierto, pero al fin y al cabo princesa. No te está permitido elegir.

María sentía la urgente necesidad de huir de esa situación espinosa.

—Si han terminado con sus intrigas de poder, me retiraré a mis aposentos —no esperó confirmación, se dio media vuelta erguida y altanera.

Cuando la sala se quedó vacía de su presencia, Kerien hizo amago de seguirla pero Guillermo le sujetó el brazo con demasiada brusquedad. Miró al resto de los hombres que estaban en la sala y les hizo un gesto para que se marchasen.

Se habían quedado solos. Guillermo entrecerró sus ojos grises de tal forma que parecían dos rendijas negras. Kerien supo que su vida pendía de un hilo.

—Me juraste lealtad incondicional.

—Sigo fiel a mi rey —la voz de Kerien se tornó demasiado fría.

—Rompiste tu promesa de mantenerla intacta.

—Mis sentimientos se encuentran divididos.

Hizo una pausa que Guillermo aprovechó.

—Estás en inferioridad de condiciones. Has puesto tus ojos en una mujer inalcanzable para ti.

—Aunque no fuese hija vuestra, sería inalcanzable para mí.

Guillermo soltó su brazo.

—¿Y entonces? —la pregunta sonó demasiado gélida.

—No puedo sacármela del corazón. Juré a su abuelo que la protegería con mi vida si peligraba la de ella, y esa promesa os incluye a vos —la fiereza en la mirada de Guillermo le hizo posicionarse más en su sitio.

—¿Puede estar encinta? —Kerien asintió con la cabeza sin perder la seriedad de su postura—. Has sido muy astuto en tus pretensiones o muy estúpido al pretenderlas.

Kerien no se resintió por el insulto.

—La dama me ha hecho merecedor de su afecto. Que la hiciese mía nada tiene que ver con el poder o la avaricia, simplemente soy un hombre correspondido en sentimientos. La cercanía de ella y su aceptación hizo el resto.

Guillermo lo taladró fieramente.

—¡Eres igual que tu padre!

Kerien avanzó un paso, molesto.

—Yo no huyo de mi responsabilidad.

—¡Sabías que era hija mía! ¡Debería matarte por tu traición!

Kerien bajó la guardia.

—Aceptaré el castigo que merezco, pero no me llaméis traidor, pues no lo soy.

Guillermo sopesó las opciones que tenía en la mano.

—¿Ella te aceptará?

Kerien hizo un encogimiento de hombros.

—Ya me ha aceptado, salvo que aún no ha comprendido del todo lo que implica esa aceptación.

Guillermo abrió los ojos con sorpresa. Se mesó la barba pensativo.

—María no será heredera de Escocia —Kerien asintió comprendiendo—. Solo la reclamaré como heredera en el caso de que no consiga el legítimo.

Kerien soltó el suspiro que había estado conteniendo.

—Siempre he sabido cuál es mi posición y me atengo a ella.

Guillermo alzó la cabeza para decir algo más, salvo que lo pensó mejor y calló. Tras unos instantes que a Kerien le parecieron eternos, habló por fin:

—¿Estás curado?

Kerien no se atrevía a sonreír.

—Solo me sucede con María. Presumo que si no me acepta estaré condenado eternamente.

Algo brilló en los ojos de Guillermo.

—Vete pues e intenta convencerla; aún tengo planes que llevar a cabo.

CAPÍTULO 17

María recorrió los largos pasillos de Waterfallcastle hacia sus aposentos situados en el otro ala del castillo. Kerien la alcanzó antes de llegar a la puerta de su alcoba. La asió por el codo y medio la obligó a que lo acompañase por los pasillos iluminados por antorchas hasta los aposentos de él. Con un suave empujón la metió en la alcoba y cerró la gruesa puerta tras de sí. María entornó sus ojos de zafiro y alzó el mentón con altivez. Se sentía tan ofendida que apenas podía respirar. Tanto rencor no podía ser bueno para el alma. Siguió de pie tan tiesa como una espada.

Kerien se aproximó a ella despacio, sosteniéndole la mirada con dulzura.

—Permitidme que me disculpe —ella siguió en silencio con los ojos llenos de resentimiento—. No tenía que haber revelado que he comprometido vuestra reputación, pero necesitaba responsabilizarme para protegeros.

María dio un paso atrás con el rostro convulsionado por la vergüenza. Kerien lo interpretó perfectamente.

—Como vuestro señor estaré en la posición ventajosa de garantizar vuestra seguridad —ella seguía retrocediendo, y mostrando claramente lo que pensaba: rencor, decepción, deslealtad.

—¡Solamente tengo un señor a quien debo obediencia! ¡Vos no lo seréis jamás!

—Deberíais escuchar mis explicaciones, María.

Ella hinchó el pecho con soberbia.

—¡Para vos, doña Gracia!

Kerien la miró con presunción anticipada.

—La intimidad que hemos compartido me da el derecho a llamaros por vuestro nombre.

María siguió mirándolo de forma lacerante.

—Un revolcón no confiere derecho alguno.

Kerien saboreó el desprecio en sus palabras.

—Sois consciente de que nos hemos dado algo más que un revolcón —María inspiró con violencia. Kerien siguió con su explicación—. Vuestro padre está decidido a casaros con Felipe de Francia —Observó que ella no mostraba ni un ápice de sorpresa por su declaración—. Imagino que Teresa os habrá puesto al corriente —seguía mirándolo con desdén—. Vuestro padre puede casaros por la fuerza; le asiste el derecho de sangre —seguía silenciosa.

—Mi abuelo sabe dónde estoy, vendrá a buscarme.

—Si estáis casada antes de que llegue, no podrá hacer nada —María entrecerró los ojos—. Intento con mi proposición que podáis elegir la mejor opción.

María abrió la boca con absoluta perplejidad. Jadeó varias veces para tratar de controlar la voz.

—¿Un pobre escocés arruinado y señor de unas míseras tierras en el fin del mundo? —Kerien la miró con sorpresa tras sus palabras—. Vos sois señor de cientos de personas —inspiró aire para contestar—. Yo soy señora de miles de personas, ¿dónde nos deja eso, *laird*? ¿Debería renunciar a mi condado para estar… —hizo un gesto elocuente con la mano—, aquí? ¿Qué me podéis ofrecer mejor de lo que poseo?

—Amor —esa simple respuesta la encolerizó aún más.

—Desconocéis el significado de esa palabra y dice poco en vuestro favor que la utilicéis para tratar de manipularme.

Kerien sintió su encono y deseó consolarla.

—Os amo desde el mismo instante que os vi. Jamás os hubiese tomado si mis sentimientos no fuesen profundos y sinceros —ella no agradeció sus palabras.

—¡Dios! ¡Cuánto altruismo! —María escupía el sarcasmo a conciencia.

—Hasta hace unas horas me creí correspondido. Dijisteis que me amabais cada vez que me introducía en vos, cada vez que os llenaba de mi esencia.

María dio un paso atrás herida por los recuerdos. No podía olvidar que Kerien la había traicionado. La había llevado a Escocia con argucias, separándola de todo lo que amaba y conocía para entregarla a un hombre ávido de poder.

—¿Por qué razón me recordáis la ligereza de mis palabras dichas solo en el calor del momento?

—No puedo creer que seáis tan voluble en sentimientos.

A ella no le hizo mella la crítica.

—¿Por qué me hostigáis cruelmente con vuestra proposición? Es inaceptable —puntualizó aún más—. *Sois inaceptable.*

Kerien se ahogaba con la animadversión de ella.

—Permitidme que me acerque hasta vuestro corazón para haceros entender que me necesitáis.

—Estoy tan lejos para vos como el río Tajo y me sorprende que no os deis cuenta.

—¡Si no me lo permitís no podré ayudaros!

Ella se irguió todavía más.

—¿Creéis en verdad que necesito ayuda? ¿Una hija de Castilla?

Kerien deseó bajarla de su arrogancia.

—Castilla está muy lejos, señora.

—Castilla está tan cerca que os puede rozar el cabello de la nuca con su aliento.

—Os recuerdo que me pertenecéis, pronunciasteis los votos con total aceptación.

María alzó los ojos con profundo encono. Los recuerdos que acudían a su mente de los momentos pasados en la cabaña la golpeaban con burla ante su estupidez enamoradiza.

—¿Un enlace pagano? No hay en toda Escocia un hombre digno de sentarse a mi mesa, ni siquiera ese hombre que se hace llamar mi padre a quien me vendéis.

—Es un enlace escocés válido, y no he dicho mi última palabra.

María estaba al borde del colapso nervioso. Había creído ciegamente que el padre que venía a su encuentro era Dorian. ¡La había engañado por completo!

La felonía la quemaba con brutalidad.

—La última palabra la tendré yo cuando con mi espada corte vuestro indigno cuello.

—Mi pecado es la presuntuosidad de pensar que podíais amarme a pesar de mis defectos.

—Vuestro pecado es haber intentado engañarme y manipularme para acceder a mi fortuna.

—¡Nunca he pretendido vuestra fortuna!

María lo miró con chabacanería.

—¡Ni engañarme, ni apropiaros mi virtud! Ahora estoy convencida de que vuestra supuesta incapacidad era solamente una excusa para llevarme a vuestro lecho y así tener la excusa perfecta para proclamaros mi dueño y señor.

Kerien comenzaba a enfadarse.

—Mi castigo es saber que sois la única cura para lo que padezco.

—No existe cura para el orgullo desmedido.

—¿Habéis terminado con vuestra proclama? Entiendo vuestro enojo...

Ella no lo dejó terminar. Avanzó un paso hacia él más colérica todavía.

—Estoy algo más que enojada. Me engañasteis al hacerme creer que mi padre Dorian os mandaba en mi auxilio.

Me dejasteis creer que contabais con su aprobación, y solo perseguíais el beneplácito de un hombre sediento de poder al que jamás le interesó mi persona, salvo lo que puede conseguir mediante mí —María cerró los ojos asqueada y al momento los abrió estupefacta—. Habéis utilizado una treta para arrancarme de mi casa, robarme la virtud, y así obligarme a aceptaros. ¿Cómo no me di cuenta? —Kerien creyó que la opinión que tenía de él no podía caer más bajo—. Ni ese hombre es mi padre ni vos estáis incapacitado. Todo ha sido una burla para... ¡Dios bendito! —la implicación de lo que decía María sonaba tan retorcido que Kerien sintió un leve estremecimiento.

María cerró los ojos al contemplar esa nueva posibilidad. El ataque a Verdial había sido una forma de sacar a la heredera.

¡No podía ser cierto! ¡Imposible!

—Sigue siendo un hecho que podéis estar encinta.

María se quebró por dentro, le costaba respirar debido a la perfidia de la que había sido objeto. Alzó el mentón altiva y le espetó llena de una negra ponzoña.

—¡Qué terrible para vos saber lo que haré al respecto!

—Nunca permitiré... —María alzó una mano para detener el juramento que pugnaba por salir de su boca.

—¡Basta, *laird* McFalcon! Y ahora, si me disculpáis, deseo regresar a mi alcoba.

—Antes debemos pactar un acuerdo que acepte el conde de Verdial.

María se acercó tan peligrosamente a él que Kerien sintió cómo el odio salía por cada poro de la piel de ella. Alzó una mano y le acarició la barbilla. Ella soportó su roce sin disimular una mueca de repulsa.

—Mi abuelo no podrá aceptar ningún acuerdo porque estaréis muerto —María se giró para marcharse, Kerien la retuvo con su brazo.

—Aun a pesar de la amenaza os amo, y juro que os protegeré incluso de vos misma.

María manoteó con furia la mano de él, que la retiró de su cintura con lentitud premeditada. Lo miró durante un instante tan largo que Kerien se perdió en el brillo de sus ojos añiles.

Kerien no la detuvo, la vio marcharse hacia sus aposentos tan agraviada de indignación que le preocupó seriamente. Comprendía lo decepcionada que debía sentirse tras descubrir los motivos por los cuales había sido arrancada de su casa y de su familia. Tenía una dura lucha por delante si quería que la heredera lo aceptase a él como único pago a los perjuicios que le habían ocasionado. Se mesó el pelo agotado y furioso. No había podido convencerla de los profundos sentimientos que albergaba hacia ella. Todo se había complicado. Su rey había aceptado desposarla con un escocés y no un extraño, pero Kerien era consciente de que aún debía tratar de convencerla antes de que pudiese presentarse su abuelo para reclamarla.

CAPÍTULO 18

Londres, Palacio de Westminster

Ricardo Plantagenet había tomado las riendas del asunto. Hacía poco tiempo que había sido liberado de las garras de Enrique de Alemania. Leonor de Aquitania, su madre, había luchado persistentemente para obtener su liberación. Tras dos años de angustioso cautiverio y de pagar una cuantiosa suma como rescate de más de treinta mil kilos de plata fina —el equivalente a cien mil marcos—, había regresado a Inglaterra. Ricardo miraba fijamente a su hermano Juan con una frialdad en sus ojos que producía temor si no se le conocía lo suficiente.

—¿Cómo pudiste ser tan estúpido?

El príncipe Juan siguió mirando a su hermano mayor con descaro.

—Nosotros no tenemos la heredera, Alfonso no podrá objetar nada.

—¿Mandaste a sir Roger a Verdial? No puedo entender tu temeridad intencionada.

—Guillermo pretende casarla con Felipe; no nos interesa una alianza entre Castilla y Francia.

Ricardo no tenía acceso a esa información y se sorprendió.

—Debiste dejar que esa cuestión la resolvieran ellos, y más cuando no sabes si realmente es hija de Guillermo. Tu actuación me ha puesto en una situación peligrosa y difícil.

—Castilla no puede reclamarnos nada.

Ricardo saltó sobre su hermano con furia desmedida y le increpó duramente:

—¡Dios bendito! ¿Has perdido el juicio? —Juan Plantagenet alzó las cejas insolente. Ricardo continuó—: Tengo que dar explicaciones de tu actitud no solo al rey Alfonso de Castilla sino también al rey de León, y don Juan, conde de Verdial, está en negociaciones con el rey de Navarra y Aragón. ¿Acaso crees, estúpido, que estoy en posición de hacerles frente? ¿Tendría que luchar contra mi cuñado y mi hermana por la sencilla razón de que no piensas antes de actuar?

El príncipe Juan se resintió por las palabras secas y lo miró con desdén.

—Ya te he dicho, Ricardo, que yo no tengo a la heredera. Tenía intención de alejarla de Guillermo y sus aspiraciones a ser el suegro del rey de Francia.

—Mandaste tus secuaces a Toledo… ¿qué puedo pensar?

—Sir Roger se propasó en sus demandas, pero a la nieta de don Juan se la llevaron hombres de Guillermo, es lo único que sé.

Ricardo se mesó el pelo con rabia.

—Tendré que barrer Escocia hasta dar con ella, y que Dios se apiade de ti si la heredera no está con vida o ha sufrido algún daño.

—Yo la buscaré.

—¡Ni lo sueñes! Te quiero lo más lejos de este asunto. Ya has enredado bastante la situación como para que ahora puedas hacer algo —Ricardo suspiró cansado—. Tengo que apaciguar a… ¡maldita sea! El padre de la muchacha es amigo mío, luchamos juntos en Mesina. No puedo creer esta perfidia.

Ricardo abandonó la sala estrepitosamente. La madre de ambos, Leonor, aprovechó la ocasión para introducirse de forma silenciosa. Don Juan no la oyó y se sobresaltó con disgusto cuando ella le habló. Se volvió con la mirada fiera.

—¿Crees que la encontrará?

El príncipe negó con la cabeza.

—Mi hermano no es capaz ni de encontrar a su propia esposa —calló—. Lo único que debe preocuparnos es que consiga enfriar los ánimos de los castellanos... yo buscaré a la heredera.

—Debiste ser más cauteloso.

La crítica le molestó.

—¿Cómo podía imaginar que don Juan conocía a sir Roger?

—¿Crees que la carta es válida?

El príncipe Juan se paseó como una fiera enjaulada.

—De Solís no tiene motivos para mentir.

Leonor se quedó durante un momento pensativa.

—¿Has sopesado la posibilidad de dejarlo todo como está?

El príncipe Juan la miró con ira en los ojos.

—Tú y tus malditas alianzas.

Leonor no se molestó por el insulto.

—Sería un instrumento valioso en mis manos.

—¡No lo pienses siquiera!

CAPÍTULO 19

El alba asomaba a través de las pieles que cubrían las ventanas de Waterfallcastle. El bullicio a esa hora de la mañana resultaba sobrecogedor. María no había bajado todavía a desayunar, no tenía apetito; su mente bullía de razonamientos que se negaba a considerar. Cuando el resto de los hombres se encontraba tomando su adusto desayuno, que consistía en gachas de avena y cerveza, irrumpió en la sala súbitamente uno de los hombres de Kerien con la noticia del avance de un ejército.

—Parece que el conde de Verdial se acerca a los muros de Waterfallcastle por el Este.

Kerien y Guillermo se pusieron de pie e intercambiaron rápidas miradas de entendimiento. Había llegado la hora de la verdad mucho antes de lo esperado.

—El conde no sabe que podemos resistir un asedio. ¿A qué distancia se encuentra su ejército? —inquirió al hombre que había dado la información.

—Algunos, quizás la mitad, fueron vistos sobre la colina pero el resto aún no han aparecido.

—Sin duda el conde planea acorralarnos. Vayamos a los muros.

La sala se quedó vacía en un momento. Kerien buscó a María y le ordenó tajantemente que no abandonara su alcoba bajo ningún concepto. Ella le lanzó una mirada inquisitiva y dolida, pero él no le dio ninguna explicación más; simplemente se abalanzó sobre ella y la besó con una avidez que la desconcertó. Buscó su boca con labios duros, hirientes; parecía que se alimentaba de ella, exigiéndole una rendición por completo. Se movían sobre los labios de ella insistentes, persuasivos, tratando de arrancarle una respuesta. Cuando María se dispuso a ofrecérsela, Kerien cesó el beso.

—Os amo —antes de que pudiese protestar, la dejó nuevamente sola.

Desde su posición en el elevado muro, Kerien miró a través del altozano poniéndose la mano en la frente para hacerse sombra. Guillermo, Garlan y varios de sus hombres se encontraba a su lado. No se veía ningún alma moviéndose en derredor.

—Es extremadamente estúpido —afirmó Garlan con convicción.

—Extremadamente inteligente —corrigió Guillermo—. No puedo imaginarme su plan, pero no hay duda de que lo tiene.

Kerien frunció el entrecejo sopesando las posibilidades.

—¿Cuántos hombres se acercaban? —le preguntó al guardia que había divisado el ejército durante su patrullaje; éste se apresuró a explicarle.

—Conté más de un centenar de jinetes y son todos caballeros; traen también diez carros.

Kerien se sintió azorado.

—¿Todos caballeros? Cómo es posible...

—Imaginamos que puede ser la mitad de su ejército, pero no tenemos datos suficientes aún.

—¿Cuántos venían a pie? —inquirió Kerien intranquilo.

—Ninguno, señor.

—¿Ningún hombre a pie? —exclamó Guillermo estupefacto.

—Lamentablemente así es —confirmó el guardia con calma.

—Demasiados jinetes. Ni la mitad de nuestros hombres saben cabalgar —bramó Guillermo.

—Quizás sea esa la ventaja con la que cuenta el conde —sugirió Garlan preocupado.

—¡Mirad allá!

Garlan clavó la mirada sobre la cima de la colina.

Un solitario jinete apareció y se detuvo a observar los dominios de Waterfallcastle. Era un caballero vestido con reluciente armadura, pero resultaba difícil distinguirlo, la distancia seguía siendo mucha.

—Se encuentra todavía demasiado lejos para saber quién es.

Al jinete de la colina se sumó otro, y otro, y luego muchos más, hasta que una larga fila de caballeros se extendió a lo largo de la cima como una línea de plata cegadora. No eran todos los hombres, y aun así, ese único grupo de jinetes tenía un aspecto temible, sobrecogedor. Era de sobra conocido que un solo caballero valía más que diez soldados. La cosa empeoraba por momentos.

Dos caballeros comenzaron a descender por la colina hacia Waterfallcastle. Avanzaban sin escolta; Kerien los observó azorado ante la audacia. ¿Qué esperaban esos hombres al acercarse sin compañía? ¿Pretendían intimidarlo?

Ambos jinetes al fin se encontraron junto al límite y elevaron la mirada hacia los altos muros de Waterfallcastle, de modo que Guillermo pudo verles el rostro con claridad. Era difícil de creer, pero allí estaba Ricardo Corazón de León y Alfonso de Castilla. Gimió con impotencia.

—¡Kerien de Waterfallcastle! ¡Bajad! —el grito de Alfonso no admitía discusión alguna.

—¡Enseguida!

Guillermo lo asió del brazo.

—¿Lucharás contra el rey de Castilla? —Kerien negó con la cabeza. Pensaba evitar una lucha innecesaria—. ¿Dos ejércitos por mi hija? Ese hombre debe de estar loco.

Las palabras de Guillermo lo molestaron.

—Es condesa castellana. Algunos condes allí poseen más poder que algunos príncipes y reyes aquí.

Guillermo alzó las cejas con incredulidad.

—No tienes necesidad de salir. Ellos no pueden llevarse a mi hija si no les abrimos los portalones.

—Aun así, bajaré —afirmó Kerien con tono calmado—. He sido yo quien trajo a la dama con engaños, le debo esa explicación a su rey.

Kerien cabalgó a través de la entrada al trote ligero. Los dos reyes habían retrocedido hasta una distancia media entre Waterfallcastle y el ejército que estaba situado detrás de ellos, listos, esperando la orden.

Con ojos entrecerrados Alfonso observó el avance de Kerien. En su interior ardía una violenta sensación de ofensa. El insulto hacia uno de sus súbditos lo tenía perplejo. Los tres caballos de guerra se enfrentaron en campo abierto. Kerien había salido sin escudo y sin yelmo.

—¿Se encuentra lady Gracia aquí? —preguntó Ricardo.

—Sí —fue la escueta respuesta.

—Entonces, asumid las consecuencias.

—Su padre no permitirá que abandone los muros de Waterfallcastle. Mi muerte no lo disuadirá.

—Su presunción no me amilana —afirmó Ricardo—. Primero ajustaré cuentas con vos y después, lady Gracia regresará a casa con *su familia* —puntualizó Ricardo en un siseo que no se le escapó a Kerien.

—El padre de María es Guillermo McAtholl, y ella se ha casado conmigo en una ceremonia escocesa.

Alfonso rió con incrédulo desprecio.

—¿Supone que permitiré que se despose con un fulano como vos?

Las palabras de Alfonso lo hirieron en lo más profundo, pero le sostuvo la mirada con insolencia. El rey castellano dejaba mostrar con su postura que era, ante todo, un soldado de pies a cabeza. Kerien escudriñó el rostro inteligente y decidido del soberano, su pelo rubio cobrizo. La recortada barba había sido rasurada directamente alrededor de los labios de modo que su larga y delgada boca destacaba claramente en una mueca incisiva y desdeñosa. Vio que sus ojos grises lanzaban destellos peligrosos. Don Alfonso estaba realmente agitado y Kerien supo que le asistía la razón.

Ricardo deseó que el escocés no se mostrase tan temerario. Pedía a gritos que le cortasen la cabeza aunque no deberían subestimarlo, se veía lo suficientemente imponente como para tomar precauciones.

—No podéis resistir un asedio del ejército de Inglaterra y el de Castilla.

Kerien ya se temía algo así, pero no podía permitir que se la llevasen de vuelta sin presentar batalla.

—Posiblemente yo moriré, pero lady Gracia no abandonará Waterfallcastle. Es princesa de Escocia. Nunca renunciaremos a ella —afirmó Kerien con calma.

—Elige la hora —Ricardo no le dejó opción.

—La presente.

—Elige a tu hombre.

—Yo, lucharé por mi rey y mi princesa.

Alfonso alzó una ceja ante su presunción.

—Te batirás con Dorian Martel, el padre de la muchacha, así lo ha exigido. Desea vengar el insulto del que ha sido objeto con vuestras pretensiones.

Kerien miró a Ricardo con sorpresa y el corazón se le encogió de miedo. No podía luchar con Martel, era del todo imposible.

—Si mi espada lo mata, ella no me lo perdonará.

Alfonso no se esperaba esas palabras pronunciadas con absoluta desolación. Ricardo volvió su vista hacia la colina y alzó su mano derecha. Un jinete comenzó a descender en un suave trote. Kerien se sintió vapuleado por mil dudas. El honor debía ser reparado pero no con Dorian Martel.

Difícil decisión: matar o dejar que lo matasen.

—Sabéis que, aunque ganéis, estáis vencido.

Kerien asintió severamente. Sentía una lucha en su interior porque no se esperaba ese encuentro de sentimientos contradictorios. Miró el trote del caballo árabe y sintió una aflicción enorme. Si ganaba, María lo iba a odiar toda la vida. Si perdía…

María estaba impaciente, cansada de esperar dentro de las paredes de su alcoba. La reclusión entre esos cuatro muros no le auguraba nada bueno. Se dirigió con paso seguro hacia las dependencias exteriores del patio. Vio que prácticamente todos estaban en los parapetos del castillo con grandes vítores, y subió con curiosidad. Miró por encima del muro en dirección a la larga fila de soldados que se encontraban apostados sobre la cima de la colina. Alcanzó a ver los estandartes, los reconoció. Avistó la figura de Kerien y de Alfonso más otro caballero que no conocía, ahogó una exclamación de placer doloroso. ¡Castilla había acudido a buscarla! No pudo tragar el nudo que se había formado en su garganta. Sabía que Alfonso no perdonaría una ofensa semejante pero ella no quería que matasen a Kerien. A pesar de las duras palabras que había tenido con él, era consciente de que había sido un instrumento en las manos de un rey codicioso. Buscó con los ojos a Guillermo para intentar razonar con él, lo avistó abajo en el patio impartiendo órdenes. Encauzó sus pasos hacia él, más que caminar corría.

—Van a matar a un hombre cuyo único pecado es haberos sido fiel.

Guillermo se volvió y la miró con dureza.

—No deberíais estar aquí, hija mía.

María le sostuvo la mirada.

—Decís bien, permitid que me marche y no se derramará sangre inocente.

—Kerien no lo permitirá.

—Kerien morirá bajo la espada de don Alfonso y vos seréis el único culpable.

—No podemos detener su ira.

María lo compadeció.

—Permitidme que hable con mi monarca, don Alfonso es más razonable de lo que imagináis. Si le explico el porqué se me tiene retenida es posible que le perdone la vida a Kerien.

—Está sediento de vengaros. Lo he visto en su postura y en la forma de asir la espada.

—Don Alfonso es un monarca sensato.

Guillermo alzó una ceja ante la defensa de ella.

—Pero es de sobra conocido que su impetuosidad desborda con frecuencia los muros de su sensatez —le replicó.

—¡No os permito que habléis así de mi rey! —Guillermo contuvo una maldición—. Castilla es una tierra de mujeres y de hombres orgullosos, apasionados, capaces de morir por una idea o un principio —Guillermo no perdía detalle de sus palabras—, pero somos capaces de distinguir cuándo un hombre ha sido manipulado e inocente. ¡Vos tendríais que ocupar el lugar de Kerien!

—Vuestro monarca viene de muy lejos como para no saciar el hambre de su espada.

—Deberíais conocernos mejor antes de juzgarnos —siguió con su defensa—. Don Alfonso es un hombre justo, dejadme que le explique, y quizás os perdone la vida, esa vida que os empeñáis en menospreciar sin que entienda el motivo.

—Kerien no me perdonaría que os dejase marchar.

—Y yo no podría perdonar que matasen a un hombre inocente tan solo por vuestra codicia —Guillermo la miró perplejo, ella continuó—: Sabéis que no podéis resistir un asedio de Castilla respaldada por Inglaterra. Morirán muchos hombres inocentes, serán muertes innecesarias.

—Sois de mi sangre, vuestra lealtad debería ser hacia mí.

María negó con la cabeza.

—Mi lealtad es para mi familia —lo miró con pena—; en modo alguno os puedo considerar así.

—Idos pues, Kerien no volverá para armarse. Coged mi caballo y convenced a vuestro rey de mi equivocación al creer que os sentiríais orgullosa de ser escocesa.

María asintió con la cabeza, dejó el patio rápidamente; tenía que avisar a Teresa, no pensaba dejarla dentro del castillo.

María había cogido solo lo imprescindible. Cruzó el patio rápido buscando la montura de Guillermo. El entrechocar de espadas era perfectamente audible. Los hombres del muro lanzaban vítores desde lo alto, María no podía tragar. Subió como una exhalación las estrechas escaleras y miró por encima del muro en dirección a los combatientes, al verlos soltó una exclamación horrorizada... ¡Dios! María clavó los ojos en el caballero que se enfrentaba a Kerien en el campo y gritó con verdadera angustia. ¡Lo había extrañado tanto!

Para ambos contendientes los gritos de María tuvieron el mismo efecto de ansiedad y arrojo. La voz de María fue el detonante que les impulsó a dar los golpes con más furia. Dorian fue arrojado de su montura y ambos contrincantes siguieron luchando en la tierra húmeda. Dorian trataba de resistir pero no tenía la fuerza de su joven adversario. Kerien, a sus veintiséis años, estaba en la plenitud de su habilidad. Dorian era un buen contrincante, se resistía, pero los golpes que recibía le hacían tambalear. Tras mantenerse a la defensiva durante varios minutos absorbiendo los golpes, las piernas comenzaron a flaquearle. Dorian sintió la espada enemiga penetrar en su carne. El dolor fue intolerable e inesperado, cayó de rodillas al suelo con la cabeza derrotada. El escocés le puso la espada al cuello antes de darle el golpe final. Dorian cayó vencido.

—Reclamo como mío el honor insatisfecho —Alfonso lo retó con dureza bajando de su montura al mismo tiempo que decía las palabras—. Lucharé con vos.

—Es mi deber negarme, majestad —Kerien se dirigió a Ricardo, que desmontó a la vez de su corcel—. No derramaré más sangre castellana.

El sonido de los cascos de un caballo que venía hacia ellos a todo galope les hizo volver la cabeza en esa dirección.

CAPÍTULO 20

¡María estaba rota de la pena! Su corazón se había partido en miles de pedazos que quedaban desperdigados a lo largo del camino a medida que cabalgaba al encuentro de su padre. Cuando había visto la espada de Kerien atravesarlo con impunidad, había vomitado en la fría piedra. No podía permitir que su muerte quedase exenta de castigo. Ya casi había llegado, ya casi podía soltar el veneno que había acudido a su boca causándole un dolor físico.

Desmontó de un salto del caballo que había cogido en su ciega ofuscación, corrió hasta donde estaba Dorian caído con el rostro bañado en lágrimas. Solo tenía una letanía en su corazón: «¡Mátalo! ¡Mátalo!».

Cuando vio la fea herida de la que manaba la sangre amada, olvidó toda prudencia aprendida en sus años de entrenamiento como heredera de Verdial. Asió la espada de su padre, y con un alarido de odio, descargó el primer golpe por sorpresa sobre Kerien, buscando con el filo su vida. Solamente los años de experiencia y duro entrenamiento le hicieron levantar a Kerien el brazo y repeler el golpe. María estaba ida, frenética de sangre. Agarró la pesada espada con ambas manos y comenzó a dar golpes furiosos. Él solo se limitaba a pararlos. Tanto Ricardo como Alfonso se quedaron estupefactos ante el odio asesino de los ojos de ella. Las espadas soltaban chispas con los golpes pero ella no cesaba en su empeño. María era consciente de que malgastaba esfuerzos pues él se negaba a devolverle los embates; solo la miraba con remordimiento y sorpresa, pero sin hacer el menor esfuerzo salvo defenderse de sus ataques.

—¡Luchad, cobarde! ¡Defendeos!

Kerien no le respondía y María seguía golpeando con furia una y otra vez. Tras varios minutos de intensa refriega por parte de ella, María sentía los brazos muertos debido al esfuerzo, pero estaba ciega a todo lo demás. ¡Aunque desfalleciese iba a matarlo! Kerien dio un traspié inoportuno que le hizo hincar la rodilla en tierra, y María aprovechó la ventaja que la posición de él le brindaba: golpeaba por encima de la cabeza de Kerien intentado llegar a su cuello. Él seguía recibiendo los golpes sin devolverlos. Sus ojos verdes la miraban con un profundo arrepentimiento, que la hizo decidirse todavía más en su ataque. Estaba en clara desventaja debido a la falda de su vestido, pero la rabia era tanta que la hacía ser osada en demasía.

Todos los consejos que Quintín le había inculcado durante años habían acudido a la cabeza de María para centrarla: «No permitas que la espada de tu enemigo alcance la distancia necesaria para golpearte», «Cubre tu espacio y no le des la oportunidad de desequilibrarte con ninguna parte de su cuerpo», «Tienes la agilidad que un hombre, el doble de tu tamaño, no posee». Los consejos de Quintín acudían en tropel y ella los seguía a rajatabla. El tamaño no importaba, sino la sed de venganza, y ella tenía mucha sed; demasiada. Kerien bajó la guardia un instante para aumentar la distancia entre ambos pero ella aprovechó para darle un tajo en el costado. Kerien no se lo esperaba, la herida resultó profunda y seria.

Kerien sabía que ella no era rival para él, aunque la destreza con la que lo golpeaba lo tenía asombrado. Sentía calambres en el brazo debido al esfuerzo de parar los golpes. María atacaba dando largos pasos que la desequilibraban, él los detenía cada vez con más esfuerzo. Sabía que ella buscaba su vida, que ansiaba matarlo, y Kerien sintió que el suelo desaparecía bajo sus pies. El odio la consumía y él se lo esperaba. Aún no estaba recuperado de la sorpresa que había recibido al verla venir en ese galope temerario hacia su padre, asir la pesada espada y golpearlo a traición buscando su cuello.

María defendía a su padre Dorian.

Pero no era contrincante para un hombre de guerra como él; contaba con la ventaja de que se agotaría pronto pero, mientras tanto, las diversas emociones que sentía por ella lo debilitaban.

¡La amaba y la había engañado!

Kerien logró con dos zancadas poner distancia entre ella y su espada hambrienta; María tendría que correr para salvarla. Lo miró un instante intentado coger resuello para continuar el ataque. Ricardo aprovechó la pausa de ella para acercarse de forma sigilosa, tratando de desarmarla. María no lo vio pero lo presintió: en un acto reflejo, se volvió y dirigió la espada al cuello de Ricardo que abrió los ojos con absoluta perplejidad. El acero en la mano de ella temblaba tanto que Ricardo temió que lo hiriera de gravedad. Alfonso lanzó un juramento y dio un paso hacia ella, pero la punta de la espada buscaba justicia y le conminó a que se mantuviese quieto. María regresó sus ojos llenos de furia hacia el rostro del inglés.

—Debería mataros por permitir a mi padre luchar con ese engendro del demonio.

Ricardo le sostuvo la mirada con cierta vacilación. La muchacha estaba tan alterada que podría perfectamente cercenarle el cuello.

Ella se acercó todavía más, jadeaba por el esfuerzo realizado.

—¡Mi padre no era contendiente para él! ¡Era un hombre bueno! —se tragó un sollozo lastimero, pero seguía apuntando con la punta de su espada la garganta del monarca inglés.

—¡Doña Gracia! ¡Rendid vuestra espada de inmediato! —María seguía respirando trabajosamente, y sin quitarle la vista encima al inglés. La orden de Alfonso le traía sin cuidado, así tuviese que pasar el resto de su vida remando en galeras.

—¡Dígale que luche conmigo! ¡Que luche a muerte!

Ricardo negó con la cabeza aunque la súplica logró enternecerlo. Era impensable que un guerrero luchase con una mujer. A María se le llenaron los ojos de lágrimas porque no podría matarlo con el honor que requería la sangre derramada de su padre.

Kerien la había vencido.

Ricardo escudriñó a la joven de forma minuciosa, se perdió durante un instante en el zafiro de sus ojos, ojos bellísimos. Su coraje lo tenía abrumado. Estaba acalorada, el rostro sudoroso y, aun así, le pareció la muchacha más hermosa que había contemplado nunca.

—El *laird* McFalcon aceptará su proclama de cobro y no ofrecerá más lucha.

Ricardo miró a Kerien, éste asintió con su cabeza aceptando que estaba derrotado. María contempló a su padre caído en el frío suelo y toda la rabia contenida salió a borbotones por su garganta.

—Quiero al *laird* prisionero de Castilla. Reclamo su vida a perpetuidad —Ricardo asintió solemne—. Que Waterfallcastle sea derruido hasta la última piedra —Kerien lanzó un gemido y María lo miró con odio negro—. Esa es mi proclama de cobro.

—Tu rey debe decidir eso.

María volvió sus ojos hacia la voz de Alfonso, su padrino, y le sonrió amargamente.

—Dorian no está muerto, pequeña —María dejó caer los hombros derrotados porque había supuesto... Kerien no... ya no importaba. Cuando contempló a cuatro caballeros castellanos descender por la colina para recoger a su padre sintió un profundo alivio. La abrumó la pena, la ira y la felicidad. Ricardo la desarmó, y en un acto inesperado, le rodeó los hombros para ofrecerle consuelo.

María se dejó abrazar porque lo necesitaba. Se encontraba dividida en sus sentimientos.

—Queda todavía las pretensiones de Guillermo. ¿Qué deseáis para él?

Ella meditó solo un segundo.

—Considero que mi deuda ha sido saldada. Castilla tiene intereses urgentes que atender, no puede perder más tiempo aquí.

Ricardo la escudriñó minuciosamente.

—A pesar de vuestra juventud, poseéis una madurez extraordinaria.

María observó a Ricardo, que le sonreía de forma sincera. Miró sus ojos, de la misma tonalidad que ella.

—A mí me ocurrió lo mismo cuando os contemplé.

María le ofreció un amago de sonrisa; había conseguido, con sus palabras, deshacer el nudo que tenía en la garganta y que se negaba a bajar por más que lo empujaba.

Dos de los cuatro castellanos habían prendido a Kerien y se lo llevaban preso. María pudo al fin respirar con alivio: se había hecho justicia, pero a qué precio.

—Idos con vuestro padre, os necesita.

María se soltó de los brazos de Ricardo y se dirigió con paso raudo hacia los hombres que portaban el cuerpo inmóvil de Dorian. Antes de llegar junto a él se volvió y miró por última vez a Ricardo.

—¡Gracias!

Alfonso bufó incrédulo.

—Creo, María, que le dais las gracias al monarca equivocado —las palabras de Alfonso hicieron que María ampliara su sonrisa todavía más y Ricardo, cuando la contempló, creyó que le había sonreído un ángel.

—¿Mi abuelo?

Alfonso asintió con la cabeza.

—Está recuperándose y os espera en Verdial.

María se dio la vuelta y comenzó el peregrinaje hacia su tierra. Su corazón se había quedado en el suelo, junto a la sangre de su padre y que se había bebido la sedienta tierra escocesa.

—Una extraordinaria muchacha —alabó Ricardo cuando ella se hubo alejado lo suficiente; Alfonso asintió con la cabeza—. Tengo un sobrino...

Alfonso no lo dejó terminar.

—¡Ni se te ocurra! O juro que en represalia... —calló.

—Debes buscar un pretendiente que esté a la altura.

—Le prometí a su abuelo que la dejaría elegir a ella.

Ricardo alzó las cejas con sorpresa.

—¿Lo sabe la dama?

Alfonso negó con la cabeza.

—Si cambias de opinión, házmelo saber.

Alfonso soltó una carcajada.

—¿No tienes suficiente con un pie en Castilla que necesitas poner otro?

Ricardo no se molestó. Su hermana Leonor estaba profundamente enamorada de Alfonso y muy feliz, hecho que lo complacía sobremanera.

—Mi hermana Leonor era lo que más te convenía y lo sabes. Debes mostrarme gratitud de por vida.

—¿Hemos perdido ya suficiente tiempo?

Ricardo asintió.

—¡Guillermo! ¿Tendré que esperar hasta la noche? —el atronador grito del rey inglés hizo estremecer los muros de Waterfallcastle.

CAPÍTULO 21

Noche tras noche, mientras se revolvía incómodo en su jergón húmedo de transpiración y vigilia, durante las interminables horas de oscuridad y desvelo, el rostro de María se le aparecía. La expresión azul zafiro de sus ojos seguía provocándole en el pecho una extraña opresión de ansia insatisfecha, de amor no correspondido. Su cuerpo traicionero seguía anhelándola con avidez. La deseaba hasta el punto que separaba la locura de la lucidez y por razones que nada tenían que ver con su esclavitud impuesta. Durante semanas había sentido pena por la destrucción del único hogar que había conocido. Su clan había sido desmembrado y, aun así, su pecho seguía clamando por ella. Entendía su rencor, el ansia de venganza que lo había arrastrado como esclavo a un país extraño. Jamás volvería a Escocia, pero esa determinación no podía compararse a la sensación de pérdida absoluta que sentía al saber que nunca jamás la contemplaría de nuevo. Habían pasado meses desde que la vio por última vez, allí, tras los muros de Waterfallcastle. El dolor por el amor que nunca podría ser correspondido lo llenaba de incertidumbre, de vacío.

Miró las cuatro paredes de su celda. La humedad y el hedor ya no lo hacían encogerse de repulsión. La estrecha abertura que apenas dejaba pasar la luz lo atraía como si fuese una polilla al fuego; podía pasarse horas enteras mirando esa rendija de libertad inalcanzable.

Estaba de espaldas al portón. Cuando la pequeña ventanilla de la puerta fue corrida con brusquedad, Kerien se sorprendió porque era una hora desacostumbrada. Sintió cómo unos ojos lo observaban y se dio la vuelta con rapidez e insolencia.

El aspecto de Kerien era tan desastroso como Dorian se había imaginado: su figura se parecía bien poco a la del hombre que había visto por primera vez en las murallas de Waterfallcastle. Estaba sucio, las calzas rotas colgaban flojamente de su cintura; alrededor del cuello tenía una gruesa cadena de hierro. Los cabellos cobrizos estaban apelmazados y descendían más allá de los hombros; una barba espesa e igualmente sucia le cubría los rasgos cincelados. El robusto cuerpo había adelgazado bastante, estaba cubierto de marcas. La insolencia no se podía doblegar, y ese hombre seguía con ésta intacta a pesar de los golpes, pensó Dorian consternado.

La puerta se abrió por fin y Kerien pudo mirar al hombre que lo había escudriñado momentos antes en completo silencio. A pesar de su resolución había poco orgullo en la postura de él. Cuando finalmente Kerien vio a Dorian, sus ojos verdes emitieron un destello tan incandescente de dolor que Dorian retrocedió un paso de forma involuntaria.

—Debo daros las gracias por perdonarme la vida —Kerien se mantuvo rígido pero no le ofreció una respuesta—. Alguien me ha pedido que haga algo por vos —la mirada de Kerien delató sorpresa mezclada con ansia. No se atrevía a especular—. La reina Leonor desea concederos una audiencia.

La desilusión se había plasmado perfectamente en el rostro de Kerien. Había creído por un loco instante que era María la que mandaba a su padre. Que había comprendido al fin…

—Podréis bañaros y se os dará ropa apropiada para vestiros. Cuando estéis listo, dos guardias os acompañarán hasta los aposentos donde os esperan —Kerien siguió sin moverse—. Necesito vuestra palabra de que no intentareis escapar ni creareis dificultades.

Kerien asintió con la cabeza. Tras un instante de vacilación inquirió:

—¿Dónde está?

Dorian sabía lo que quería saber el escocés; aunque dudó en hacerlo, le respondió:

—María se encuentra en Luna, no ha regresado a Verdial desde que estáis aquí prisionero —Kerien deseaba preguntar pero los meses de esclavitud le cerraron la boca. Dorian escrutó el rostro del extranjero y tuvo piedad de él—. María no parece la misma. No sé hasta qué grado mi hija se implicó con vos ni me interesa saberlo, pero si tratáis de hacerle daño nuevamente, juro por mi vida que os haré decapitar.

Kerien no dejó traslucir ninguna de sus emociones fuertemente escondidas desde su niñez, pero las fervientes palabras de protección lo dejaron confuso. Él jamás osaría hacerle daño pero Dorian no tenía modo de saberlo, ni él pretendía explicárselo.

Kerien se despojó de los harapos sucios y raídos. Deseaba librarse de una vez del hedor que envolvía su cuerpo como un sudario. Vio junto al dormitorio un pequeño baño. Empotrado en el suelo cubierto de baldosas había un profundo estanque provisto de tuberías para el agua fría y caliente. La sorpresa lo dejó confuso, no había contemplado nunca un baño así. Se sumergió y se abandonó a la placentera sensación de libertad que experimentó. Sus confusos pensamientos vagaron a voluntad.

Kerien se vistió ceremonialmente, a pesar de lo ligero de las prendas que le habían facilitado. Se colocó una especie de jubón con mangas anchas que cubría desde los hombros hasta la mitad de los muslos, se puso las calzas oscuras que le cubrieron las piernas y se calzó los cómodos zapatos. En modo alguno estaba vestido para una audiencia real pero imaginó que sus vestiduras carecían de importancia. Siguió por los amplios pasillos a los dos guardias que lo escoltaban.

Admiró los suelos de piedra que estaban cubiertos por suaves y gruesas alfombras. A lo largo de las paredes había sofás cubiertos por hermosas tapicerías y almohadones que invitaban al reposo. Los frisos recorrían las diversas estancias con artísticos ornamentos. Los bellos dibujos incitaban a la contemplación. A medida que cruzaban las diferentes estancias, observó los patios con pequeñas fuentes, que estaban alimentadas por un ingenioso sistema de tuberías de agua, el mismo sistema que había en el baño que había disfrutado él. Las fuentes refrescaban el ambiente. Cruzaron una gran estancia que habían destinado a la lectura. Dorian jamás había visto tanta riqueza. Verdial, además de ser un castillo, era un templo donde el bienestar y el sosiego resultaban imprescindibles. No le cabía le menor duda de que el conde de Verdial era un hombre culto.

La enorme sala lo sobrecogió. Un solo tapiz de aquellas paredes serviría para alimentar a una familia escocesa durante un año. La alta puerta se abrió y una mujer no muy alta y rubia cruzó el umbral. Supo antes de verla por completo que se encontraba en la presencia de Leonor Plantagenet, la esposa del rey de Castilla. Hizo una profunda reverencia y se quedó postrado con una rodilla en el suelo.

—En pie, *laird* McFalcon —Kerien se alzó en toda su altura, le besó la mano ceremonialmente. Leonor aprovechó un momento para escudriñarlo—. Estáis mejor de lo que esperaba —Kerien alzó las cejas con interrogación—. Presumo que las mazmorras castellanas no son tan duras como la Torre de Londres. Se ve a la legua que os han alimentado bien.

Kerien la miró enigmáticamente.

—¿Deseáis inquirir sobre mi salud, majestad?

Leonor endureció su mirada al ver la tajante pregunta de él.

—Me envía vuestra hermana —Kerien se volvió para marcharse—. Podría hacer que os decapitaran por ofrecerme vuestra espalda sin que os haya dado permiso para retiraros —Kerien se volvió de inmediato—. ¡Sentaos!

La orden no admitía réplica. Leonor miró a un sirviente y le instó a que sirviera dos copas de vino. Kerien siguió de pie.

—No ayudáis a vuestra causa mostrando esa impertinencia.

—Mi causa está perdida.

—Vuestro padre no pensaría igual.

—Yo no tuve padre, alteza.

Leonor suspiró.

—William Fitzroy hizo mal al no reconoceros.

Una mueca de dolor cruzó el semblante de Kerien.

—Vos deberíais ser conde de Gloucester y no vuestra hermanastra Isabel.

—El ilegítimo soy yo y no ella.

—Vuestro padre se sintió tan culpable que ya no se recuperó.

Kerien cuadró los hombros y se posicionó fuerte en el suelo. Los recuerdos aún lo laceraban. Pensó en su madre Bertha, en la impetuosa muchacha que osó poner sus ojos en el conde de Gloucester. William se encaprichó perdidamente de la hermosa muchacha de pelo flamígero y, sin pensarlo, la convirtió en su amante. Solo cuando ella se dio cuenta de que no pensaba desposarla, de que los intereses de él estaban puestos en otra dama, abandonó la corte de Enrique II y se marchó de nuevo a Escocia, derrotada, vencida. Era la primogénita y única hija del *laird* Ian McFalcon, y tras la muerte de éste, se convirtió en la señora del clan, delegando en su primogénito y bastardo Kerien el futuro incierto de Waterfallcastle. Sir William Fitzroy jamás hizo intentos de ver al hijo ilegítimo que había engendrado con una escocesa. Todos sus esfuerzos estaban concentrados en la mujer que ocupaba su vida, Hause de Beaumont-Le-Roger.

—¿Qué desea la condesa de Gloucester?

—Mi cuñada no es culpable, *laird*.

Kerien hizo un alzamiento de hombros; su hermanastra Isabel se había desposado con Juan Plantagenet, hermano de Leonor y de Ricardo.

—Dejé de ser *laird* hace muchos meses.

—Si juráis vasallaje a mi marido os concederá la libertad.

Kerien no se esperaba esas palabras.

—Cumplo condena merecida.

—Lo sé, pero sois hermano de mi cuñada. Guillermo hizo mal al pediros que secuestrarais a una pupila de mi marido.

—Mi rey solo pretendía recuperar a su hija. Y no soy hermano sino hermanastro; obviáis la diferencia.

—Diferencia ínfima —siguió ella—. Actuasteis de forma precipitada sin pensar en las consecuencias políticas que resultaría de esa osadía estúpida. Vuestro rey le había jurado vasallaje a mi hermano Ricardo.

Kerien asintió.

—Somos escoceses, majestad, hacemos las cosas a nuestro modo, seamos vasallos o no.

Leonor sonrió, pues él no se ofendió por el insulto.

—Nunca olvidéis que vuestro abuelo, Roberto Fitzroy, era hijo de Enrique I, mi abuelo —Kerien miró a la reina con dureza, pero contuvo su réplica. Odiaba que le recordasen eso precisamente. Él trataba de olvidar que pertenecía a la rama bastarda de los Plantagenet—. Por vuestras venas corre la misma sangre, debéis lealtad a la familia.

—¿Qué desea el rey castellano?

Leonor fue consciente de la indiferencia que mostraban las palabras de Kerien, la frialdad de su pose y el aire ausente de interés.

—Don Alfonso es un rey justo —Kerien entrecerró los ojos con aburrimiento—. Yo puedo daros a la heredera —la mirada de Kerien la traspasó y Leonor fue consciente de que al fin había conseguido la total atención de él—. Mi marido es un hombre poderoso pero en continuas luchas; Castilla necesita hombres fuertes y dispuestos a morir por ella.

Kerien seguía escuchando con total atención.

—Vuestro servicio os puede reportar riqueza y título.

—Ni la riqueza ni los títulos tentarían a doña Gracia.

—Estoy absolutamente convencida de que no le sois indiferente —Kerien negó con la cabeza—. Colocaos en posición de ventaja —Kerien comprendió—. Yo intercederé en vuestro favor una vez la pidáis en matrimonio.

—María no consentirá.

—María no está en posición de negarse, lo sé de buena fuente.

Kerien no comprendió las enigmáticas palabras de ella.

—Pero su abuelo, el conde de Verdial, sí.

—No pongáis en duda la capacidad de una Plantagenet en resolver este tipo cuestiones.

Kerien carraspeó varias veces antes de admitir.

—La arrastré hasta mi país engañada. Herí de muerte al que creía su padre en un combate sin vencedor y me adueñé de su virtud sin un ramalazo de culpa o remordimiento.

Leonor entrecerró los ojos y Kerien sintió una sacudida. María entrecerraba los ojos de la misma forma y cuanto más miraba a la reina castellana, más confundido se sentía.

—Los Plantagenet somos así. Tomamos lo que queremos sin medir las consecuencias. ¿Por qué ibais a ser tan diferente de nosotros?

Kerien relajó su espalda a medida que escuchaba la voz melodiosa de la reina.

—Removería cielo y tierra si supiese que podría llegar hasta ella y obtener su perdón.

—Entonces, tenemos que hacer planes.

CAPÍTULO 22

María seguía en las dependencias de la cocina huyendo de los continuos requerimientos de su padre. Solo enfrascándose en las labores domésticas conseguía elevar el muro de silencio que la acompañaba desde su regreso.

Su abuelo le había explicado con profundo dolor los motivos que le llevaron a comprometer a su hija Blanca con don Louis. El sobrino de su mujer, Francisco, pretendía las tierras y el título de Verdial; Juan sabía que don Louis estaba gravemente enfermo y con muy poco tiempo de vida. Ese detalle lo había impulsado a buscar su ayuda. Pretendía que Blanca, en su viudez, pudiese manejar Verdial sin la intromisión de don Francisco. Su falta, su equivocación, consistió en no sincerarse con su única hija y exponerle sus planes. Don Juan ignoraba que Blanca estuviese enamorada del hijo de su amigo, Dorian. A pesar de lo errado de su juicio, su plan había dado resultado. Verdial seguía teniendo heredero y Francisco había desistido de su empeño en apoderarse de él. María se mordió un labio perdida en sus pensamientos, su madre había terminado enredándolo todo al tratar de proteger a su abuelo con la citada carta que buscaban todos, carta que nadie sabía en qué manos se encontraba. María creía que estaba en poder del rey Guillermo de Escocia, pero era mera especulación.

Dorian había intentado sincerarse con ella, pero María seguía tan dolida que prefería vivir en la ignorancia que saber con exactitud quién tenía derecho de sangre sobre ella. Dorian aceptaba su decisión con pesar pues era consciente de que, una vez abierta la caja de Pandora, era mejor afrontar los hechos por muy dolorosos que resultasen; pero ella ignoraba este hecho con absoluto descaro.

María se negaba a pensar en Kerien. Había cerrado una página de su vida aunque le escocía el alma por la herida que le había infringido el escocés con su traición. La voz de su padre la volvió a la realidad de golpe.

Dorian bajó hasta el último peldaño buscándola con los ojos. La suave fragilidad que mostraba ella lo traspasaba como un hierro candente.

María sufría y él debía poner freno a eso.

—¡Tengo que hablar contigo!

El tono no admitía discusión. María asintió con la cabeza y le pasó la cuchara de madera a la sirvienta que estaba ayudándola en la tarea.

—Tiene que hervir aún dos horas más, y no dejes de removerlo en el mismo sentido.

La muchacha de aspecto rollizo asintió y ocupó su lugar. María se quitó la vieja tela que usaba para las labores domésticas y siguió a Dorian fuera de las dependencias de la cocina. A Dorian le parecía absurdo que ella tuviese que dedicarse a esos menesteres cuando su casa estaba llena de sirvientes que podían ocuparse del trabajo para dejarla a ella con el suficiente tiempo libre para montar, cazar y recrearse en no hacer nada. María siguió a Dorian en silencio.

La amplia sala le resultó refrescante después del horno en el que había estado y su padre le obsequió con un vaso de sidra fría. Se lo bebió de un trago y se sentó.

—No puedes eludirme siempre.

—Tengo mucho trabajo que supervisar.

—Hay que tomar decisiones.

—Las más importantes ya están tomadas. El jabón se está cociendo, el huerto está limpio de hierbajos y el joven Andrés ha sido amonestado con un azote.

Dorian alzó sus cejas, incrédulo.

—Estás enfadada conmigo y no te culpo.

María entornó sus ojos de zafiro.

—Estoy cansada, cierto, pero no culpo de ello a nadie.

Dorian se resintió por sus palabras.

—Sientes que te he traicionado.

María lo miró durante un minuto larguísimo.

—Me traicioné yo misma por anteponer mis sentimientos a mi razón —había amargura en la voz.

—Hay que cerrar las heridas; no es bueno para el espíritu acunar odio.

—Ya no siento odio, no siento nada —María alzó sus ojos momentáneamente enturbiados.

—¿Me perdonarás alguna vez?

—No hay nada que perdonar.

—A mí no puedes engañarme. Siento que te he defraudado y me aflige profundamente que no te muestres sincera conmigo —Dorian lanzó un suspiro amargo—. Amaba a tu madre con locura, nunca me recuperé de su pérdida y seré tu padre siempre, a pesar de lo que otros reclamen. Nunca lo olvides.

—Nunca lo haría.

Dorian soltó el aliento cansado.

—Debes afrontar los hechos de una vez.

El tono duro le hizo alzar la cabeza.

—¿Cómo está el abuelo?

Dorian meneó la cabeza ante el cambio de conversación de ella a propósito.

—Sigue esperándote en Verdial.

María se tragó un sollozo.

—¡Jamás volveré a Verdial!

—¡Violette! —la exclamación de su padre la golpeó.

—Nunca mientras...

—*Él* no se encuentra en Verdial —María levantó los ojos extrañada, Dorian continuó—. Le ha jurado vasallaje al rey Alfonso.

María se levantó tan precipitadamente que volcó la silla con estrépito.

—¿Quién?

—Leonor.

María cerró la boca en una línea dura.

—¿Con qué derecho?

Dorian la miró extrañado.

—Es la reina, *ma petite,* y familiar suyo —María no comprendió las palabras de Dorian—. Es hermano de su cuñada Isabel —siguió sin comprender—. El *laird* McFalcon es hijo ilegítimo de sir William Fitzroy y hermanastro de la actual condesa de Gloucester.

María ignoraba esto pero le importó bien poco.

—Y eso ¿qué tiene que ver?

—Leonor medió ante Alfonso y éste acabó por aceptarlo como vasallo —ella seguía en el más absoluto silencio—. Yo intercedí en su favor también. Tu abuelo, desde entonces, me ha retirado la palabra, aunque no le culpo.

—¿Por qué, padre?

El quejido lastimoso lo enterneció.

—Porque no me gusta la persona en la que te has convertido desde que regresaste de Escocia —María no podía comprenderlo—. Te vuelcas en el hogar con todas tus fuerzas, apenas me dejas un instante para hablar contigo —ella seguía callada e inmóvil—. Tienes un asunto pendiente, debes resolverlo.

—¿Dejándolo en libertad? —María no podía tragar la estupefacción que sentía.

—Ha solicitado tu mano ante la reina Leonor —María contuvo la respiración—. Le ha sido concedida.

María se sentía tan horrorizada que creía que iba a terminar sufriendo un desvanecimiento delante de su padre.

—¡No puede casarme con tu verdugo!

Dorian la miró con empatía.

—Leonor ha elevado tu compromiso a asunto de Estado.

María se sentía mareada.

—¡La reina ha perdido el juicio! Padre... ¡necesito que me ayudes! —María comenzó a pasearse nerviosa por la sala.

—Tendrás que conocer las razones de la reina para considerar el enlace antes de ofrecerle tu negativa.

María se tapó los ojos con impotencia.

—Tengo que ir a Burgos... —calló—. ¡Juro que esta vez lo mataré! ¡Dios mío...! —María miró un instante a Dorian con las emociones visibles en su rostro: incredulidad, horror, rabia—. ¿Mi padrino escuchará mis razones? —preguntó con un hilo en la voz.

—El rey se encuentra en Alarcos con los demás monarcas cristianos. Dudo que te conceda una audiencia por la trivialidad de tus esponsales.

María sentía ganas de golpear algo.

—Entonces iré a Burgos y la reina escuchará la trivialidad de mis objeciones.

—Si te niegas, la reina puede despojarte de tu condado.

—Hará falta algo más que una negativa para despojarme de mi herencia.

El largo trayecto hasta Burgos le había tensado los nervios hasta un punto insospechado. Iba camino del monasterio de Santa María la Real, residencia habitual de la reina Leonor de Castilla cuando no se encontraba en Toledo. El monasterio estaba situado al occidente de la ciudad de Burgos, algo retirado del río Alarzón. María avistó el terreno llano que estaba ocupado por huertas y prados; las gentes del lugar acudían allí para distraerse y pasar sus ratos de ocio. María pretendía obtener una audiencia con la reina. Necesitaba hacerle entender sus razones para su negativa a los esponsales... si era capaz de controlar su rabia, porque ésta no la había abandonado desde que saliera de Inglaterra, hacía ya tantos meses.

Dorian le había informado con todo lujo de detalles de los logros y las victorias que había obtenido Kerien a lo largo de los meses que había prestado sus servicios y su espada a don Alfonso, servicios necesarios ante las turbulencias políticas que acontecían. María sabía que quedarse en León ya no era seguro, pues los leoneses estaban sembrando el terror a su paso. Los navarros hacían lo propio por Soria y Almazán. Por el sur los almohades estaban tomando otros castillos y poblaciones llegando incluso hasta Guadalajara. Ella debía estar en Verdial pero su obcecación la había cegado hasta tal punto que lamentarse a estas alturas solo le producía un malestar infinito. Alfonso había establecido una alianza con Aragón y Portugal. Estaba concentrando sus ejércitos en Ávila y estaba avanzando impetuosamente hacia el norte, intentaba pararle los pies al rey leonés.

Ya se encontraba delante del amplio y complejo monasterio con aspecto de fortaleza. Se fue introduciendo por sus largos pasillos. El pequeño claustro de planta rectangular solía utilizarse para la meditación y en ocasiones, para el recreo. María echó un breve vistazo a los doce arcos paralelos que se apoyaban sobre columnas pareadas con capiteles alargados, románicos y góticos. La ornamentación vegetal era muy estilizada, creando una sensación de paz y tranquilidad, pero en esta ocasión, no se detuvo a contemplar el silencio.

Cruzó el claustro hacia la sala capitular. La altura y esbeltez la hacía mucho más amplia y luminosa; era la zona del monasterio que a ella más le gustaba. Allí la esperaba la reina Leonor. Cuando atravesó la puerta se encontró de frente con la reina. Dio un paso atrás y le hizo una profunda reverencia. La ausencia de guardias la había desconcertado.

—Disculpadme, majestad. Al no ver guardias apostados en la puerta, ignoraba que estuvieseis aquí.

Leonor le invitó con la mano a que se acercase. María se sintió avergonzada, su impetuosidad un día le iba a costar muy cara.

—Me gusta este lugar.

María entendía perfectamente la razón. La sensación de libertad que se respiraba en la sala invitaba a las decisiones acertadas. Miró llanamente a la reina, no la recordaba tan hermosa. Su actitud regia se dejaba traslucir en cada movimiento, en cada mirada. De todos era sabido que a Leonor no le gustaba Toledo, aunque comprendía que don Alfonso pasase la mayor parte del tiempo en la capital de su reino cerca de su eterno enemigo. Ella prefería tener su corte en el norte de Castilla, en Burgos, cerca de donde había nacido, Aquitania. María observó su porte regio, su andar atractivo y rasgos finos. Miró el pesado y lujoso vestido, el pelo abundante y rubio que no llevaba escondido con el velo. Escudriñó la alta y noble frente, los grandes e inteligentes ojos verdes, ojos que le recordaron…

—Yo… siento la misma curiosidad por vos —María se sintió enrojecer hasta la raíz del pelo—. No os he visto desde que mi marido os apadrinó —con los ojos le conminó a que diese una vuelta sobre sí misma. María la complació.

Leonor la escudriñó a placer, ávida de detalles. Observó que, a pesar de sus estilizados miembros, se mostraba grácil y seductora al caminar. Miró el color bronce de su pelo y el zafiro de sus ojos. La insolente barbilla y el suave mentón que mostraba ella con orgullo cuando se enfadaba. María era de la misma altura que Leonor, aunque más esbelta. De boca grande y generosa, labios que incitaban a ser besados. Las ricas telas de seda hacían que los movimientos de ella se volvieran sensuales en torno a su figura. Los colores llamativos la resaltaban aún más hermosa si cabía.

Leonor comprendió al mirarla muchas cosas. Demasiadas. Escudriñó los rasgos conocidos y se preguntó cómo es que nadie se había percatado de ellos.

—Sir Kerien McFalcon ha pedido vuestra mano.

Lo soltó tan de sopetón que María se sintió aturdida momentáneamente. Consiguió reponerse a duras penas.

—Ese es el motivo de mi visita a Burgos, majestad.

Leonor la invitó a que se sentase a su lado. Los honores que le prodigaba la reina escapaban a la compresión de María.

—Sois una rica heredera, debíais estar casada desde hace mucho tiempo.

María se encogió tras la crítica.

—Mi abuelo pretendía que estuviese preparada para conducir Verdial de la forma correcta y apropiada. Ese ha sido el motivo del retraso de mis esponsales.

La respuesta agradó a Leonor, que la miró con candidez.

—Habéis suscitado un problema de Estado —María agrandó los ojos sorprendida—. Varias casas reales han solicitado vuestra mano.

—¡Verdial no es tan importante!

Leonor, con un gesto de la mano, le indicó silencio.

—Ha trascendido que sois la hija de Guillermo de Escocia —Leonor paró un momento para que las siguientes palabras calasen en ella—, nieta de un conde e hija de un rey —María iba a protestar y Leonor hizo un gesto con la cabeza—. Sois un suculento trofeo.

María endureció su espalda.

—Soy una hija a la que estuvieron a punto de dejar sin padre.

La respuesta fue demasiado seca y la reina enarcó una ceja con interrogación.

—Palabras desacertadas, doña Gracia —María optó por permanecer en silencio—. Habéis colocado a nuestro monarca en una posición difícil. Aragón no permitirá que una heredera de Castilla salga fuera de las fronteras del reino. Navarra y León esperan la decisión de don Alfonso al respecto; ahora todos quieren un bocado del pastel: Verdial está en la frontera de Castilla.

María comenzó a transpirar. Su hogar se encontraba en un punto estratégico. Alfonso no podía permitir que un noble no castellano pusiese un pie en Verdial; de hacerlo obtendría un control que minaría su fuerza.

—Sir Kerien es alguien ajeno a las pretensiones de Francia e Inglaterra. Al ser un vasallo de don Alfonso, tiene el respaldo suficiente para solicitar vuestra mano sin que se resientan las posiciones de otros aspirantes. Aragón, León y Navarra ansían demasiado la porción de poder que les otorgaría el control sobre Verdial.

—Majestad, ha quedado claro pero no posee el suficiente linaje.

Leonor endureció su mirada.

—El padre de sir Kerien era el conde de Gloucester, sir William Fitzroy, y su madre una noble escocesa de linaje tan antiguo como el vuestro. No admitiré un descalificativo más.

—Pero él no está en posesión del título, majestad.

—Nunca creí que fueseis tan comercial y mercenaria —la crítica le escoció porque era incierta—. Necesitáis un hombre a vuestro lado que no posea tierras vinculantes a un título —María alzó la cabeza—. Deberá ocuparse de Verdial, y ¿cómo creéis que lo haría si tiene que ocuparse de sus propias tierras y gentes? Verdial es una propiedad muy extensa, vais a necesitar mucha ayuda para protegerla si los almohades vencen sobre Alarcos.

María no estaba rendida todavía.

—¡Es bastardo, majestad!

La reina la miró duramente.

—¡Vos también! —le recordó ásperamente, y María comenzó a sudar frío.

—No permitiréis que me niegue.

Leonor negó con la cabeza sin importarle el susurro herido que había emitido ella con los ojos empañados.

—Sir Kerien ha ofrecido a vuestro abuelo todo lo que posee: veinte mil maravedíes de oro ganados con su esfuerzo haciendo peligrar su vida.

María alzó la cabeza con orgullo mal disimulado.

—Creía que la dote debía aportarla la novia, pero claro, qué estúpida, *¡yo soy la dote!*

Leonor lamentaba que la muchacha se mostrase tan obcecada, pero ella tenía sus motivos para conducir el futuro de María y debía atarlo muy bien.

—Sir Kerien ha renunciado a toda pretensión con respecto a vuestras tierras y título —María la miró con duda en sus profundidades de color índigo—. Si vos fallecieseis antes que él y sin herederos, vuestras tierras retornarán a vuestra familia.

María abrió la boca por la sorpresa, pero no se dejó engañar.

—Es fácil prometer algo así cuando uno está en posesión de poder cambiar las palabras después.

—Sir Kerien solo ha puesto una condición a su renuncia —María intuía que las palabras de la reina no le iban a gustar en absoluto—. No podéis negaros a darle un heredero.

María inspiró una gran bocanada de aire. Miró con sorpresa a la reina y el extraño brillo de su mirada la descolocó.

—El clan McFalcon ya tiene heredero. Su sobrino huérfano, Lean, hijo de su hermano Tadeg.

Leonor esperaba otras palabras.

—El heredero sería para Verdial, no para Waterfallcastle. Don Francisco de Solís aún espera poder recuperar el condado, pues se ha aliado con el califa de Sevilla. Tener un heredero os beneficiaría.

—Y así obtendría el poder que necesitaría para controlar mi condado.

Leonor suspiró impaciente.

—Es la única condición que ha puesto.

—Sir Kerien no necesita heredero, soy yo la que lo necesita y la única que puede decidir quién puede ser el padre.

—Ha llegado hasta mis oídos…

María la interrumpió bruscamente aunque se exponía a la ira real.

—No se os olvide, majestad, que aún tenéis que convencer a mi familia.

—El señor Martel ha dado su consentimiento.

«Un aliado menos», se lamentó ella.

—Mi abuelo...

Leonor volvió a indicarle silencio.

—El conde ha consentido también.

María se atragantó, inspiró profundamente para intentar serenarse.

—Mi rey...

Leonor volvió a interrumpirla.

—¿Creéis de verdad que don Alfonso puede ocuparse de algo tan banal como vuestros esponsales? Estamos en guerra, muchacha.

—¿Por qué, majestad? —le preguntó de forma dolorosa.

—Con vuestros esponsales evitamos un conflicto de intereses políticos: Verdial seguirá bajo el control de Castilla.

María se soliviantó.

—Siempre ha sido mi deseo desposarme con un castellano, elegido por mi abuelo y por mí.

—¿Comprometisteis vuestro afecto antes de entregaros a sir Kerien? —María sintió que los ojos se le llenaban de lágrimas—. Sir Kerien desea desposaros y reparar la falta de vuestra inocencia. Inocencia que él proclama que ha hecho suya —María iba a protestar de nuevo—. Ya estoy cansada de vuestra reticencia.

María entendió que no podría disuadirla. Se estaba arriesgado con su insolencia a provocar la ira de la reina.

—¿Existe alguna forma de que consideréis mi negativa? ¿De alcanzar vuestra benevolencia? —Leonor volvió a negar con la cabeza—. ¿Cuándo ocurrirá el fatal desenlace?

Leonor le hizo una advertencia con los ojos por su sarcasmo.

—Dos semanas después de las amonestaciones —María jadeó con horror—. Podéis cooperar para que vuestras nupcias resulten satisfactorias o permitir que vuestro orgullo os aconseje mal y os conduzca a una infelicidad total. Os toca elegir, doña Gracia.

María se debatía en una duda constante. La presión de su soberana no le dejaba opción alguna, pero ella seguía resistiéndose en su interior a sus demandas.

—Ya he elegido, majestad, salvo que no compartís mi opinión.

CAPÍTULO 23

La novia avanzaba demasiado rápido, casi arrastrando al abuelo. Don Juan trataba sin conseguirlo de hacer que aminorase el paso. El largo pasillo de la capilla del monasterio de Santa María la Real le parecía a ella la llegada al infierno. La habían engalanado con flores y guirnaldas. En los pasillos se habían colocado las alfombras de protocolo. Esas habían sido las dos semanas más largas de su vida.

Cada dos pasos, don Juan se paraba un instante para tratar de serenarla, pero María seguía tan furiosa que solamente pretendía que terminase cuanto antes la fatídica ceremonia. Hoy se casaría con el salvaje, hoy entregaría las riendas de su vida a un escocés. La reina Leonor había resultado implacable en su decisión.

María se había negado en redondo a mantener una conversación con su futuro esposo antes de los esponsales; había dejado claro que solamente se verían delante del altar mayor. María sentía como si todos hubiesen conspirado para atarla a un demonio que se la comería viva a la menor oportunidad. No estaba siendo justa, pero no sabía cómo desprenderse de la sensación de impotencia que la acompañaba.

Don Juan vestía traje oficial de ceremonia. Llevaba sujeto por una cadena de oro que le rodeaba el cuello el emblema familiar, el blasón de Verdial, compuesto por un castillo y dos rosas. El vestido de gala de María estaba tejido en seda y guadamecí entretejido con oro y plata. La cola estaba fijada a los hombros y caía hasta un total de dos metros, así como el amplio velo que cubría su melena. Nadie que la viese dudaría del linaje y la fortuna que la respaldaba.

La reina, desde su aventajada posición, miraba a la novia con cierta satisfacción. Había conseguido arrastrar a su madre Leonor desde Inglaterra a los esponsales con la excusa de decidir los destinos de las nietas, Urraca y Blanca, dos de sus hijas. Excusa válida que le había dado la oportunidad de que asistiera al enlace. La reina inglesa mostraba un rictus en sus ojos de complacencia y Leonor sentía que tenía una conversación pendiente con su madre en cuanto el rito religioso finalizase. Debía dejar establecidos algunos acuerdos y pactos; algunas advertencias también.

Kerien sentía las piernas con cierta debilidad e intentaba ignorar el cosquilleo en su estómago. La visión de la novia acercándose tan decidida a él consiguió arrancarle una mueca que no se convirtió en sonrisa: más parecía que iba al encuentro de una guerra que a unirse con su futuro esposo. A pesar del velo que la cubría, algo insólito en una ceremonia, atisbó la rebeldía de sus ojos. Tenía una dura lucha por delante pero no iba a desaprovechar una oportunidad de oro de ganarse el afecto de ella. Sus demonios interiores lo habían acosado hasta en sueños. Sabía que ella le haría pagar cara la osadía de pretender su mano, aunque ignoraba los acontecimientos que la habían acercado a él de forma definitiva y absoluta.

Ya era un hecho: la pequeña heredera se había desposado con el guerrero. Kerien estaba recibiendo las felicitaciones de varios nobles mientras su dulce esposa recibía las atenciones de la reina y de la madre de ésta. María tenía el rostro demasiado severo e incómodo. Ignoraba lo que le estaba diciendo Leonor de Aquitania, pero por el gesto intranquilo de ella no debía gustarle en absoluto. Las tres mujeres se encontraban justo en la esquina de la inmensa sala, custodiadas por la tranquilidad que les otorgaba ese lugar en concreto; sus palabras no podían ser escuchadas.

Miró un momento al conde, que lo escudriñaba con ojos de lobo al acecho; sabía que había sido el hueso más duro de roer. La negativa del conde había sido categórica, pero Leonor se había posicionado en su sitio y, con las palabras más regias que contenía en su amplio vocabulario, había doblegado al anciano hasta alcanzar su consentimiento. Dorian había resultado, sorpresivamente, el más fácil de convencer. Kerien ignoraba el poder que tenía la reina sobre sus cortesanos, pero era del todo indudable que se hacía respetar y oír por encima del griterío. Las tres mujeres desaparecieron por la puerta que dividía la sala de audiencias con la capilla. Dorian se acercaba a ofrecerle más una advertencia que una felicitación, Kerien sabía lo que pretendía el noble y se dispuso a complacerlo.

María no entendía la solicitud de la reina a una conversación privada con ella estando su madre, la reina inglesa, presente. Se sentía incómoda por el escrutinio al que la sometía la anciana de ojos duros y sonrisa cínica, aunque seguía teniendo un porte regio. Estaba deseando que acabase el aciago día de sus esponsales. Estaba despechada y dolida. Kerien no tenía que mostrarse tan satisfecho, pues su complacencia le irritaba los nervios y hacía que el vello de sus brazos se crispase como puntas afiladas.

—Eres demasiado pequeña para soportar tan grande peso.

María no tenía modo de saber si la madre de la reina se refería a su condado o a su gigante esposo.

—Las agujas son pequeñas, cierto, pero son difíciles de doblar —María mostró su insolencia al responderle en latín y no en francés, como había comenzado ella.

—Deberías responderme en mi lengua.

La amonestación le hizo levantar la barbilla orgullosa y endurecer el mentón.

—Estamos en Castilla, señora —María obvió el título real a conciencia—. Aquí, se suele mostrar respeto usando nuestra lengua cuando nos visitan extranjeros.

Leonor jadeó ante el insulto de su cortesana, pero su madre tenía un extraño brillo en sus ojos.

—Nunca volváis a omitir mi título cuando me respondáis, jovencita.

—No puedo llamaros majestad delante de mi reina; sería un insulto imperdonable a nuestra soberana.

Leonor contuvo el aliento, ni ella misma habría osado contestar tan descaradamente a su madre. María había levantado la cabeza con soberbia y miraba sin un parpadeo a la reina madre.

—Espero que os sobre el mismo valor esta noche.

María se atragantó violentamente. Se tomó las palabras como un insulto.

—¡Por mucho menos se ha comenzado una guerra y lo sabéis!

Leonor no sabía de qué forma parar los embates antagónicos de ambas mujeres. La tensión en la estancia podía cortarse con un cuchillo. Ella no podía respirar por el asombro. Su madre y María se miraban con ojos defensivos, pero era la primera vez que una mujer no se amedrentaba ante la dura mirada de su madre.

—¡En una guerra os comería viva, no os quepa la menor duda!

María hizo una inspiración honda para asimilar las desagradables palabras. Escapaba a su comprensión el ataque directo de la madre de su reina. Suspiró un momento antes de poder contestarle con toda su altivez castellana.

—Os faltarían las agallas necesarias para ello, *señora*.

María no esperó una contestación. Hizo una profunda reverencia y dejó a ambas mujeres con la boca abierta. Estaba tan furiosa como desconcertada. Nada más cruzar la puerta que la devolvía a la capilla, Leonor de Aquitania soltó una estruendosa carcajada. Seguía mirando la puerta cerrada cuando exclamó:

—¡Qué reina va a perderse Inglaterra!

—¡Madre!... Las paredes pueden oír.

Leonor miró a su hija con dureza.

—¡Debías dármela a mí! ¿Cómo te has atrevido a casarla con nadie?

Leonor se encogió por las duras palabras.

—Sir Kerien es nieto de Roberto Fitzroy —la madre agrandó los ojos—, bisnieto de mi abuelo Enrique por la rama bastarda. Ella no sabe que se ha casado con un Plantagenet. Con este matrimonio la he protegido de por vida.

Leonor se encaró con su hija.

—¡Yo nunca le haría daño a mi nieta!

Leonor miró a su madre con tristeza.

—Necesito vuestra promesa de silencio, madre.

—No puedes pedirme algo así...

—Puedo y lo hago, madre.

—Si hago una promesa, me veré obligada a cumplirla.

La terquedad de la madre le arrancó una sonrisa de afecto a la hija.

—Deseo proteger a María.

—¿Cómo la protegerás? ¿Por qué has pensado en él?

—Porque la ama y yo necesitaba un hombre lo suficientemente enamorado como para tentarlo a darle su protección incondicional y altruista.

—Los hombres se compran y se venden continuamente.

Leonor negó con la cabeza.

—Éste no se venderá.

La madre se molestó por la defensa que hacía su hija.

—¿Sabe quién es el padre de ella?

Leonor volvió a negar con la cabeza.

—Solo lo saben las personas imprescindibles: Dorian Martel, el conde de Verdial y mi esposo don Alfonso.

Leonor de Aquitania bufó violentamente.

—Puestos así, podías proclamarlo a los cuatro vientos. Es increíble que Ricardo no se haya enterado todavía.

—Y no debe enterarse jamás, madre; hice una promesa a Dorian Martel y debo hacer honor a ella.

La súplica de Leonor le hizo fruncir el ceño a la madre.

—¿Por qué Martel acudió a ti?

—Por las pretensiones de mi hermano Juan. Temió por la vida de María y creyendo que podía morir asesinada me arrancó una promesa de protección. Cuando me mostró las pruebas que demostraban que María es realmente la hija de mi hermano Ricardo, no pude negarme. Sé cómo conspira Juan para acceder a un trono que no le pertenece; sus métodos me parecen censurables y repulsivos.

—Aún me cuesta creer que la heredera castellana...

Leonor no dejó terminar a su madre.

—Los torneos son así, los hombres aprovechan para presumir en demasía, beber hasta reventar y fornicar hasta perder el sentido.

—Me parece increíble que Ricardo... —Leonor apretó los labios.

—Tenía dieciocho años, madre, y se emborrachó; todos se emborrachaban después de los juegos, incluso mi marido don Alfonso. Blanca se aprovechó de la embriaguez para llevar a cabo su plan.

—Fue una mujer muy lista. Puso su mira bien alta.

Leonor negó con la cabeza.

—Blanca creyó sinceramente que entraba a la tienda de Guillermo. El destino le jugó una mala pasada pues no tenía modo de saber que Guillermo había terminado inconsciente de vino en la tienda de mi hermano. Ricardo se fue a la suya; eran las dos únicas tiendas que estaban levantadas en la orilla del río.

Ambas mantuvieron un momento en silencio.

—Debo pediros un favor —Leonor de Aquitania le prestó toda la atención.

—Don Juan no podrá hacerle daño o se enfrentará a una guerra con los reyes hispanos.

—¿Dudas de mi capacidad para controlar a mi hijo? —la mirada elocuente de la reina castellana molestó a la inglesa, que se irguió—. ¡Yo le hubiese conseguido una corona!

Leonor casi se arrepentía de haberse sincerado con su madre, pero necesitaba su apoyo.

—María es heredera de una corona, madre, excepto que no lo sabrá nunca.

—¡Dame las cartas y el anillo!

Leonor negó con la cabeza.

—Si lo hiciera, haríais anular los esponsales y se la entregaríais al mejor postor. Debo evitar que cometáis una estupidez que nos empuje después a corregir decisiones equivocadas.

—¿Qué harás con las cartas y el sello?

—Seguirán a buen recaudo. Y una advertencia, madre: si le ocurriese algo a María o alguno de sus descendientes...

Leonor entendió la amenaza velada de su hija. Qué trabajo había hecho el rey castellano con ella. La tímida florecilla que apenas se atrevía a hablar, había madurado en todo su esplendor.

—Tiene un carácter endiablado, como el mío.

El orgullo en la voz la desconcertó.

—Madre, ni se imagina cuánto.

—Y pensar que tu hermano Juan se ha vuelto loco buscando la carta y el anillo —calló un momento—. Y resulta que lo tenías tú.

—Dorian Martel es un hombre inteligente; me hizo un honor al acudir a mí y no a su rey.

—¿Eres consciente de la responsabilidad que has adquirido al hacer una promesa de tal magnitud?

Leonor asintió con solemnidad.

—Dorian Martel fue muy listo, madre. Me arrancó la promesa antes de revelármelo todo.

—O muy estúpido.

María no volvió a la sala de recepción donde estaban todos esperando. Regresaron ambas Leonores y se mezclaron con la nobleza castellana. Kerien sentía los nervios en tensión porque ignoraba dónde se encontraba su dama y qué hacía. No podía sentirse ofendido. La dama castellana ya era suya, se había unido con un lazo a él para siempre, y debía admitir que sentía un júbilo poco cristiano.

Vio a un lacayo dirigirse al conde y entregarle una misiva que don Juan leyó con prontitud. Alzó una ceja interrogante y buscó con la mirada hasta dar con él, le hizo un gesto con la cabeza para que se acercase. Kerien lo hizo con celeridad.

El conde le pasó la misiva con cierta vacilación. Kerien sabía lo que se iba a encontrar.

Abuelo, ha surgido un problema en Verdial que requiere mi inmediata presencia. Como no deseo estropear completamente el día, o perturbaros con nuevas preocupaciones, os dejo esta nota, hacedle saber a sir Kerien que no podré reunirme con él.

María.

—Creo que sabéis lo que debéis de hacer —Kerien asintió con la cabeza—. Mi nieta es una mujer voluntariosa, pero debéis de establecer unas pautas necesarias que le indiquen a quién debe obediencia ahora —Kerien miró sorpresivamente al anciano que con sus palabras le estaba dando su apoyo incondicional—. He cedido a los esponsales porque la amo demasiado. Es lo único que me queda en este mundo.

Kerien compadeció al anciano, porque entendía perfectamente esa sensación de pérdida.

—Mis sentimientos por ella son muy profundos. A veces incluso me asustan y me siento tan feliz que parezco un niño pequeño con un regalo que le queda muy grande.

Don Juan lo escudriñó a conciencia antes de añadir:

—La reina fue muy insistente y persuasiva para hacerme cambiar de opinión —Kerien miró al anciano con cierta vacilación—, pero no soy fácil de convencer ni manipular como mi yerno Dorian. Vigilaré vuestras espaldas de continuo y espero que nunca me deis motivos que me induzcan a lamentar la decisión de confiaros a mi nieta.

—¡Juro que no lo lamentaréis!

—Dorian y yo tenemos mucho trabajo que hacer en Luna. Confío que a mi regreso a Verdial María habrá aceptado el lugar que le corresponde como señora y esposa.

—He jurado protegerla y cuidarla hasta mi último aliento.

Don Juan miró al hombre fuerte y decidido que había zarandeado dos reinos para llegar hasta ella.

—Si no fuese así, ya estaríais muerto, muchacho.

Tras esas enigmáticas palabras, Juan se volvió dándole la oportunidad de escabullirse sin que nadie se percatase todavía de que el novio se marchaba en busca de la desaparecida novia.

CAPÍTULO 24

La gloriosa primavera había llegado a Toledo. El aire tibio estaba impregnado de olor a tomillo y enebro, las jaras estaban en flor y los enormes capullos de color rosa púrpura se mecían bajo la brisa llenándola de imágenes gloriosas.

Llegó a las puertas fortificadas de Toledo y saludó con la mano a los hombres de armas que vio allí y que le permitieron la entrada con una sonrisa al reconocerla. María observó, a medida que cruzaba las sinuosas callejuelas de la ciudad, las diversas plantas que adornaban las casas toledanas: mirto, hibiscos, buganvillas, geranios. Pasó rápidamente junto a la herrería y el mercado, y acto seguido cruzó el puente de San Martín, dejando atrás la ciudad para galopar como el viento hacia Verdial.

La distancia desde Toledo era de cuatro kilómetros y ya lo divisaba en el horizonte. María nunca se había alegrado tanto de ver los sólidos baluartes de Verdial elevándose en el cielo azul de esa mañana primaveral. Podía ver los parapetos, las torres y almenas de su hogar añorado. Se alzaba orgulloso y magnífico ante el telón de fondo de los verdes paisajes toledanos. María rió de puro placer y contento y dio rienda suelta a su yegua baya para llegar cuanto antes. Ambas corrían en perfecta armonía a través de los campos. Se sentía tan libre y feliz… Parecía que había transcurrido un siglo desde que sintiera esa apabullante sensación de propiedad delante de los muros de Verdial.

Detuvo su desenfrenado galope y cruzó el puente levadizo que habían bajado para ella, entró al patio de armas y desmontó de la yegua con un salto ágil y sintiéndose demasiado llena de vida y júbilo para importarle el desaliño que presentaba su aspecto al entrar por el portalón con dirección a la torre. Corría como una chiquilla pequeña, se dirigió directamente a la gran sala. Tenía que hablar con Quintín: hacía tanto tiempo que no lo veía… lo había extrañado mucho. El pelo se le había soltado de la sujeción y bailaba junto a sus mejillas en una danza loca y desinhibida.

Sus ojos brillaban llenos de expectativas.

—¡Joseph! ¡Quintín! —llamó al mayordomo y a su capitán al mismo tiempo que se quitaba los guantes labrados en piel. María tenía mucho que pensar, decisiones que tomar. Que se hubiese casado con el escocés por mandato real no significaba que tuviesen que vivir junto a él. Tenía que dar tantas órdenes que estaba impaciente por comenzar cuanto antes.

Un carraspeo la hizo volverse de golpe inquieta; se había detenido en medio de la sala y permaneció completamente inmóvil. Sus ojos comenzaron a recorrer la hermosa habitación hasta llegar al enorme hogar apagado. María sintió que su corazón había dejado de latir por la sorpresa, sus piernas amenazaron con no sostenerla.

¡El demonio escocés estaba allí! Sir Kerien McFalcon, de pie delante de la chimenea y con su codo derecho apoyado en el respaldo del asiento de madera laboriosamente tallado que utilizaba su abuelo para descansar frente al hogar cuando estaba encendido. Sus piernas largas y musculosas estaban ligeramente separadas. Cinco largos dedos tamborileaban de forma distraída sobre la repisa de la chimenea mientras los otros cinco sostenían una copa de plata con incrustaciones de piedras preciosas. Movió el oscuro líquido con un suave giro antes de tomar un sorbo. Alzó sus ojos verdes y la miró de forma enigmática, María podría jurar que con burla.

Se irguió tan derecha como una lanza.

—¡Por fin habéis llegado a casa! —seguía sin poder moverse al escucharlo—. Habéis tardado demasiado en regresar, me moría de la impaciencia y la preocupación.

—¿Qué hacéis aquí? —el sonido estrangulado de su voz le importó bien poco.

—¿Y me lo preguntáis? —la sonrisa en la boca de él la desconcertó—. Vuestra nota me preocupó realmente, cualquier problema que surja en Verdial tendrá mi atención inmediata pero el problema ya está resuelto... Ah, por cierto. El conde y su yerno van de camino a Luna, han requerido su presencia allí.

Kerien dejó el cáliz encima de la mesa y se adelantó para darle la bienvenida. María retrocedió un paso alarmada. ¿Por qué no se había referido a Dorian como su padre? Ese detalle hizo que se encrespara todavía más. Si decía alguna palabra sobre Guillermo se lo iba a hacer pagar muy caro.

—¿Dónde está Joseph? —la pregunta resultaba tonta.

—¿El escribano? —María asintió con la cabeza—. Además del escribano se ocupa de todo lo concerniente a Verdial en nuestra ausencia. Con su esfuerzo mantiene estas piedras en pie —Kerien le ofreció una sonrisa—. Está supervisando la preparación de un banquete en vuestro honor para daros la bienvenida. Los guardias de la torre oeste os vieron llegar desde hace rato.

María se quedó completamente descolocada, su mente era un hervidero de especulaciones.

Estaba tan atractivo, dolía tanto su traición...

—¡No podéis quedaros aquí! —Kerien la miró de forma sardónica y ese detalle la encolerizó—. Llamaré al capitán de mi guardia y me aseguraré de que os dé la patada en el culo que os merecéis.

Kerien la miró durante un instante y comenzó a reír. María no era propensa a un vocabulario tan vulgar, y ella se sorprendió al oír su risa porque nunca lo había visto mostrarse con ese abandono.

—Quintín va de viaje a Luna.

María ahogó una exclamación. Tenía que calmarse o haría una estupidez de esas que hacían historia.

—¿Pretendéis vivir aquí en Verdial? ¿A mi lado? —Kerien le ofreció una sonrisa auténtica pero no le respondió—. Ha sido una tremenda falta de respeto y una enorme grosería presentaros aquí sin haber sido invitado.

—Algunas cosas tienen que cambiar.

María tensó la espalda y entrecerró los ojos cuando advirtió que avanzaba un paso hacia ella.

—¿Como sustituir a mis hombres para mantenerme aislada sin defensa?

A Kerien le resultaba imposible seguir el razonamiento de ella. Suspiró profundamente porque María siempre pensaba lo peor de él.

—¿No me habéis perdonado, María? ¿Qué debo hacer para que me alcancéis con vuestra tolerancia?

María alzó una mano que dejó en suspenso tratando de detener el avance de él. Su corazón sufrió un vahído ante esa declaración inesperada. Le había costado meses erigir un muro para guardar su corazón, y temía que Kerien lo derribase con un soplido.

—Me humillasteis tras abandonarme unas horas después de nuestros esponsales sin ofrecerme la más mínima posibilidad de poder alcanzar vuestra bondad. La reina espera que nuestro matrimonio sea consumado. No debe haber motivos que os inciten a solicitar una nulidad.

María se ahogó con la saliva que tragaba.

—¡Nunca!

Kerien sintió una puñalada cuando escuchó sus palabras.

—Sé que cometí un error al tratar de obedecer a mi rey y llevaros hasta su presencia con vuestro desconocimiento —María volvió a retroceder otro paso. Quedó cercada entre la mesa y su cuerpo—, pero no puedo evitar amaros, María. Solo vuestro afecto puede salvarme del abismo al que salto cada vez que os alejáis y me abrazáis con vuestro despecho. De nada sirve que niegue lo que siento cada vez que os miro, solo vos poseéis la cura que necesita mi alma, a la que mantenéis en vilo y sangrante —María volvió la cabeza de los labios que se acercaban a los suyos en suave penitencia—. Si supierais las noches que he soñado con vuestros labios. Noches donde me perdía en el cielo nocturno de vuestros ojos de zafiro —María sabía que andaba por un terreno muy peligroso—. Vuestro rostro me mantenía vivo, cuerdo, inmerso en la certidumbre que solo tienen los que saben que están condenados a muerte, que no tienen remedio, pero aun así, sin dejarse vencer, luchando en la tribulación de la esperanza.

Kerien le alzó la barbilla y buscó con la boca sus labios. María no se resistió. Permitió que la frialdad de su espíritu calase en él, que penetrase en la profundidad de su alma y lo sacudiese hasta romperlo en mil esquirlas irrecuperables. Pero Kerien no la besó, siguió sosteniendo su barbilla y perdiéndose en la profundidad de sus ojos.

María sintió el cuerpo de Kerien como acero caliente junto al suyo. Le impedía respirar con normalidad pero siguió manteniendo sus labios sellados.

—¿Por qué contenéis vuestras palabras de mí? No ocultéis la claridad de vuestros ojos a los míos. Dejad que guíen mi camino junto al vuestro como si fuese un lucero en la mañana que despierta con una sonrisa al sol.

María necesitaba escapar de las palabras suaves y seductoras que Kerien le ofrecía. Si seguía escuchando flaquearía; él siguió en su letanía tratando de penetrar en la coraza de desdén que se había puesto.

—Me hacéis beber el veneno amargo de vuestro silencio —María hizo amago de irse pero él no se lo permitió—. Si os vais, me dejareis herido de muerte y agónico, sin esperanzas, sin futuro. Sin la posibilidad de abrazar a los hijos que me niego a no tener con vos.

El pecho de María se sacudió con brutalidad ante la esperanza que dejaban traslucir las palabras de él, pero recordó a tiempo la promesa solemne hecha a su padre cuando su sangre alimentaba suelo escocés.

—Pedís un imposible, soy incapaz de corresponderos —María lo miró con rencor y una profunda deslealtad. Su resquemor era tan grande que el fuerte guerrero, acostumbrado a la lucha, se doblegó al fin—. El odio que siento por vos supera el sentimiento compasivo que me producís.

Kerien la miró tan afectadamente y con tanto dolor en sus pupilas que María sintió unos abrumadores remordimientos, pero no retiró las palabras de ofensa.

—¡Clavad la daga más fuerte, María! Ahí donde el corazón ya no puede esconderse, y tiradlo a los perros. Ellos darán un uso mejor de él que vos —Kerien estaba sufriendo, pero ella siguió salando la herida.

—Si os quedáis aquí terminaré por mataros.

—¿Y qué creéis que habéis hecho con vuestras palabras? —Kerien estaba sufriendo la mayor agonía de su vida y, aun así, no cejaba en su empeño de atraerla con sus brazos hacia él.

—¡No soy capaz de soportar vuestra presencia!

Una violenta ira comenzó a reemplazar el letargo que sufría desde que la había visto tan hermosa. María deseaba irse pero Kerien no se lo permitía. Seguía asiéndola por los antebrazos.

—¡Soltadme!

María empujó el musculoso pecho de Kerien para apartarlo sin conseguirlo.

—Por mi vida que no puedo, aunque ello implique quedarme sin una gota de sangre.

Bajó la boca hasta apoderarse de la de ella. La urgió, la incitó a responderle pero a pesar de la dulzura que encontraba en los recovecos de su boca, María seguía en actitud desidiosa. Aprovechó que ella volvió su cabeza para deleitarse en su cuello de satén. El deseo lamía el cuerpo de Kerien como llamaradas de fuego y abrasaba cada una de sus terminaciones nerviosas hasta que sintió deseos de gritar a pleno pulmón. María se debatía entre el despecho y el anhelo que los besos de él le provocaban, pero siguió rechazando la tregua que su boca le ofrecía.

Pudo desprenderse de su beso y le increpó con humillación:

—¿Sufriré la vejación de tener que aceptaros a pesar de mis sentimientos?

Kerien la soltó de golpe azotado por sus palabras.

—Vos tenéis la culpa de la locura que me posee cuando os miro.

Los ojos de María le mostraron que iba a ser implacable en su decisión.

—¿Será por los cabellos broncíneos y la piel color melocotón que poseen las castellanas?

Se estaba burlando de él; Kerien la sujetó con más firmeza y le respondió con voz melosa:

—No me busquéis con palabras que me incitan a soñar, a saciarme de vos, pues el hambre y el deseo desbocado me producen una sensación de vacío en el estómago que solo calmaré cuando os tome.

María palmeó la mano que tenía asido uno de sus rizos.

—¡Jamás! Mi rechazo lo esculpisteis en un muro con cada gota de la sangre derramada de mi padre. ¡No puedo amaros! Es más… no quiero ni considerarlo.

Kerien inspiró profundamente afectado por sus palabras.

—Mi hombría la derribáis a golpes de lengua sin considerar si podré levantarla alguna vez —María se soltó al fin de los brazos que la sujetaban—. Me canso, me muero pero no escucháis mis súplicas. Vuestro orgullo os alcanza en vanidad.

María le ofreció una última mirada antes de espetarle.

—Hundisteis vuestras garras en mi corazón y le disteis bocados fieros cuando antepusisteis la codicia de vuestro monarca al amor por *mi familia* —María soltó un gemido antes de continuar—. No puedo olvidar que por vuestra traición mi padre a punto estuvo de perder la vida.

Acababa de asestarle el golpe definitivo. Kerien dio media vuelta y se marchó dejándole una sensación de triunfo cobarde, pero antes de alcanzar la puerta se volvió con la mirada rebosante de dolor crónico.

—Mañana temprano partiré hacia Alarcos. Don Alfonso espera conseguir que los musulmanes retrocedan hacia el sur.

Kerien no le dio opción a responderle; dejó la sala tan rápido y tan herido que María sintió que el abatimiento se cernía sobre ella. No se sentía orgullosa de su victoria, sino miserable. Necesitaba poner distancia entre ellos porque sabía que él podía llegar hasta su corazón fielmente resguardado por una tapia de inseguridad.

Seguía en la misma postura vencida desde hacía mucho rato. El encuentro con Kerien la había dejado exhausta, pesarosa. Las palabras que le había dedicado eran horribles, llenas de un desdén inmerecido, pero la perfidia de la que había sido objeto la quemaba con una brutalidad de la que no podía reponerse. Lo amaba y lo odiaba al mismo tiempo. La habían obligado a desposarse a la fuerza, habían quebrado su orgullo hasta el punto de no poder encontrar el equilibrio sobre sus emociones. No tenía el control sobre su vida y ahora su condado estaba en manos extrañas que ya la habían vendido una vez. ¿Se podía ser más infeliz?

María había dado las órdenes necesarias para que Verdial siguiera sosteniéndose hasta la llegada de su abuelo. Había mandado empacar parte de su vestuario y sus libros. Volvía a Luna. Sabía que tardaría mucho en regresar a Toledo pero no lo lamentaba todavía. Le restaba solo un poco de tiempo antes de comenzar el viaje hacia su libertad absoluta. Sentía el corazón dividido entre sus sentimientos y lo que ella, erróneamente, creyó lealtad hacia su familia. María pasó la mano por la suave madera tallada del cabezal del lecho y aproximó sus pasos hacia la ventana abierta. Se deleitó en la magnificencia de lo que veía. Todo en Verdial resultaba grandioso e imponente. Sentía verdadero orgullo por cada piedra levantada con sudor y empeño por generaciones de hombres que habían unido con sangre a sus muros el esfuerzo de toda una vida. Amaba Luna, pero sentía verdadera debilidad por Verdial. Aún parecía que escuchaba en las cálidas tardes de otoño los gemidos del viento que hacían girar las veletas de las torres y mecía las barquichuelas amarradas a los postes cercanos a los molinos creando una sensación de serenidad. María iba a extrañar mucho la ciudad fronteriza, pero había tomado su decisión.

Volvió sus ojos de la ventana abierta y de la despedida que le ofrecía el río Tajo con su silueta sinuosa y retorcida. El sol, juguetón, se iba poniendo tras los montes verdes; la neblina de la tarde, que había comenzado a asomar y flotaba como un velo de gasa azul pálido sobre la ciudad imponente, dándole un aire de misterio y de majestuosidad. Se acercó sigilosamente a los pies del lecho, cogió su capa de terciopelo azul ribeteada de piel. Apenas se la puso sobre los hombros sintió una debilidad en las piernas y terminó por sentarse en el mullido colchón de plumas.

Kerien la sorprendió cuando se colocaba la capa de viaje. Miró los hatos encima del lecho y una sombra oscura cruzó sus ojos sin abandonarlos. Pensaba huir como una cobarde, pero él tenía una cuenta pendiente con ella.

—¿No pensabais despediros, esposa? —María se levantó de un golpe y apoyó la mano en el poste del lecho con la culpabilidad reflejada en el rostro. Kerien alcanzó la distancia que le separaba de ella y le espetó con amarga cólera.

—No puedo vivir con vos bajo el mismo techo.

A Kerien las palabras le supieron a veneno.

—No podréis anular los esponsales, se lo juré a la reina Leonor.

—Vuestra palabra carece de sentido para mí.

Kerien entrecerró sus ojos con una furia que comenzaba a llenarlo.

—Pienso hacer honor a ella.

María no se esperaba el ataque directo sobre su persona. La boca de Kerien descendió sobre la de ella sin que ella pudiese protestar o emitir quejido alguno.

Había llegado el momento del cobro y ninguno de los dos supo quién pagaría más.

Kerien buscó su boca con labios duros, lacerantes. Parecía que trataba de castigarla de algún modo, seguía insistiendo en sus besos de forma ávida e imperiosa, exigiendo, reclamando los labios de María que eran tiernos. Kerien movía su lengua ahondando, obligando a que ella le respondiese. La tumbó de espaldas al lecho y él se posicionó encima. María sentía la lengua de Kerien deslizándose en su interior moviéndose con suavidad satinada en torno a la suya. Sintió una palpitación profunda en el vientre, una pulsación anhelante que no le permitía pensar con coherencia. Kerien sintió a su vez que su piel ardía como si se hubiese lanzado sin pensar a una caldera hirviendo; se apoyó en los codos mientras mantenía sus largos brazos por encima de su cabeza. María solo era consciente de lo placentero que le resultaban las caricias de él. Lo necesitaba tanto, lo odiaba tanto… Luchaba en un mar de dudas, deseando entregarse a él, y al mismo tiempo, maldiciéndose por la deslealtad de sus pensamientos. Alzó el rostro y subió su mirada implorante hasta encontrar la de Kerien; él vio sus labios tentadoramente separados, el cabello desordenado y la carne temblorosa. ¡Dios! Qué bella era y qué increíblemente sensual. Llevaba tantos meses necesitándola que sabía que no podría esperar más. Sentir el contacto fresco de su piel fue una delicia, y Kerien suspiró con deleite. María había aceptado su derrota; por esta vez iba a permitir la sumisión que Kerien le reclamaba. Sus caderas comenzaron a moverse sensualmente contra él, encendiendo su deseo hasta extremos alarmantes. Kerien se apartó ligeramente para situarse en posición, le sostuvo el rostro con manos expertas. Deseaba observarla cuando ella lo recibiera, pero no pudo cumplir su deseo, la imperiosa necesidad de enterrarse en su cuerpo le hizo cerrar los ojos con un gruñido. Kerien empujó hondo y, sin apenas percatarse, comenzó a embestir con ímpetu con la parte inferior de su cuerpo. Su suavidad interior lo había acogido como una vaina a su espada; Kerien gimió al sentirla caliente, apretada. Ella lo volvía loco con sus movimientos eróticos, era como estar dentro del paraíso. Cada embestida generaba un gemido largo y profundo que no se molestó en ocultar. Kerien comenzó a acariciar uno de los pezones con dedos diestros hasta que se puso inhiesto; cuando hubo conseguido lo que quería, pasó al otro pecho para rendirle el mismo tributo mientras seguía dando lentas embestidas como si quisiera medir el movimiento. María entrelazó las piernas alrededor de la cintura de él y lo siguió en la danza, Kerien se movió de forma más urgente, apremiante; los gemidos entrecortados le indicaban que ella había alcanzado el punto de la liberación. Tras una última embestida se enterró en lo más profundo de ella y lanzó un bramido que lo dejó sorprendido por la intensidad; después se quedó completamente inmóvil.

* * *

Seguía mirando el rostro dormido de María. Su belleza lo conmovía profundamente pero debía dejar Verdial. El rey Alfonso lo reclamaba: tenían que partir inmediatamente hacia Alarcos, el ejército almohade ya se había puesto en camino.

Suspiró largamente y con la esperanza mordiéndole el corazón.

Iba a conseguir su capitulación, estaba convencido. La respuesta carnal de María solo podía significar que sentía un profundo afecto por él y Kerien sabía esperar. Se marcharía a la guerra con la convicción de que ella iba a anhelar su regreso, que iba a perdonarlo porque lo amaba.

Terminó de colocarse la capa y dejó la alcoba en silencio.

CAPÍTULO 25

Alarcos había caído y María, por primera vez, supo lo que era realmente el miedo. Seguía sin tener noticias de Kerien y temía por su vida. Muchos de los prisioneros habían sido ejecutados fuera y dentro de los muros de la fortaleza. Ella seguía rezando por el regreso de Kerien, por tener una nueva oportunidad de poder abrazarlo y decirle las palabras que tenía adheridas en la garganta desde la noche en la que se marchó sin una despedida. Había significado tanto su entrega, había comprendido tantas cosas con cada beso de amor que le había dado.

Pero Kerien no volvía y ella temía lo peor.

Su abuelo, el conde, la había mandado de inmediato a Luna, en el norte, antes de que Toledo fuese sitiada. María sabía que Castilla necesitaría tiempo para recuperarse; había sido pisoteada, purgada. Verdial había resistido el largo asedio pero en su interior se guardaban heridas profundas que perdurarían en la historia.

Kerien regresaría a ella muy pronto y le exigiría explicaciones detalladas del silencio que ella había adoptado desde que viniera de Escocia. Tenía motivos para sentirse decepcionado con ella, receloso. María había tomado una decisión sobre el futuro de Verdial, de su vida y de ella misma. Rogaba desde el interior de su alma que su decisión fuese la acertada;

necesitaba conseguir la paz que anhelaba su conciencia. Atrás habían quedado los sueños de su niñez, ahora poseía la suficiente madurez para comprender que Kerien había sido un peón como ella en la lucha de poder de un rey. Kerien debía lealtad a Guillermo de la misma forma que ella le debía lealtad a Alfonso. Le costaba admitir que su perdón carecía de la calidad de su padre para Kerien, a pesar que fue Dorian el que cayó bajo su espada y no ella.

Le había transmitido a su abuelo la urgente necesidad de que le informase de inmediato del regreso de Kerien de la guerra. Ella iría a su encuentro, lo esperaría en Verdial. Luna se había convertido en un bastión seguro por su emplazamiento. Los musulmanes no podían llegar tan al norte y ella, en los momentos sangrientos de las batallas, había estado protegida en la casa de su padre. Los almohades estaban siendo frenados por los reyes cristianos y estos les obligaban a replegarse.

De momento había paz en Castilla.

Dorian se había convertido en el emisario de la reina Leonor, mensajero de todas las intrigas palaciegas. Su presencia era requerida continuamente en Burgos, así que Ginés y Celeste se dedicaban a la ardua pero reconfortante tarea de llevar Château Rouge con la misma habilidad con la que lo hacía su padre. Cuando se despidió de ellos para regresar a Verdial, supo que hacía lo correcto.

Kerien subió los escalones de la torre principal de tres en tres. Sentía en el estómago un cosquilleo que se iba convirtiendo en nerviosismo a media que los pies lo acercaban a su destino. Verdial le parecía el lugar más maravilloso del mundo. Nunca había contemplado un castillo más espectacular y tan bien preparado para la defensa. Dentro de sus gruesas murallas se respiraba seguridad. Y a pesar de su imponencia eran las paredes más cómodas que había contemplado nunca.

Entró en una de las habitaciones. Como estaba vacía siguió sin detenerse hasta la siguiente. Satisfecho paseó la mirada en derredor. Sentía una agradable sensación de estar de regreso junto a ella. Se convenció de que había hecho bien quedándose en Castilla, aunque estuviese tan lejos de sus medio hermanos. Kerien se dio cuenta de que estaba hambriento y no de alimento precisamente. Los meses que había estado lejos de ella habían resultado una tortura que esperaba no volviese a repetirse. Se preguntó dónde estaría ella y traspuso la arcada para echar un breve vistazo en otra de las alcobas; entonces la vio.

María estaba de pie sobre una silla alta, de espaldas a él; intentaba colocar con gran esfuerzo la tela que cubría la ventana. Kerien sintió una debilidad en las piernas y un gozo en el corazón que no lo sorprendía en absoluto porque estaba tan enamorado de ella que moriría de inmediato si no la besaba pronto.

Menuda sorpresa iba a darle. Se acercó todo lo sigiloso que pudo. María estaba de puntillas para pasar la tela por la barra de hierro y atarla para que no se cayese. Kerien emitió un gruñido ronco de deleite y se abalanzó hacia ella.

—¡Jamás os soltaré! —con un gritó la encerró entre sus musculosos brazos.

María lanzó un chillido de sorpresa que se convirtió en un alarido de furia al darle Kerien un susto de muerte. Volvió la vista y se encontró con unos endiablados ojos verdes. Brillantes, felinos, ojos que había extrañado muchísimo.

Kerien la volvió despacio y bajó la vista hacia la redondez de su vientre; se quedó paralizado por la sorpresa.

—¡Dios santo!... estáis... ¿Cómo es posible?

María entrecerró los ojos.

—¡Esa es una pregunta estúpida!

Él seguía pasmado, con las pupilas dilatadas de asombro.

De improviso, Kerien comenzó a reír de alegría, y un segundo después, se puso tan serio como un cadáver.

—Estáis completamente loca…

El reproche la pilló desprevenida y María se lo tomó tan mal como pudo.

—Ni estoy loca ni es completamente culpa mía. Vos también tenéis parte de culpa. Esto —María se tocó el vientre— no aumenta solo.

Kerien la miró confuso tras sus palabras pero siguió recriminándole.

—¿Acaso ignoráis que podéis perder el equilibrio y caeros por la ventana? —los ojos de Kerien expresaban ira y dicha al mismo tiempo; María no le contestó y él siguió en su retahíla—. Os prohíbo terminantemente que volváis a subiros a una silla a menos que yo os sostenga.

—¡Dejad ese tono perentorio conmigo! ¡Y bajadme ahora mismo!

Kerien, con suavidad, la depositó en el suelo de la alcoba y siguió mirándola embobado. Observó la dureza de su mirada, el tibio encono que seguía meciéndola, y comprendió demasiadas cosas.

Su ánimo comenzó a barrer el suelo.

—No lo deseáis porque es mío, ¿verdad? —el tono desolador de él la dejó inmersa en una duda.

—Seguimos con las maravillosas deducciones masculinas —ahora el sorprendido fue él—. Mi abuelo no me avisó de vuestra llegada. Permitidme que os dé la bienvenida como os merecéis. Quedaos aquí, volveré enseguida.

María se dio la vuelta y alcanzó la puerta de la habitación, que cruzó sin mirar atrás una sola vez. Kerien seguía inmóvil por la sorpresa; sentía su cuerpo desangelado por las emociones que lo sacudían pero permitió que se marchara.

Seguía en estado vegetativo. Incapaz de realizar el más mínimo esfuerzo, había terminado por sentarse al borde del enorme lecho. Jamás se le había ocurrido pensar… era inimaginable, creía que se iba a desmayar de la emoción. Inspiró profundamente para serenarse. ¡María ya no tenía escapatoria! Temía reírse por si Dios lo castigaba fulminándolo en el suelo. Ella no se veía muy contenta pero en su razonamiento masculino lo achacó a los cambios que sufrían algunas mujeres cuando se encontraban encinta. ¡Madre de Dios! ¿Y si tenía una hija? ¿Tan hermosa como la madre? De su garganta brotó una risa esperanzadora, fértil, abonada con el más puro orgullo varonil. Era una sensación extraordinaria. Se sentía padre, hinchó el pecho con desbocada soberbia.

Se levantó obviando el mareo de júbilo que sintió y se lanzó a una persecución marital sin precedente.

Ahora solo le restaba buscarla y darle el beso que se merecía por ser tan maravillosa esposa, tan extraordinaria mujer, tan… ya se le ocurrirían más adjetivos que brindarle cuando la viese, porque su mujer estaba en paradero desconocido desde que la había asustado en la alcoba.

Salió al patio interior que contenía el huerto por si la veía. Nada, ni rastro. Volvió tras sus pasos y decidió esperarla en la alcoba. Se moría de hambre, pero podía esperar. Durante los interminables meses que habían durado las batallas, el único consuelo de sus pensamientos había sido saber que ella estaba muy cerca, quizás, aguardándolo.

¡Qué poderosa puede ser la esperanza!

Kerien fue consciente de la ruina y la desolación provocada por la guerra. Recordaba las matanzas y la lucha que aún continuaban. La mayoría de cristianos deseaba ver a los herejes fuera de sus tierras, y fueron muchos los que sintieron el férreo dominio que tenían los musulmanes, pero Castilla iba a recuperarse y lograría la ansiada victoria sobre los impíos. Kerien reconoció que aunque la vida en Castilla tenía sus dificultades, era mucho más emocionante que una existencia gris en Escocia o Inglaterra. Volvió a sonreír, ¿dónde demonios estaba ella? Volvió a la gran sala y decidió buscar al mayordomo para que le informara.

Los largos pasillos de Verdial estaban bien iluminados por el sol de la tarde. El gran patio interior estaba repleto de árboles frutales y fuentes que, con su sonido rítmico y melodioso, conseguían atrapar la atención de todo aquél que cruzase las arcadas. La belleza del jardín hermosamente diseñado invitaba al solaz.

Siguió caminando hasta alcanzar la gran sala. Justo cuando empujó la enorme puerta de madera, la risa de un niño pequeño detuvo su andadura. Frente al hogar encendido había una gran alfombra mullida llena de juguetes hechos a mano y revestidos de piel. El niño no debía de tener los dos años aún, pero no se encontraba solo. Una mujer de aspecto dulce y maternal bordaba en su bastidor. Ante la abrupta entrada de él, levantó sus ojos del trabajo que realizaba y le sonrió. Supo al mirarla que estaba en presencia de un familiar de Dorian, el parecido era extraordinario. Volvió con recelo sus ojos hacia el niño. ¿Sería la mujer rubia su madre?

Sintió de pronto las piernas de plomo. Apenas se atrevía a respirar para no romper el hechizo del gorgojeo infantil. Una parte de él deseaba darse la vuelta y marcharse; la otra lo instaba a quedarse, pues esa risa le atraía poderosamente. Cuando el niño se percató de su presencia, volvió su rostro infantil hacia el desconocido, lo miró con sus brillantes ojos verdes y le hizo una mueca juguetona. Kerien sintió en ese preciso momento que todas las emociones lo golpeaban con brutalidad: profunda desesperación, alegría infinita, despecho incontenible, y resignación dolorosa. Comenzó a percibir una aguda opresión en el pecho, miró su pelo del color del bronce, pelo que para él resultaba inconfundible, y comenzó su bajada al infierno sin misericordia.

María estaba agotada. La mujer del herrero había vuelto a incendiar la taberna, y el tabernero pedía su cabeza en una pica. La mujer del herrero se había quejado amargamente porque su marido pasaba demasiado tiempo en la taberna y desatendía sus obligaciones diarias; pedía que no le suministraran más vino. El tabernero la acusaba de arpía y le contestaba con insolencia que él le vendería todo el vino que le pagase. María había tenido que templar los ánimos. Imaginó que Kerien estaría bien atendido y que no requeriría su presencia hasta la cena, pero poner fin a la pelea le había llevado más tiempo del que pretendía.

Se había ausentado demasiado tiempo.

La alcoba estaba a oscuras y el fuego apagado. Tendría unas palabras después con la doncella encargada de los dormitorios, pero lo haría mañana; se sentía tan cansada que apenas si podía mantenerse en pie. Encendió las velas y removió las ascuas, se quitó la cinta que sostenía el abundante pelo y se masajeó las sienes que le palpitaban salvajemente. Justo cuando se dio la vuelta y se encaró con el lecho, fue consciente de que en ella había un hombre y un niño. El niño estaba completamente dormido pero el hombre la miraba con una crudeza inesperada. Parecía como si ella fuese el mismo demonio que hubiese venido a llevárselo. María sintió un espasmo porque sabía lo que esa mirada significaba.

Su juicio había llegado al fin.

Sopesó abandonar la alcoba pero necesitaba explicarle demasiadas cosas, tantas que le iba a llevar toda una vida.

Llevó sus manos a la espalda y se masajeó los lumbares dolorida: el vientre ya comenzaba a pesarle. El gesto no pasó inadvertido para Kerien.

—Debería desollaros viva por vuestra perfidia.

La afirmación la dejó de una pieza. Intentó hablar pero le falló la voz. Tuvo que carraspear varias veces.

—Os debo una disculpa sincera y una explicación inmediata.

Kerien se levantó con cuidado para no despertar al niño, que seguía durmiendo apaciblemente. La asió de un brazo sin contemplaciones y la sacó medio arrastras a la alcoba adyacente. Se separó un solo paso de ella y María, cuando miró los ojos de él, supo que le había infringido un daño irreparable.

—¡Tenía que habéroslo contado! Lamento de veras mi silencio —Kerien seguía callado mirándola con una pena tan honda que María se sintió enferma de culpa—. Creí sinceramente que nunca volvería a veros.

Kerien se sintió aún más apenado. Le dio la espalda y se encaminó hacia la ventana abierta que mostraba un ocaso carmesí. Después de un instante que a ella le pareció interminable, él se volvió para preguntarle:

—¿Es esa vuestra disculpa para negarme mi sangre?

María optó por la sinceridad.

—Podría no ser vuestro.

La puñalada se le clavó directamente en el corazón. Kerien abrió los ojos, que dejaron traslucir un miedo absoluto. Jadeó varias veces tratando de controlar su corazón desbocado y la hiel que había subido hasta su garganta. Tras un momento eterno, admitió al fin:

—Al fin he comprendido que no podréis perdonarme nunca —María siguió sin responder, estaba a un paso de huir como una cobarde—. He vivido todo este tiempo con la única esperanza de que volvieseis a confiar en mí, pero me habéis convencido de que no puede ser. No se puede alcanzar la luna cuando los pies están clavados en la tierra con los clavos de la desilusión —Kerien bajó los ojos hacia el vientre de ella con ojos que ardían con oscura furia—. Os concederé el divorcio.

María inspiró profundamente, incapaz de responderle. Había actuado mal, lo sabía, pero recuperar la confianza que un día depositó en él le había llevado demasiado tiempo.

Kerien, al ver su vacilación, decidió sincerarse con ella. Le abrió su corazón herido para que ella lo pisoteara más. Ya no sentía las estocadas del desamor, el dolor lo tenía inmovilizado.

—Mi padre no me quiso nunca —ella no se esperaba semejante confesión—. Juré que ninguno de mis hijos, si alguna vez los tenía, se sentiría tan abandonado como yo —Kerien seguía con la mirada perdida en el vacío—. Durante mucho tiempo creí que nunca podría tenerlos.

María ahogó un gemido, ella le había privado de la oportunidad de ejercer de padre con pleno derecho. Había sesgado sus sentimientos con la hoz de la venganza, y una vez que lo hubo admitido, lamentó el desastre que había dejado caer sobre su vida por orgullo.

¡Maldito orgullo castellano!

—Mi madre amó tan locamente a mi padre que nunca se recuperó del todo. A mí me ocurre lo mismo con respecto a vos, nunca podré recuperarme de la necesidad de poseeros pero… —Kerien bajó los ojos un instante para alzarlos con una determinación en ellos—. Os amo tanto que me iré de vuestro lado, seréis al fin libre —María había dejado de respirar por lo que implicaban las palabras de él—. La traición de la que fui objeto por la muerte innecesaria de mi hermano no me mutiló emocionalmente de forma tan absoluta como vuestra perfidia. Pude recuperarme de aquello gracias al orgullo, pero no puedo salvar la distancia que os empeñáis en erigir entre mi amor y vuestro despecho. Vuestro continuo rechazo daña mi alma aún más fuerte que el veneno que utilizó Gladis para liberarse de nuestro compromiso —Kerien se mesó el pelo completamente atribulado.

»Cuando entré en la sala para buscaros y lo vi, el corazón se me salió del pecho en un galope desenfrenado. Deseaba abrazarlo, acunarlo entre mis brazos pero… ¡no me conocía!

La exclamación dolorosa le hizo dar un brinco. María estaba mortificada hasta lo indecible. Se había esperado sus reproches, no esa honda decepción amarga.

—Era un extraño para él como lo fue mi padre para mí —Kerien calló un momento antes de continuar—. El dolor de vuestro rechazo no me hiere tanto como la mirada indiferente de mi hijo —María estaba clavada al suelo sin poder moverse. Se merecía cada una de las palabras hirientes que le decía Kerien—. ¿Cómo habéis podido? ¿Sois consciente de lo que me habéis hecho?

Seguía quieta, intentado que el aire pasase a través de sus pulmones sin conseguirlo. Sus acciones por venganza habían sido demasiado severas. Ahora comprendía lo lejos que había llegado con su despecho.

María sentía cómo los remordimientos le daban fieros bocados.

—Vine a vuestra tierra cumpliendo una misión de mi rey. No hice preguntas, creí que no eran necesarias. Me equivoqué neciamente —Kerien dio un paso hacia ella y se mesó el pelo cansado—. Fue miraros la primera vez y sentir que ya no podría nunca más volver a ser el mismo. Me robasteis el corazón en el mismo momento que tratasteis de robarme la vida con una pedrada —Kerien mostraba una dignidad a la que se aferraba tenazmente—, pero como buen soldado sé cuándo se me ha vencido y debo replegarme en una retirada digna.

María seguía teniendo la boca sellada.

—Seguís obsequiándome con vuestro silencio acerbo.

Kerien dejó de mirarla un momento, instante que aprovechó para cruzar los brazos sobre su pecho en un intento de no zarandearla. María, al ver la vulnerabilidad de él, tomó la decisión que debía haber tomado el día de su boda. Había comprendido, aceptado, pero podía ser demasiado tarde.

—Durante mucho tiempo os odié —Kerien saboreó la suavidad del tono de ella, que le supo amargo como la hiel, hiel enemiga—, pero ahora me resulta del todo imposible. Tengo una miniatura de vos a la que adoro con toda mi alma.

Kerien la miró confuso y dolido. Sentía calambres en las manos de la necesidad de enterrarlas en su pelo y acercarla hasta su piel para fundirse con ella.

Con un férreo control se mantuvo en su sitio. Los ojos de María brillaban como dos luceros en la noche y Kerien no supo calibrar si brillaban de expectativas o de desilusión.

—Y ¿qué puedo hacer que os satisfaga?

María aprovechó la oportunidad que las palabras de él le brindaban.

—Que me perdonéis el inmenso daño que os he causado de forma voluntaria.

Kerien achicó los ojos hasta reducirlos a dos rendijas negras.

—¿Pensáis afilar vuestra espada con mis sentimientos?

María al principio no comprendió sus palabras. ¡Dios bendito! Creía que se burlaba de él. María se sintió profundamente avergonzada.

—Tenía mis razones para sentirme despechada. Mi padre ha sido el bastión de mi vida, la persona que más me ha amado junto con mi abuelo. Vuestros actos hicieron que lo llorase porque lo creí muerto por vuestra mano. El dolor que sentí cegó toda mi racionalidad.

—Sabía lo que significaba para vos, ¡nunca lo hubiese herido de muerte!

Oír la verdad de boca de Kerien resultó más demoledor todavía.

—Ahora lo sé, pero no entonces. Todo han sido intrigas, manipulaciones. Mi abuelo y yo desconocíamos lo que mi madre tramó en su momento, Dorian debió sufrir mucho viendo de qué forma complicaba su vida —María meditó un momento antes de continuar—. ¿Sabéis lo más inaudito? Yo no tenía necesidad de saber nada de esto.

Kerien la miró intranquilo.

—Siempre es mejor conocer la verdad.

—¡No! —exclamó ella—. Si la verdad va a hacernos desdichados, si va a matar las ilusiones que nos mantienen vivos, es mejor ignorarla.

Kerien suspiró antes de confesarle.

—Es una verdad que sigo amándoos de tal forma que me vuelvo loco.

María le ofreció una sonrisa cándida. Las palabras de él la llenaban de ternura porque no contenían venganza alguna. No se merecía una afecto como el de Kerien.

—Esas palabras se han ganado mi cariño eterno, porque yo os amo con todo mi corazón, Kerien. Siempre os he amado.

Kerien la acercó hasta él y la aprisionó dentro de sus brazos.

—¿Me engañan mis oídos?

María negó con la cabeza mientras le sonreía y le decía con los ojos lo mucho que significaba para él.

—Mi orgullo ha hablado por mí la mayoría de las veces.

—Me hicisteis sufrir mucho, castellana.

María terminó bufando pero sin abandonar el contacto de su piel, su olor amado.

—Cada dolor de parto que soporté en agónica soledad, bien valía cien sufrimientos vuestros.

Kerien terminó por besarla y ya no la soltó. Cada dos besos la interrumpía para decirle:

—Ahora quiero una hija —María no podía responderle—. Quiero dos —más besos—. Quiero muchas hijas, tantas que no voy a ser capaz de tener paz ni un día más —otro beso más y ambos cayeron al lecho.

—Os daré tantas hijas como seáis capaz de engendrar, os lo prometo.

—Con el color de vuestro pelo.

María terminó por reírse.

—Estoy de acuerdo, esposo. Tenéis un color de pelo horrible.

Kerien alzó la cabeza de su busto.

—¿Cómo se llama mi hijo?

Ella dudó un instante.

—Como mi abuelo. El futuro conde de Verdial no podía portar un nombre extranjero.

Kerien le cogió el mentón y acercó sus labios hasta el oído de ella para susurrarle unas palabras amorosas.

—¿Estáis loco? No pienso ponerle un nombre así a mi hija. Jamás le haría eso a una castellana.

Kerien soltó una carcajada.

—Encajáis muy bien entre mis brazos, habéis sido moldeada expresamente para mí.

Ella ronroneaba como un gatito satisfecho.

—Y vos oléis como vuestro caballo.

La mano de él seguía el recorrido hasta su vientre, donde detuvo su mano con reverencia.

—Soy un hombre de guerra —ella bufó incrédula, pero sin responderle—. Ya sé por qué razón sois tan pequeña —María alzó sus bellas cejas con un interrogante—. Os laváis tanto que encogéis.

No podía creérselo: se estaba riendo en su cara.

—Esposo, va siendo hora de que vos encojáis un poco también.

—Estoy dispuesto a hacer concesiones —María esperó—. Yo me lavo y vuestra merced sigue besándome.

María lo complació encantada. Tenerlo entre sus brazos ileso era el mejor regalo que había recibido nunca.

CAPÍTULO 26

María lo agasajó como nunca lo habían mimado. Había preparado un baño caliente con olor a romero que él disfrutó como si fuese el último que iba a darse en la vida. Las ricas ropas de terciopelo azul que ella había ordenado confeccionar le quedaban como un guante y se ajustaban a su musculoso cuerpo a la perfección. Kerien fue consciente de la enorme diferencia que existía con las bastas ropas que usaba en su tierra, allá en el norte.

Atrás quedaba el guerrero que había sido para convertirse en el hombre que era ahora.

Se sentía tan importante que, de estar en la presencia divina, Dios le tendría que hacer una reverencia. Rió y se disculpó interiormente por su pensamiento blasfemo.

—Seguís remoloneando demasiado —lo amonestó María—. Si no os dais prisa no podré daros la sorpresa que os tengo preparada y que me demoró tanto tras vuestra llegada.

Kerien la miró con tal descaro que María sopesó quedarse en la alcoba con él o atender las múltiples obligaciones de Verdial. Kerien terminó de colocarse las hermosas botas de piel que ella había mandado fabricar en la mejor peletería de Toledo.

—Creo, esposo, que deberíais poneros el *kilt* y el tartán.

Kerien le ofreció una sonrisa.

—Menudo espectáculo daría el señor de Verdial.

—¿No extrañáis vuestras ropas escocesas?

Kerien se apresuró a negar con su cabeza.

—Uno se acostumbra rápidamente a tener el trasero caliente y protegido.

Ella terminó por bromear con él.

—Tengo que enseñaros un camino cercano al río Tajo que tiene un muro bajo... —no terminó de decir la frase cuando Kerien la asió por la cintura y le silenció la boca con un beso. A María le encantaba sus besos ardientes dados de forma inesperada.

—No me recordéis mi torpeza, aún me sonrojo cuando lo recuerdo.

María lo consoló con un abrazo.

—Aquél muro hizo que os eligiera como señor de Verdial.

Kerien carraspeó complacido por sus palabras.

Ambos bajaron al gran salón, donde habían dispuesto las mesas para el banquete que María había preparado para darle la bienvenida. Kerien se paró durante un instante a observar los ricos tapices que colgaban de las ventanas.

—Deben de costar una fortuna.

María negó con la cabeza.

—En Verdial tenemos una sala especial dedicada a confeccionar los tapices. No os hacéis una idea de lo que suelen pagar por ellos —Kerien alzó las cejas—. Mis tapices son conocidos y codiciados en todos los reinos cristianos.

—Soy un hombre afortunado.

María le dio un codazo cariñoso por la alabanza.

Justo cuando alcanzaban la mesa de honor, Kerien fue consciente de las personas que lo estaban esperando de pie frente al hogar encendido: sus hermanos Gael y Stephen, ambos vestidos con prendas tan lujosas como las de él.

Miró a María con franca sorpresa.

—Acabáis de aniquilarme una vez más.

Ella no tenía forma de saber si estaba enfadado o complacido.

—Creí que os gustaría tener a vuestra familia cerca —le confesó.

—¿Qué hacen en Toledo?

María pensó si debía decirle la verdad completa o no; decidió confiar en él.

—Son hombres de mi abuelo, el conde —inspiró un momento antes de continuar—. Ellos deseaban estar cerca de vos y yo quería tenerlos conmigo. Han sido un gran apoyo en vuestra ausencia.

Kerien paró sus pasos un momento para mirarla.

—¡Absolutamente maravillosa!

María terminó por suspirar complacida. Había contenido la respiración ante su respuesta.

—Lamento tanto haberos traído aquí lejos de vuestro hogar...

Kerien la asió por los hombros y la abrazó fuertemente. Se dirigió con paso decidido hacia sus hermanos, a quienes no veía desde hacía tanto.

El abrazo entre ellos no se hizo esperar. Kerien sentía una opresión en la garganta debido a la emoción de verlos. María sirvió vino en copas de plata y le alcanzó una a cada uno. Escuchaba silenciosa sus bromas y su fuerte idioma, los tres hablaron en gaélico sin darse apenas cuenta. María alzó una ceja al contemplar el cambio producido en Gael: atrás había quedado el hombre huraño e irascible que ella había conocido. El hombre complaciente que estaba de pie ante su mesa resultaba irreconocible y sumamente agradable. Stephen había resultado ser un seductor nato: la mitad de sus doncellas suspiraban por los largos pasillos de Verdial por el apuesto soldado escocés, suspiros que él se encargaba de agradecer de todas las formas posibles.

—¡Qué sorpresa!

Tanto Gael como Stephen lo zarandearon como antaño.

—¡La guerra se te da bien, hermano!

Kerien miró a Gael y le sonrió.

—¿Os gusta Castilla?

—Por cierto que sí —la respuesta de Stephen no se hizo esperar—. Las doncellas castellanas me hacen temblar las rodillas —Gael soltó una risa—, y las hay a montones.

—Te acostumbras rápidamente a este sol y después te resulta intolerable el mal tiempo.

—Soy un servidor incondicional de Toledo.

La afirmación de Gael le hizo alzar las cejas.

—¿Conocéis a mi hijo?

Ambos hermanos asintieron.

—Somos su guardia personal —Kerien se sorprendió—. El conde nos hizo venir desde Escocia para custodiarlo.

—¿Y Waterfallcastle?

Tanto Gael como Stephen se miraron un momento antes de responder.

—Lean ahora es el nuevo *laird*. A pesar de su juventud, Turien, Brendan y el consejo se encargan de cuidarlo y aconsejarle. Nuestra presencia no es necesaria allí.

—¿Se ha podido reconstruir?

La cara de sorpresa en ambos hermanos fue idéntica.

—Nunca fue derruido.

Ahora el sorprendido fue Kerien.

—María revocó la orden después de que Guillermo retiró las pretensiones sobre ella. El rey Alfonso discutió agriamente con tu esposa, pero ella consiguió salirse con la suya. Nunca había contemplado a una mujer sostener con esa tenacidad el pulso a un rey sin terminar decapitada.

—El clan ya no es pobre, Kerien —éste no podía articular palabra tras escuchar a Stephen—. Reciben constantemente suministros del conde así como sal para vender. Ni te haces una idea de los beneficios que reporta ser los únicos administradores de sal de toda Escocia.

Kerien terminó por reír.

—¿Sal? —preguntó con un hilo de voz.

—El conde de Verdial suministra la sal tanto a Francia como a Inglaterra; la llevan incluso a Alemania. Al convertirnos en sus parientes gozamos de su protección y riqueza.

Kerien apenas podía respirar debido a la emoción. De todos era conocido que los comerciantes de sal eran los dueños del mundo. María se acercó a ellos para llamarlos.

—¡Esposo! ¡Hermanos! Disfrutemos del banquete que Joseph ha preparado con tanto esmero.

La rica cena los dejó saciados para varios días: los asados de cordero y lechón habían sido exquisitos, la jugosa carne se deshacía en la boca. También degustaron calabacines rellenos de setas y queso, y aves en suave salsa de almendras. Los postres consistieron en higos con crema, tartas de castañas y canela, frutas escarchadas y mazapanes rellenos de yema.

Pudieron disfrutar de trovadores que amenizaron con sus cantos la velada y aún antes de terminar, llegó don Juan Gracia seguido de su yerno Dorian. Todos se sumaron a la fiesta y María se escabulló sin que nadie se percatara de su ausencia salvo su esposo, que siempre la seguía con los ojos.

Kerien la siguió hasta las almenas. María miraba la fresca noche. Pegó la espalda de ella a su pecho y la rodeó con sus brazos en actitud protectora. Bajó la boca hasta su coronilla y la besó con adoración.

—¿Estáis cansada?

María asintió con la cabeza.

—A veces necesito un poco de aire fresco y subo a las almenas para pasear. Pensaba estar solo un momento.

—Le he dado recado a vuestro abuelo, es posible que no regresemos al banquete. ¿Os importaría?

María negó con su cabeza, un instante después la dejó descansando sobre su fuerte pecho. Había extrañado tanto su protección, la sensación de seguridad que siempre le transmitía...

—¡Adoro la paz!... En ocasiones me resulta imposible entender tanta barbarie.

—Castilla es un reino cristiano.

—Ella protestó con vehemencia.

—Durante siglos hemos vivido en armonía —María se refería a las creencias musulmanas y hebreas: los árabes y judíos habían convivido en armonía durante siglos.

—Toledo se recuperará.

María asintió con la cabeza.

—¿A qué precio, Kerien?... No solo mueren musulmanes. Mueren judíos, cristianos que dejan familias desconsoladas, hijos que ya no se recuperan de la pérdida.

—Es necesario el sacrificio para que haya paz.

Ella volvió a asentir.

—Pero hay tantas cosas hermosas que la guerra destruye que no puedo concebir tanto horror.

—Sufrí mucho por Verdial cuando Toledo fue sitiada —las palabras de Kerien mostraban una emoción profunda. María entendía muy bien cómo se había sentido, pues ella también había sufrido por él cuando supo de la caída de Alarcos.

—Los muros de este cansado castillo aún tienen fuerzas para repeler invasiones impías.

Kerien la apretó junto así más fuerte todavía.

—Ven, bajemos a la alcoba, no quiero que enferméis.

María lo miró con un brillo de burla en sus ojos de zafiro.

—No enfermé en Waterfallcastle, a pesar de que el frío de allí me pelaba las manos y las ideas.

Kerien rió al recordar.

—No había contemplado nunca una mujer tan obsesionada con el agua como vos.

María le obsequió un codazo.

—Yo en vuestro lugar no me sonreiría con tanta complacencia. Aquí en Verdial os espera un baño diario.

Kerien arrugó el ceño con absoluto horror.

—No lo diréis en serio.

Ella asintió con solemnidad.

—¡Bienvenido a Castilla, esposo!

EPÍLOGO

Castillo de Verdial, 1199

El silencio había caído sobre los presentes. Dorian, Juan y Kerien se miraban con cautela y con un cierto recelo. Los años transcurridos habían acercado posiciones. El conde había llegado a profesarle verdadero afecto al hombre que se había ganado el corazón de su nieta por completo. Dorian se sentía satisfecho porque su hija estaba enamorada y era correspondida. Tanta felicidad lo abrumaba. Se sentía el feliz abuelo de tres nietos, niños que le reportaban una energía increíble. Nunca se había arrepentido por haber acudido a la reina Leonor para contarle el secreto que había guardado en su interior durante tantos años.

El conde no se lo perdonó tan fácilmente. Descubrir que su nieta era la hija del rey de Inglaterra le había resultado demoledor y lo había llenado de miedo negro. Los Plantagenet eran sumamente ambiciosos, nada los detenía en su lucha por el poder.

Kerien los miraba a ambos estupefacto, una línea de sudor se iba formando en su frente tras la sorprendente revelación.

—Y ¿qué pasará ahora que Ricardo ha muerto? —la pregunta del conde había quedado en suspense.

—¡Nada! —tanto Juan como Dorian miraron con duda a Kerien—. Absolutamente nada, porque el secreto ha de acompañarnos a la tumba —la mirada helada de Kerien mostraba claramente que no le habían hecho un favor revelándole un secreto de tal magnitud.

Habían dejado caer el hacha de la incertidumbre sobre su cabeza.

—Don Juan será coronado rey de Inglaterra y no debe quedar ni una sola duda de que será el legítimo, o la vida de mis hijos correrá grave peligro.

El conde asintió solemne. Dorian lo pensó un instante más.

—¿Solo lo sabe la reina Leonor?

Dorian asintió con la cabeza.

—Fui el único testigo. Cuando yo muera el secreto morirá conmigo.

—¿Quién tiene el anillo de Ricardo y la carta de Blanca?

—La reina Leonor —Kerien meneó la cabeza con pesar. Dorian trató de tranquilizarlo—. Es la forma que tiene la reina de mantener las manos de su madre lejos de María.

—¿Lo sabe el rey Alfonso?

Dorian negó con la cabeza.

—La reina Leonor le hizo creer a su madre que sí para frenar su ambición si acaso pretendía alguna vez reclamar a María como heredera de Inglaterra.

Kerien suspiró violentamente.

—¿Supo alguna vez Blanca con quién se acostó en realidad?

Dorian asintió aún dolido.

—Mi esposa escribió dos cartas. Una fue enviada a su primo Francisco, carta que éste remitió a Guillermo de Escocia intentado con sus artimañas quedarse con la herencia de Verdial. Blanca trataba de proteger su secreto atribuyéndole la paternidad a otro. La segunda carta la escribió cuando todavía estaba viva. Es una confesión sobre la verdadera identidad del padre de María. Me hizo el honor de entregarme tanto la carta como el anillo para que yo los custodiase si a ella o a Violette les sucedía algo.

Tanto Kerien como Juan alzaron las cejas ante la particular forma de llamar Dorian a su hija.

—María debe seguir siendo la hija ilegítima de Guillermo. Nos interesa que éste lo siga creyendo.

—La madre de Ricardo conoce la verdad.

Kerien miró con fijeza al conde.

—Pero el príncipe Juan no. Codicia demasiado el trono para que su madre se arriesgue a descubrir que hay una heredera- las palabras de Dorian no lograron calmar los ánimos.

—Necesitas hijas que ayuden a establecer lazos con tu casa, lazos que consigan proteger una herencia con fuertes guerreros.

Kerien miró al conde con sorpresa.

—¡Estoy en ello, abuelo!

Dorian soltó una carcajada. Sabía que el rey escocés intentaba por todos los medios hacerlos volver: alegaba que quería a sus nietos cerca de él. Kerien frenaba constantemente los embates del terco monarca escocés de introducirse en la vida de ellos sin su permiso.

Escocia quedaba tan lejos...

—Quizás sería mejor que la verdad saliese a la luz.

Kerien miró con mordacidad a Dorian tras este último comentario.

—Si la verdad va a hacernos desdichados, si va a matar las ilusiones que nos mantiene vivos, es mejor ignorarla —había citado las palabras de María de unos años atrás.

—¿Dónde están mis nietos? —Dorian miraba a un lado y a otro de la enorme sala.

—El pequeño Juan sigue entrenando, según él, con su capitán Quintín. Cualquiera le explica a ese tozudo castellano que el capitán de mi guardia no le pertenece. Mi hermano Gael andará cerca de él para reírse cuando Quintín le haga caer sobre su culo; nada le baja tanto los humos.

El conde dejó asomar una sonrisa por la explicación de Kerien. Era conocido en todo Verdial el mal genio del pequeño Juan apodado "el diablillo". Gael lo hacía enojar a menudo tan solo para oírlo despotricar en la lengua que le enseñaba Joseph su escribano que, milagrosamente, había salido con vida de la criba que sufrió Toledo años atrás.

—Dorian imagino que estará en las cocinas haciendo de las suyas, y el pequeño Kerien estará comiéndose todo lo que encuentra a su paso.

—¿Y mi nieta?

Kerien respondió con una sonrisa.

—Arrancando hierbas en el huerto —Dorian alzó las cejas, interrogante—. María está enfadada porque no consigue darme la hija que deseo y que le reclamo cada día de mi vida.

Don Juan soltó una carcajada de incredulidad.

—Tienes tres hijos varones fuertes, robustos y que crecen llenos de dicha.

Kerien sonrió ampliamente y entrecerró los ojos con alegría inusitada. Cada uno de sus hijos le reportaba una alegría inmensa y un orgullo que no le cabía en el pecho. Su primogénito Juan, a sus cinco años, mostraba una belicosidad alarmante. Solía pasar horas enteras luchando con su espada de madera y matando impíos por los pasillos de Verdial. Dorian, con cuatro, vivía por y para la comida; nada le gustaba más que meter las manos en todos los cuencos de comida que encontraba. Era un asiduo de las cocinas de Verdial y los cocineros le habían proclamado "San Amasador". Kerien, con tan solo dos años, era muy pequeño para destacar en alguna rareza salvo que le encantaba cogerlo todo y llevárselo a la boca, sin importarle si resultaba comestible o no.

—Fue una pena que padre e hija no se conocieran.

El lamento de Dorian casi le hizo dar un salto a Kerien, perdido como estaba en sus pensamientos.

—Sí que se conocieron, aunque ignoraban el parentesco que les unía —el conde y Dorian miraron con sorpresa a Kerien—. Cuando nos batimos en duelo, allí en Waterfallcastle, María se proclamó vengadora de vuestra sangre. Me costó lo mío tratar de que no me atravesase con su afilada furia. Teníais que haber visto la cara de Ricardo cuando ella le puso la espada en el cuello y amenazó con cortárselo por permitir batiros en duelo conmigo —Don Juan soltó una blasfemia. Dorian se atragantó—. Ambos se quedaron mirando durante un momento tan largo que temí que al rey Alfonso le diera un ataque viendo a su pupila amenazando la garganta de su cuñado. Allí estaba ella, tan magnífica, plantándole cara al monarca inglés sin un asomo de temor a las represalias que podría sufrir después por su audacia.

Don Juan se llevó la mano a al garganta y Dorian seguía intentado contener los escalofrío.

Indudablemente hablaban de María.

—¿Cómo no me di cuenta del parecido? —Kerien había hecho la pregunta en un susurro—. El mismo color de ojos, la misma arrogancia…

El carraspeo de Juan lo hizo volver de su ensimismamiento.

—Digna hija de Castilla, ¡lo juro! —Don Juan terminó por sonreír.